中国近现代稀见史料丛刊 【第九辑】

张尔耆集

张剑　徐雁平　彭国忠　主编

（清）张尔耆　著

魏榕　整理

本辑执行主编　彭国忠

凤凰出版社

图书在版编目（ＣＩＰ）数据

张尔耆集 /（清）张尔耆著 ; 魏榕整理. -- 南京 ：
凤凰出版社，2022.10
（中国近现代稀见史料丛刊. 第九辑）
ISBN 978-7-5506-3739-9

Ⅰ. ①张… Ⅱ. ①张… ②魏… Ⅲ. ①中国文学－古
典文学－作品综合集－清代 Ⅳ. ①I214.92

中国版本图书馆CIP数据核字(2022)第166654号

书 名	张尔耆集
著 者	(清)张尔耆 著 魏 榕 整理
责 任 编 辑	李相东
特 约 编 辑	蒋李楠
装 帧 设 计	姜 嵩
出 版 发 行	凤凰出版社(原江苏古籍出版社)
	发行部电话 025-83223462
出 版 社 地 址	江苏省南京市中央路165号,邮编:210009
照 排	南京凯建文化发展有限公司
印 刷	江苏凤凰通达印刷有限公司
	江苏省南京市六合区冶山镇,邮编:211523
开 本	880毫米×1230毫米 1/32
印 张	8.25
字 数	214千字
版 次	2022年10月第1版
印 次	2022年10月第1次印刷
标 准 书 号	ISBN 978-7-5506-3739-9
定 价	68.00元

(本书凡印装错误可向承印厂调换,电话:025-57572508)

存史鑒今

袁行霈題

袁行霈先生題辭

「音实难知，知实难逢，逢其知音，千载其一乎！」（《文心雕龙·知音》）今读新编稀见史料丛刊，真有知音之感大。

傅璇琮谨书

二〇一三年

傅璇琮先生题辞

殫精竭慮旁搜遠紹

重新打造中華文史資

料庫

王水照 二〇一三年一月

王水照先生題辭

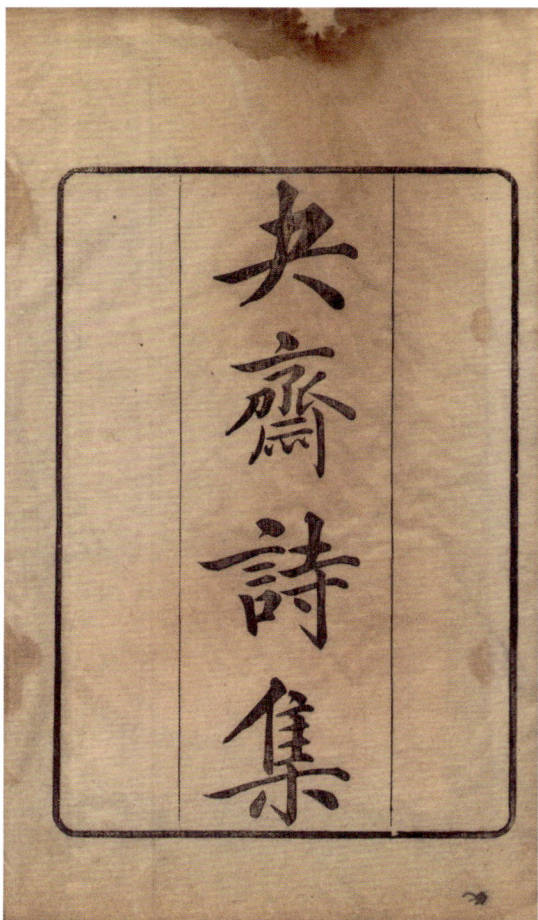

张尔耆《夬斋诗集》（中国国家图书馆藏）

夬齋集序

蕞縣張符瑞先生諱爾耆早歲受詩古文法於姚春木

先生文宗宋歐陽曾氏詩喜韋孟自署其燕居之室曰

夬齋既沒其令子閱達孝廉褧輯所著詩七卷文一卷

刊之曰夬齋集先生生吳會盛文藻又承乾嘉後經史

多勘定本年十九補博士弟子即兼科舉業求諸家平

校秘籍手鈔盈十數篋燬於寇亂今存者九經注疏書

詩三禮三傳爾雅則用惠氏棟本周易用嘉善浦氏鐙

本金山沈氏大成本晉書則錢氏大昕本而杭氏世駿

點識橫雲山人明史稿則迻錄於明史尤喜全唐詩用

马其昶《夬斋集序》

夬齋銘

嶧縣　張爾耆　符瑞

剛爲天德需乃事賊消長之機其理不忒事有兩端孰
失孰得執中無權舉一廢百人有歧品害淑害懸識見
不貞以黑亂白吾性粹然天空宇碧吾心昭然冰融雪
滌聖狂界限祗爭一息旦氣初明轉念斯易有夬象
取諸決擇陽健內貞柔和外澤譬彼學者策勵誘掖主
宰獨持私欲自克義當剖陳何庸緘默義當勇爲何庸
退抑雖曰達心尤資定力危厲而安終身可宅全正化

张尔耆《夬斋近稿》

《中国近现代稀见史料丛刊》总序

　　在世界所有的文明中，中华文明也许可说是"唯一从古代存留至今的文明"（罗素《中国问题》）。她绵延不绝、永葆生机的秘诀何在？袁行霈先生做过很好的总结："和平、和谐、包容、开明、革新、开放，就是回顾中华文明史所得到的主要启示。凡是大体上处于这种状况的时候，文明就繁荣发展，而当与之背离的时候，文明就会减慢发展的速度甚至停滞不前。"（《中华文明的历史启示》，《北京大学学报》2007 年第 1 期）

　　但我们也要清醒看到，数千年的中华文明带给我们的并不全是积极遗产，其长时段积累而成的生活方式与价值观具有强大的稳定性，使她在应对挑战时所做的必要革新与转变，相比他者往往显得迟缓和沉重。即使是面对佛教这种柔性的文化进入，也是历经数百年之久才使之彻底完成中国化，成为中华文明的一部分；更不用说遭逢"数千年来未有之变局"、"数千年未有之强敌"（李鸿章《筹议海防折》），"数千年未有之巨劫奇变"（陈寅恪《王观堂先生挽词序》）的中国近现代。晚清至今虽历一百六十余年，但是，足以应对当今世界全方位挑战的新型中华文明还没能最终形成，变动和融合仍在进行。1998 年 6 月 17 日，美国三位前总统（布什、卡特、福特）和二十四位前国务卿、前财政部长、前国防部长、前国家安全顾问致信国会称："中国注定要在 21 世纪中成为一个伟大的经济和政治强国。"（徐中约著《中国近代史》上册第六版英文版序，香港中文大学 2002 年版）即便如此，我们也不能盲目乐观，认为中华文明已经转型成功，相反，中华文明今天面对的挑战更为复杂和严峻。新型的中华文明到底会怎样呈现，又怎样具体表现或作用于政治、经济、文化等层面，人们还在不断探索。这个问题，我们这一代恐怕无法给出答案。但我们坚信，在历史上曾经灿烂辉煌的中华文明必将凤凰浴火，涅槃重生。这既是数千年已经存在的中华文明发展史告诉我们的经验事实，也是所有为中国文化所化之人应有的信念和责任。

不过，对于近现代这一涉及当代中国合法性的重要历史阶段，我们了解得还过于粗线条。她所遗存下来的史料范围广阔，内容复杂，且有数量庞大且富有价值的稀见史料未被发掘和利用，这不仅会影响到我们对这段历史的全面了解和规律性认识，也会影响到今天中国新型文明和现代化建设对它的科学借鉴。有一则印度谚语如是说："骑在树枝上锯树枝的时候，千万不要锯自己骑着的那一根。"那么，就让我们用自己的专业知识与能力，为承载和养育我们的中华文明做一点有益的事情——这是我们编纂这套《中国近现代稀见史料丛刊》的初衷。

书名中的"近现代"，主要指 1840—1949 年这一时段，但上限并非以一标志性的事件一刀切割，可以适当向前延展，然与所指较为宽泛的包含整个清朝的"近代中国"、"晚期中华帝国"又有所区分。将近现代连为一体，并有意淡化起始的界限，是想表达一种历史的整体观。我们观看社会发展变革的波澜，当然要回看波澜如何生，风从何处来；也要看波澜如何扩散，或为涟漪，或为浪涛。个人的生活记录，与大历史相比，更多地显现出生活的连续。变局中的个体，经历的可能是渐变。《丛刊》期望通过整合多种稀见史料，以个体陈述的方式，从生活、文化、风习、人情等多个层面，重现具有连续性的近现代中国社会。

书名中的"稀见"，只是相对而言。因为随着时代与科技的进步，越来越多的珍本秘籍经影印或数字化方式处理后，真身虽仍"稀见"，化身却成为"可见"。但是，高昂的定价、难辨的字迹、未经标点的文本，仍使其处于专业研究的小众阅读状态。况且尚有大量未被影印或数字化的文献，或流传较少，或未被整合，也造成阅读和利用的不便。因此，《丛刊》侧重选择未被纳入电子数据库的文献，尤欢迎整理那些辨识困难、断句费力、衰合不易或是其他具有难度和挑战性的文献，也欢迎整理那些确有价值但被人们习见思维与眼光所遮蔽的文献，在我们看来，这些文献都可属于"稀见"。

书名中的"史料"，不局限于严格意义上的历史学范畴，举凡日记、书信、奏牍、笔记、诗文集、诗话、词话乃至序跋汇编等，只要是某方面能够反映时代政治、经济、文化特色以及人物生平、思想、性情的文献，都在考虑之列。我们的目的，是想以切实的工作，促进处于秘藏、边缘、零散等状态的史料转化为新型的文献，通过一辑、二辑、三辑……这样的累积性整理，自然地呈现出一种规模与气象，与其他已经整理出版的文献相互关联，形成一个丰茂的文献群，从而揭示在宏大的中国近现代叙事背后，还有很多未被打量过的局部、日常与细节；在主流周边或更远处，还有富于变化的细小溪流；甚至在主流中，还有旋涡，在边缘，还有静止之水。近现代中国是大变革、大痛苦的时代，身处变局中的个体接物处事的伸屈、所思所想的起落，借纸墨得以留存，这是一个时代的个人记录。此中有文学、文化、生活；也时有动乱、战争、革命。我们整理史料，是提供一种俯首细看的方式，或者一种贴近近现代社会和文化的文本。当然，对这些个人印记明显的史料，也要客观地看待其价值，需要与其他史料联系和比照阅读，减少因个人视角、立场或叙述体裁带来的偏差。

知识皆有其价值和魅力，知识分子也应具有价值关怀和理想追求。清人舒位诗云"名士十年无赖贼"（《金谷园故址》），我们警惕袖手空谈，傲慢指点江山；鲁迅先生诗云"我以我血荐轩辕"（《自题小像》），我们愿意埋头苦干，逐步趋近理想。我们没有奢望这套《丛刊》产生宏大的效果，只是盼望所做的一切，能融合于前贤时彦所做的贡献之中，共同为中华文明的成功转型，适当"缩短和减轻分娩的痛苦"（马克思《资本论》第一卷第一版序言）。

　　《丛刊》的编纂,得到了诸多前辈、时贤和出版社的大力扶植。袁行霈先生、傅璇琮先生、王水照先生题辞勖勉,周勋初先生来信鼓励,凤凰出版社姜小青总编辑赋予信任,刘跃进先生还慷慨同意将其列入"中华文学史史料学会"重大规划项目,学界其他友好也多有不同形式的帮助⋯⋯这些,都增添了我们做好这套《丛刊》的信心。必须一提的是,《丛刊》原拟主编四人(张剑、张晖、徐雁平、彭国忠),每位主编负责一辑,周而复始,滚动发展,原计划由张晖负责第四辑,但他尚未正式投入工作即于 2013 年 3 月 15 日赍志而殁,令人抱恨终天,我们将以兢兢业业的工作表达对他的怀念。

　　《丛刊》的基本整理方式为简体横排和标点(鼓励必要的校释),以期更广泛地传播知识、更好地服务社会。希望我们的工作,得到更多朋友的理解和支持。

2013 年 4 月 15 日

目　录

前　言

张尔耆,松江娄县(今属上海)人,字符瑞,号伊卿,中岁自号夬斋。先世居浙江归安,后迁松江。家传画学,曾祖张绍祖,国学生,工山水,精于六法。本生曾祖张昀,乾隆二十二年(1757)高宗巡幸江浙时进呈画册,获赐彩缎。其家世市隐,初不以读书名,曾祖始有志向学。至祖父张璿华,乃专力于学,淹贯群籍,笃学不倦,乾隆六十年(1795)恩科举人,官青阳县学教谕。父张允垂,读书务为渊博,好典籍,勤于校勘,嘉庆六年(1801)拔贡生,朝考一等,观政户部,终杭州知府。

张尔耆生平详见张锡恭《张伊卿行述》、顾莲《张夬斋先生墓志铭》等文。张尔耆生于嘉庆二十年(1815),早年习举子业,省试不售,闭户读史。工诗词俪体文,师从桐城派姚椿受古文法,其学以义理为本,亦不废考据校勘。家多藏书,更搜古籍,聚书至二万余卷。见未刻书,即手自录藏,凡所校订,丹黄烂然。咸丰、同治年间曾经历太平天国战乱,乱中避居无定所,而校书不辍,意有所感,又发为诗歌。乱后主持族中事务,兴复义田,心力交瘁。光绪十五年(1889)病逝,年七十五。张尔耆著作现存有三种:《夬斋日记》《夬斋诗集》《夬斋杂著》。

《夬斋日记》,稿本,一册,今藏上海图书馆。顾莲《素心簃集》卷三《张夬斋先生墓志铭》称张尔耆"年十有三,即日记行事以自省"。张尔耆亦自陈:"第自束发受书,日有程课,童而习焉,乐此不疲。"(《夬斋日记·寄生录自识》)"余幼入家熟(塾),先君即命录日课以察勤惰,弱冠后出应世故,日书无间。"(《夬斋杂著》卷上《日省录引》)可知张尔耆自幼即以日记为日课,终身无间,而其日记现存者,仅有上图所藏《夬斋日记》一册。

现存《夬斋日记》包括《寄生录》《课儿日记》二种。于今虽难睹张尔耆日记全貌,然此留存世间之二种,仍具有较为独特的文献价值。《寄生录》所载为同治元年(1862)事,该年太平军两度进攻松江。张尔耆于《寄生录自识》中称:"惟是烽烟四起,迁徙靡常,若不依事直书,他日无从追考,后之来者,更安知今日之困苦耶?"作为太平天国战争的亲历者,张尔耆于《寄生录》中记述了自己于战乱之际的所见所闻所感,可以视作重大历史事件中的私人记录。在张尔耆的描述中,同治元年的松江地区人心惶惶,逃难者往来不绝。而给当地百姓造成恐慌者,除太平军外,更有清军与华尔领导的洋枪队。张尔耆多次在日记中提及清军及洋枪队纵火、抢掠、捉民船等行径,并直言"兵勇与贼无异"。同时更痛斥洋枪队与太平军暗中勾结,"约降开门",洋枪队入城劫掠,官兵不能禁止。于此水深火热、内忧外患交困之际,张尔耆感慨"吾民既苦于贼,又制于夷""中国有寇,借助外夷,其结局未有不受侮者"。同治元年五月,张尔耆全家自松江府城至小昆山避难,至九月底方返家。颠沛流离之际,张尔耆身染疟疾,更遭遇亲人故旧亡逝离散之重创。亲友中多有被戮、被掳、病逝者,如挚友席元章(字冠甫),既为张尔耆妹婿,又兼妻兄,乱中被掳,下落不明。此外,幼女粲媛、长女淑媛、继室席氏更于一月之内相继病逝。张尔耆劫后创痛酷烈,自言"余连遭逆境,心神惘然",通过《寄生录》亦可窥见张尔耆乱世之中的生活遭际与心路历程。

《课儿日记》起自同治二年(1863)二月,终至同治六年(1867)六月。张尔耆在同治元年连遭重创,大病初愈后自言:"余病起后,闷坐无聊,裁寸纸作字,课雷儿识认……此记专为课儿而作,非要事则不书。"雷儿,即张尔耆之子张锡恭(1858—1924),字闻远,曾参与《大清通礼》纂修,著《丧服郑氏学》《丧礼郑氏学》,为清末民初礼学大家。张锡恭生于咸丰八年(1858),因此在《课儿日记》的记录时段内,其正处于五周岁至九周岁的蒙童阶段。日记内容始于张锡恭开蒙识字之初，张尔耆先令其集中识字；次读《三字经》《五经赞》《诗品》三种启蒙读物；此后读经，依次课读《孝经》《诗经》《大学》《中庸》《论语》《孟子》《尚书》《周易》《礼记》诸经，并以"上书×××字"逐日记录课读字数。除正课之外，自同治四年（1865）三月初六始，日记又出现"夜记"功课，为正课之外的补充学习，内容包括：唐诗、《周礼》《尔雅》《仪礼节训》《经余必读》《家语》等。《课儿日记》记录了张尔耆的教子过程，可视作晚清家庭启蒙教育实录。同时，日记所展现的家庭生活与父子互动，又为还原一代礼学家张锡恭的成长经历，提供了生动丰富的文献资料。

《夬斋诗集》，刻本，一册，共七卷，依次为《省愚诗草》《味道轩诗钞》《夬斋近稿》《藤寮初稿》《藤寮续草》《浮家小草》《悲秋集》七集。张尔耆平生精力重在校勘，非以诗人自命，然因生逢乱世，于风雨飘摇、迁徙无定之际，往往有感而发。其中《藤寮初稿》《藤寮续草》《浮家小草》三集收录大量记录战时见闻的诗作，其诗并诗注记录时事，具有史料价值。而《悲秋集》则收录同治元年战乱之后的作品，诸如《抵家》《悼亡》《忆内》《席甥仪庭大昏感怀冠甫》《得冠甫消息感作》等诗，为怀念亡妻故友而作，情真意切，感人至深。

《夬斋杂著》，刻本，一册，分上下两卷，卷上包括论2篇，序跋38篇；卷下包括书2篇，记2篇，志铭1篇，传2篇，哀辞1篇，骈文2篇。张尔耆祖、父两世藏书，《夬斋书目引》《夬斋劫余重编书目引》《分析藏书记》诸篇可见其善护先人遗泽。张尔耆不仅善藏书，更搜求善本，精于鉴定，勤于校勘，所作《周易注疏校本跋》《尚书注疏校本跋》《周礼注疏校本跋》《仪礼注疏校本跋》《礼记注疏校本跋》《再跋礼记校本》《残宋本礼记跋》《春秋注疏校本跋》《公羊注疏校本跋》《穀梁传注疏校本跋》等文，皆可见其考订校勘功力。此外，《曾大父筱田府君遗象卷跋》《叔祖侣山公夏山新霁图卷跋》《家集传略》《请旌双节公呈》等文追念先人，记述家史，对于考察张尔耆家族情况极有助益。

至如《与蔡渭卿劝戒烟书》《蔡渭卿哀辞(并序)》《女粲媛权厝志铭》诸篇,又为亲人所作,言辞悲切感人,其中《女粲媛权厝志铭》记幼女粲媛生平及暴病亡逝事,亦可与《夬斋日记》所录事实对读。

今将张尔耆著作三种《夬斋日记》《夬斋诗集》《夬斋杂著》整理出版,合称《张尔耆集》。自知学力浅陋,难免错讹,望学人读者不吝赐教。

魏 榕

整理凡例

本书包括张尔耆著作三种:《夬斋日记》《夬斋诗集》《夬斋杂著》,合称《张尔耆集》。

一、依《中国近现代稀见史料丛刊》体例,正文文字使用简体横排。

二、日记正文年月日后,于括号内标注公历日期。

三、文中双行小注,今改为随文小字注释;日记中眉批亦改为小字注释,置于相应日期正文文字之前,并标以"眉批"字样。

四、偶有字迹模糊难辨者,以"□"表示。

五、书末附《夬斋日记》人名索引,依音序排列,并注明人物出现在日记中的日期,日期使用农历。如:"宝鋆:同治四年 4.7",表示宝鋆出现于《夬斋日记》同治四年四月初七日。

六、《寄生录》末尾一段"今秋暑疫盛行……以久痢故"未注明日期,索引中以"末"字标示,置于同治元年下。

七、《夬斋日记》中仅以字、号、亲属称谓出现者,尽力考出姓名,列为主索引条目,并于括号内注明日记中称谓;未能考出姓名者,则以文内称谓作为检索条目。

八、《课儿日记》因"专为课儿而作",为避免记录繁冗,索引中不注张锡恭于《课儿日记》中的出现日期。

央斋日记

寄生录

同治元年（1862）岁在壬戌正月壬寅

　　余春秋四十有八矣，光阴虚掷，录录无成，自顾增惭，何暇笔之于书，以昭来世。第自束发受书，日有程课，童而习焉，乐此不疲，中以溺爱之私，焚笔砚者三年，寻自改悔，辄复故常。历今又及十年，而翻阅曩篇，恍如陈迹，身心检察，故我依然，其为愧恶，不滋甚哉！惟是烽烟四起，迁徙靡常，若不依事直书，他日无从追考，后之来者，更安知今日之困苦耶？残喘偶存，浮生若寄，今日把笔而书，不知明日更复如何也，因名之曰《寄生录》云。央斋学人张尔耆识。

　　初一日甲申（1月30日）　晴，寒，滴水即冰，较昨更甚。拜天地神佛，家堂灶室，宗祠先像，家人照常行礼。武圣前祈签，签曰："祖宗积德几多年，源远流长庆自然。若更操修无倦已，天须还汝旧青毡。"对喜神方研磨作字，书曰："壬戌岁朝，喜神东北，同治建元，千祥百福，否极泰来，家给人足。"又制联曰："三径虽荒，毕竟归家好；一门无恙，即为平地仙。"午后少庚自外至，言外间闻有警信，谓长毛踏冰至莫光村，或云在钱家桥，中营带兵出堵。此信仓猝相传，大为不解。至门首闲望，见自东来者皆幞被负囊向西南行，询其所闻，亦模糊不明。河中数百艘，冰冻不能开行，千篙齐下，但闻喧哗声，而东敲西冻，仍不能行。贼果能来，惟有束手待毙耳。少庚往东探听，始知前日干山退出之说不确,此股即系干山出来,下港兵船未设备,遂为所扰。兵勇溃逃,村民奔告,遂至道路传闻,市人狂走。现经堵住,似可无虞。

初二日乙酉(1 月 31 日)　清晨又飘雪花,旋即放晴,严寒更甚,雪融无多。闻长毛尚在莫光村,官兵、团勇、夷兵俱出队。冠甫、明之、壮之、苇翁来午饭。是日生擒贼匪四名,又杀毙数名,闻贼已折回干山。

初三日丙戌(2 月 1 日)　晴,寒,昨夜又下雪寸许,大西北风,冰冻不开。友翘、仪庭来饭。闻贼冲迎祺浜,逼唐桥。卧后不适。星帆作故来报。

初四日丁亥(2 月 2 日)　晴,寒。闻贼在龙兴桥北,自北逃下者纷纷,人心惶惑,然船冻不开,将若之何。余因肺气壅塞,拥衾而坐,得过且过,再看光景耳。后闻官兵出队,擒斩数名,贼始退。四妹及大玉侄女舟泊西河头。友翘、仪庭来宿夬斋。

初五日戊子(2 月 3 日)　晴,奇冷异常,枕边痰盒皆冰。以砚置手炉上,磨墨作书。四妹上岸来家。潮来时,友翘欲开至横潦泾,遂登舟去。闻贼仍在龙兴桥北掠食,兵勇进围,擒斩数十名。东北两门午后忽闭,市人不觉惊疑,后见解贼进城,人心稍定。中营收队时,西门外皆设香案。

初六日己丑(2 月 4 日)　晴,寒。立春节,设祭,收神像。友翘船因冰冻不能开出,同仪庭上岸,仪庭止宿夬斋,友翘仍宿舟中。大营擒获贼匪多名,陆续解进城,其中有新掳者准保释。耕心来。是日闻贼信逼近横山,未知昆山如何。闻昨获贼匪讯供,自杭州下来有四万人,贼以二千五百为一万,是已有万人。定于廿七到干山,廿八到松江度岁,谋犯上海,不意天降大雪,中道阻绝。此供如实,我郡危甚!率天心默佑,得保安全,可不思所以酬答哉?守迎祺浜之罗都司畏葸不前,中营亲斩以徇手下,兵勇亦不肯向前,开炮轰毙数人,众兵竞进,遂大获。

初七日庚寅（**2月5日**）　晴，寒，日中屋雪渐消。友翘来。闻昨日漾桥之东各村庄都被贼扰，修诚往西探听昆山消息，传闻贼至泰浜，村人群起而攻之，格毙一人，余贼始退，山后仅离半里许，吃惊不小矣。闻官兵、夷兵、团勇悉追贼向北。四妹船回上岸。

初八日辛卯（**2月6日**）　晴，寒。友翘来饭。闻各村擒解贼匪数百名，小昆山亦获三十人，杀一人，余贼悉退入青浦。此次贼大股来犯，幸天降大雪，水陆梗阻，贼冻饿不支，四出掳掠。各村人向以船只为逃生计，今冰冻不开，无路可走，人思致死尽力格拒，遂获大胜。经此惩创，贼当丧气，各村人奋激齐心，益思保卫之计，或亦吾郡一大转机也。

初九日壬辰（**2月7日**）　晴，东南风，屋雪畅消。焚香。西北路又解到贼匪，不肯行，即杀于秀野桥，闻横山左近有名射角荡，积尸有数百。

初十日癸巳（**2月8日**）　晴。慎之来。四妹乘潮回去，因闻杨生伉俪将次回郡也。

十一日甲午（**2月9日**）　晴，寒。古云、杨生来，言日内有浮海之行。昆山有人来，言前日闻警，时山后村船虽开出，亦以冰冻难开，皆弃船走遁。九弟诸人随众至周家浜。

十二日乙未（**2月10日**）　晴，向南屋消雪渐尽，北面仍有寸余，因严寒未解也。履之来。

十三日丙申（**2月11日**）　阴，晴。订友翘小叙，并为古云、杨生饯行。古云有事不至，慎之、少庚、仪庭同叙。南路贼又出扰村镇。

十四日丁酉（**2月12日**）　晴。内人往诒谷。古云来收拾残弃字画。

十五日戊戌（**2月13日**）　晴。焚香。闻杨生、古云明晨开行，耕心亦附舟往。

十六日己亥（**2月14日**）　晴。祭祀。剃头。何湘洲来。晓弟妇来。

十七日庚子(2月15日)　晴,南风,屋面向西南者雪消已尽,东北犹淋漓未已也。传砚娘娘回去。今晨又出队巡哨。

十八日辛丑(2月16日)　晴,南风。闻鸿甫先生家全家不知所向,但逃出两人,或云已出海。

十九日壬寅(2月17日)　晴,风。写诵经疏。定二十日邀集崇兵坛,诸公诵礼《大悲忏》一永日。仪庭来,与少庚、星岩检点坛事。

二十日癸卯(2月18日)　晴。孙云亭、胡莘耕、席冠甫、榴甫、申甫、榴甫子金相、少庚、仪庭、星岩九人诵经三十六卷,礼忏三十六部,夜放焰口一堂,申甫为主。四妹来看热闹。莘耕、仪庭止宿。闻青贼又出扰,昆山西北有火光。

二十一日甲辰(2月19日)　晴。杭州府君九十冥庆设祭,并以昨日经凭化之。四妹往传砚。莘耕早去。慎修、友翘来。冠甫来为车芝田募资。大姊在传砚,便舆来看,又琴同来即去。仪庭回去。吴碧峰来。

二十二日乙巳(2月20日)　晴,南风。走晤明之。少庚定明日载米往太平桥。

二十三日丙午(2月21日)　晴,暖。少庚清晨开行,星岩同去。午后至冠甫、慎之两处小坐。闻淀河又有贼船无数,恐是苏州下来,北路又不遑安枕矣。

二十四日丁未(2月22日)　阴,晴,西北风。星岩自太平桥回。接少庚字,知伊母夫人似患偏枯之症。淑媛近患胃痛,饮食不进已月余矣,现在不能来郡,约天气和暖再商。

二十五日戊申(2月23日)　风,阴。履之来。闻皋桥大获胜仗,擒斩数百名,伪中王子伏诛。冠甫来。雷儿发热。近日战功皆华尔所练之洋枪小队居多。

二十六日己酉(2月24日)　晴,寒,有冰。书舲来。苇翁来饭。

二十七日庚戌(2月25日)　晴,寒。雷儿身热不退,邀子珊诊。蓼洲令郎梅英来饭。

二十八日辛亥(2月26日)　晴。雷儿身热渐凉,咳嗽频作,仍服昨方,并以杏酪润之。南路又有火光。

二十九日壬子(2月27日)　阴,雨。闻贼在张泽浦中,有火轮船停泊试炮。

三十日癸丑(2月28日)　阴。接友翘字,还《徐文贞公日记》二本,并知就李中营馆,已到馆矣。乡间租米因警信后皆观望不前。

二月癸卯

初一日甲寅(3月1日)　阴,寒。焚香。苇翁来言节孝祠大祭事。萧塘得胜仗。

初二日乙卯(3月2日)　晴,阴。仪庭来。闻南桥等处出四脚蛇,螫人必死,北乡亦已见形,闻在水中食鱼且尽,未知确否。

初三日丙辰(3月3日)　阴,寒。感冒不适,卧后痰嗽大作。

初四日丁巳(3月4日)　晨有雪花,旋放晴。咳嗽更甚,气分不舒,早卧。蓼洲来,不晤。

初五日戊午(3月5日)　晴。节孝祠春祭令星岩往。余以一动辄寒,拥衾而坐。冠甫来。星岩自城中归,言中营访擒通贼。贼金山卫人,杨姓,审明正法。

初六日己未(3月6日)　晴。痰嗽稍稀,胃口大滞,午后又觉寒甚。仪庭来。早卧仍不得寐,幸闭目静摄,不觉夜长。

初七日庚申(3月7日)　晴,大南风。身体发软,寒热时来,高卧不起。南路有火光。

初八日辛酉(3月8日)　晴,大南风。勉起而精神委顿异常。是日冠甫为杭州府君冥庆延集南乡诸公,在斗阁敬礼《大悲宝忏》,星岩往与执事。

初九日壬戌(3月9日)　晴。晨闻西南有败兵逃回,喧传洙泾失守。令人探听,始知曾提督橄虎游击往泖桥接仗,虎麾下兵阴与贼通,竟将洙镇之东林寺纵火抢掠,泖桥兵勇见而溃走,十七图民团亦散,贼遂大队到镇,提督亦走。自南乡逃难来者连接于道,风头较正月初更紧。李参府将溃逃之兵押入仓城,不许出外滋事。以全省提督不能保一小镇,可叹可叹!郡城又断一臂,日逼处此,奈何奈何!是日邀秋厓先生诊治,谓是内伤,非外感,余固自知也。论及时事,惟有相对欷歔耳。独冠甫来,则以郡中必保无事,此言岂能尽信?

　　初十日癸亥(3月10日)　阴,愁云惨暗。溃兵、难民来者益多,虽节节盘查,间获奸细数人,恐杂混其中幸脱者亦复不少耳。昨服药后得卧一食顷,而胃气仍不转,吃饭半盏,须茶汤过下,改食粥,又淡而无味。仪庭来。

　　十一日甲子(3月11日)　风雪颇寒。腊底之雪救郡中无万生灵,贼奸殆尽,此时又当扰攘之时,不知主何机兆。夜卧稍酣,寒热亦止。晚来风雪止。

　　十二日乙丑(3月12日)　阴,午后晴。昨日北贼又到干山,祥徵至西林塔上瞭望,见干山镇前火起,迤逦至佘山,东北烟气不绝,西南一路亦烟光环绕,其势蔓延,遍地是贼矣!虎游击兵仍出汊去。仪庭早来即去。一觉后痰嗽顿作,遂醒。接友翘字。闻东路贼近莘庄。

　　十三日丙寅(3月13日)　晴。昨虎游击兵至横潦泾,沿路抢掠,黄友堂家有洙泾逃来作寓者,悉被抢。兵勇如此,大是可虑。仪庭来饭。闻贼在烧香山筑土城,小赤壁有旗,未知是贼是团勇。又闻清晨出队。南路贼在横潦泾南,凡洙泾迁在横潦者,恐其北窜,陆续逃下,自朝至暮,门首不绝。夜半闻炮声陆续不止,直至天明。

　　十四日丁卯(3月14日)　晴,风。晨闻昨夜唐桥得胜仗。苇翁同其兄松翁来,适未起,辞之。友翘、仪庭来,知中营在泗泾未回。未几,友翘进城,及晚寄信出来,言中营午刻有信,昨夜三更接仗,至天明贼始稍退,约三四万人,势甚猖獗,现在蚁聚莘庄,声称尚有大股续来。闻新桥已有贼,太平桥信息不佳。

　　十五日戊辰(3月15日)　阴,晴。焚香。昨晚泗泾得胜仗,擒斩数百名,夺获船只、炮械等件。横山前后火起,小昆山大是可危。

下午卯卿父子自昆山回，言烧香山后贼筑土城，横山贼来即退，山后村船皆放在外港口，北路逃难船皆集镇上。闻有夷兵及楚勇来助剿。

十六日己巳(3月16日)　晴。南路炮声甚多，或云在泖角一带。楚勇往北路驻大桥防剿，步伐颇觉整齐。仪庭来。少庚自太平桥回，言自初九下船，朝开暮归，至十二日贼至，遂摇在北俞塘一带。现因母夫人患病，急整归棹，暂寓古照，少庚仍往太平桥载取杂物。楚卿家无船，衣物尽为贼掠，拟亦迁郡。余随至古照探望，大女、外孙不见已一年余矣，大表姊精神尚好，语言稍觉涩滞，自可无碍。华尔因小队在烟灯呼传不至，将烟灯打毁，颇快。冠甫自入道以来，所言颇有机兆。余上年在南梁，信来劝余返里，谓南方不可以久居。二月杪余北返，南梁即有土匪之乱，秋间遂为贼据。杨生迁皋桥，力阻其行，杨生不听，迁皋桥甫两月，闻警而逃，狼狈之至。少庚在太平桥，屡劝其归，因循未果。今仓猝迁回，始忆前语，何所言之不爽耶？大约清明在躬，志气如神，故能烛照几先，谈言微中也。又言郡中刀兵劫已过，可保无事，惟荒疫不免，然烽烟日逼，剩此弹丸，人情岂肯遽信？姑书此以觇他日之应验。

十七日庚午(3月17日)　晴，东南大风。昨夜西南上人声鼎沸，间以锣声，知为虎弁兵在横潦泾北肆掠，乡人鸣锣集击，并向中营控告者不一，横街上斩一人，亦抢犯也。南乡迁在横潦泾者皆纷纷北徙。少庚自太平桥载物回，下榻夬斋。东北贼又窜至仓石桥，去太平桥仅三里。自去冬畏寒，缩手不出，久不抄书，今天气稍和，晴窗无事，因取《南湖旧话》续书之。

十八日辛未(3月18日)　阴，晴。西南烟气弥漫，闻小蒸失守，并有贼到练塘之谣。南路炮船悉退在汊口，横潦泾只有火轮船一只，东西游弈。雷儿忽发惊厥，邀苏女医推摩之。大女来，止宿。

十九日壬申(3月19日)　阴，雨。大士前焚香。笔客王姓来，买京水笔三枝，言自湖州由西塘到松，出入长毛中，重货完税，如笔墨之类不税。

二十日癸酉（3月20日）　阴。仪庭来。夜雨。慎之来。

二十一日甲戌（3月21日）　雨，阴。锡雷又患身热口疮。

二十二日乙亥（3月22日）　晴。西南、西北烟气上冲有数处，直西最甚，闻贼在石河塘，仅隔斜塘一水耳，横山后亦有烟。

二十三日丙子（3月23日）　阴。至诒谷饭。西路逃难者不绝，烟气仍未息。夜雨。

二十四日丁丑（3月24日）　阴，晴。慎之来。仪庭、子松来。至古照。闻泗泾接仗不利。辰山顶道院为贼所焚。横山仍有烟，闻贼已过横山塘，昆山前后俱开船。

二十五日戊寅（3月25日）　雨。祭先。梅宾丈、冠甫、墨汀来饭，梅翁、墨汀先去，冠甫留，掷升官图三局。

二十六日己卯（3月26日）　阴。闻颛桥一路贼已扰及，徐平之在马桥，业已迁回。横潦泾南贼悉退回洙泾，八桨船在河北大肆抢掠，向有渡船两只，为兵所焚，避居河北者欲回家探信，以无船可渡，不能向南。兵勇满载而归，沿路售卖。

二十七日庚辰（3月27日）　阴，夜雨。慎之来。

二十八日辛巳（3月28日）　阴，晴。慎修来。有昆山乡人来，询知贼到胡家堰，金村、荡湾亦扰及。闻楚勇在新桥得胜仗。

二十九日壬午（3月29日）　晴。履之来饭。子松来。

三月甲辰

初一日癸未（3月30日）　晴。黎明起，同卭弟至西坐滩船，欲到昆山载物，将近漾桥，见横山前后烟气障天，逃难船自西来者数百，远眺昆山顶，并无一人，烟气在山之东。有人言，约在荡湾遇雷金圃船，言贼已至徐家垫，昆山船俱已放出，劝余不必前往，遂回舟抵家，适午餐。候潮上，松弟仍坐滩船而去。夜半微雨。

初二日甲申（3月31日）　阴，晴。清晨松弟自昆山回，言昨晚开至山镇，知贼窜近昆山，山后诸人连拒三次，至昨日力不胜，他处又无接应，乃退。贼到山后，将各家门户打毁，祠堂门面亦敲破，仪门内竟不进。余所存米粮尚未走失，随乘潮放进，将神主请下，米粮载回，并带回书箱两只，九弟妇、两侄女皆归家。此次贼至，杀毙三人，一为雷伯川之妻舅，泰来桥人，其二皆胡家堰人，所掳惟牛羊鸡豕，并不掳人，修诚失去一牛。仪庭来。

初三日乙酉（4月1日）　阴。晨令祥徵租滩船，星岩坐往昆山搬取书箱。接友翘信，知昨日塘桥、泗泾俱获大胜。曾帅部兵及西兵不日云集。少庚夫妇回家。是夜西南炮声不绝。

初四日丙戌（4月2日）　晴。午前昆山船回，知昨日贼又到横山，山后船俱泊在镇上，滩船候潮上始进，搬物后即行开出，天色已暮，遂泊宿于秀祥处。履之来。苇翁来。闻昨日事，南路贼伪为退出，逃难人回家探信，贼众猝至，杀掠甚众，逃出者渡横潦泾，人多舟沉，尽溺死，幸火轮船救渡余人，连开数炮，贼始退。夜西南火光烛天，大约在横潦泾南，炮声隆隆不绝。少庚来即去。

初五日丁亥（4月3日）　晴。西南炮声甚多，闻是官兵攻剿小蒸，华尔洋枪队亦出队，云往泗泾。冠甫来。横潦泾贼仍未退，官兵隔河放炮，多不能中。剃头。

初六日戊子（4月4日）　阴，晴，大南风。昨日攻打小蒸，贼仍负嵎不退。慎之、友翘、申甫、仪庭来，友翘言中营、华尔俱出队，在泗泾尚未举手，夷兵亦将到郡。

初七日己丑（4月5日）　雾，晴，大风。清明节祀先。顾松寮、韦人两世丈来晤。闻洋枪队撤回，中营尚在泗泾，夷兵从七宝进剿青浦。

初八日庚寅（4月6日）　风，雨。身中忽寒忽热，嗜卧不欲食，头痛涎流，想系风热之故。少庚来。前日新桥民团获解贼匪三十余名，发长数寸，分别正法监禁。龙珠庵贼营已击退，洋枪队亦伤数十人。

初九日辛卯（4月7日）　阴，晴，夜闻雨声。闻诗舲叔于正月十四日病故。

初十日壬辰（4月8日） 起窥窗牖，似有霁色，问之乡人，亦谓无雨，遂与静卿、星岩登舟赴昆山扫墓，途中询知干山贼已退尽。由山东新地至山后展墓甫毕，阴云四布，旋即下雨，至祠中餐饭，急回舟开行，而泥滩搁浅，推之不动，数人围坐小舟，雨势不止，舟在外滩，又不能登岸，候至天晚，潮上不大，仍不能行，乃洗锅煮粥食之，四体皆暖，趺坐达旦。

十一日癸巳（4月9日） 晴，午后阴。登岸至宗祠早饭，收拾书籍两箱带归，潮上解维，至镇上扫墓，遂返棹。少庚、子松来。

十二日甲午（4月10日） 晴，阴。晓弟妇来。壮之来。闻珠家角贼亦退去。

十三日乙未（4月11日） 晴。午后至少庚处问表姊疾，又至慎之处。闻曾帅拨来之兵已抵上海，又闻青浦、洙泾之贼亦陆续退走，未知确否。唐梧荪、石泉将渡海至通州，接铁珊信，知彼处亦不靖，遂不果行。

十四日丙申（4月12日） 晴，风。闻洙泾贼为火轮船击退，前退回之兵仍悉调往扼守，青贼则依然负固。少庚来。仪庭来。

十五日丁酉（4月13日） 晴，西南风，后转西北。明日春祭，余于晨间赴山，顶头逆风，舟行颇迟。早卧一觉，后传砚船始至。

十六日戊戌（4月14日） 晴。将事毕，饮福，候潮上归，又遇东南逆风，抵家已晚。

十七日己亥（4月15日） 晴。走答松寮丈，又至诒谷。闻臬宪李鸿章莅任，颇风厉。

十八日庚子（4月16日） 阴。冠甫来饭。又琴来。今日会剿青浦，各营兵陆续出队。

十九日辛丑（4月17日） 晴。少庚来。仪庭同高子良来。闻官兵已薄青城，夜直北火光冲天，东北亦然，见者谓直北之火当在青城，东北约在浦东也。

二十日壬寅(**4 月 18 日**)　阴,午后雨。昨夜火光系焚烧城外贼营,城堞增高,贼坚守不出,攻剿颇不易。傍晚闻马队撤回,岂攻城又成画饼耶?

二十一日癸卯(**4 月 19 日**)　晴。午前写《金刚经》,午后录《南湖旧话》。四妹来即去。履之来,言宝啬仓已卖与上洋宁波会馆。傍晚雨,夜半始止。

二十二日甲辰(**4 月 20 日**)　阴,晴。攻城之兵悉已撤回,蕞尔孤城竟不能一鼓而下,始信逼阳城下非老将一怒,讵能克奏肤功耶?

二十三日乙巳(**4 月 21 日**)　风,晴,夜雷雨。赵康侯来,以平之手字嘱寄九弟。至扫叶,因《明史稿》板向存宝啬仓,今欲拆卖,必须搬回,故往告之。

二十四日丙午(**4 月 22 日**)　雷,雨。梦兰来饭,看杨生处墙门空屋,为安置《明史稿》板地。子松来。

二十五日丁未(**4 月 23 日**)　晴。梦兰来。西南之米悉为长毛掳去,北路亦多焚掠,以致价日腾贵,现在白米每石已七千数百文,上海更不止此。奸商惟利是图,贩卖出境,食愈少,价愈高,官长虽出示严禁,并令平价,行场置若罔闻。闻南乡逃难来者,有以糠核充饥。若贼扰不休,田芜不治,吾恐萧墙之祸,不在颛臾也。

二十六日戊申(**4 月 24 日**)　晴。苇翁来。少庚、友翘来。

二十七日己酉(**4 月 25 日**)　晴,暖,傍晚微雨。吴竹泉表丈及如君在洙泾被难,明日招魂设位来报。

二十八日庚戌(**4 月 26 日**)　阴。至惠迪吊。闻洋米已到而价亦昂。

二十九日辛亥(**4 月 27 日**)　阴,雨。仪庭来。祀先。

三十日壬子(**4 月 28 日**)　阴。闻各营出队往北路。履之来。

四　月

初一日癸丑(**4 月 29 日**)　阴。焚香。内子往诒谷,傍晚归。少庚来。临《金刚经》第六本毕。

初二日甲寅（4月30日）　阴,晴。至友翘、诒谷两处。初闻嘉定克复,既闻得胜后贪取辎重,复为贼袭。

初三日乙卯（5月1日）　晴,风。梦兰在韩氏搬置《横云山人稿》板,来此午饭。少庚来。

初四日丙辰（5月2日）　风,阴。阅《滦阳消夏录》。闻昨日午刻克复嘉定城。夜雨。

初五日丁巳（5月3日）　阴。脾胃不和,腹痛作泻。

初六日戊午（5月4日）　阴,晴。仪庭来饭,未毕,闻捉船遽去。闻太仓克复。不确。新廉访李公所带兵勇,纪律严整,服用俭约,前在郡微行察访,独许中营为巴结,然犹以兵勇衣服过奢为言,一切仪注甚阔大,或有疑其奉密旨者。此次整兵先攻嘉定,亦出李公之谋,其运筹果加人一等矣。此次捉船,闻系载西兵往青浦者。

初七日己未（5月5日）　晴。气分不舒,晏起。午后微雨。慎之来。

初八日庚申（5月6日）　晴,立夏节。苇翁令其外孙来邀,作饯春之会,余以肺气未适辞之。取去朱文公题名录一册。少庚来。夜雷雨。

初九日辛酉（5月7日）　晴。剃头。少庚来。西北炮声不绝,想系攻打青城。夷兵已到,是吕宋人,有从东汉入者,有从西汉入者,自西汉者泊舟秀南桥下,登岸阑入人家,遇猪羊鸡鸭悉攫取,见稻草、芦席、板凳、草席亦取去,铺设卧地,其寓在东岳庙大街,店肆恐其滋扰,有关闭者。

初十日壬戌（5月8日）　晴。闻夷兵在秀野桥一带,至后街隔河观之。晤少峰。夷兵列坐火废基址,衣或白或红,帽或圆如桶,或高如笠,深目高鼻,卷发胡髯。闻种分数国,故服饰不一。因船只尚少,未能开行。冠甫偕顾小野来,以曾制军所颁《解散歌》《爱民歌》见示,其言剀切详明,自足感发人心。

十一日癸亥(5月9日) 雨。夷兵悉向北,闻在广富林。

十二日甲子(5月10日) 阴,微雨,晚有霁色。是日邀集同卿令郎二人,邱宜福、仪庭甥、榴甫令郎、子松三郎、作溇同星岩礼斗一日,三官有病即去,申甫适来补之,夜解星辰,钟竹村来主坛事。是夜有夷兵在陈家衖抢掠。

十三日乙丑(5月11日) 晴。《金刚经》第七本录毕。近日盛传绍兴包立生事,事甚奇诞,恐是无稽附会之言,不足录,然自浙东来者言之凿凿,彼既姑妄言之,吾亦何妨姑妄听之,而姑妄书之。其言曰:立生姓包,住绍兴之包家村,一日与母争嚷出门去,越两月始归,问其处,云在某山遇某和尚习法术,山峡有藏剑,人不能出,立生发誓杀贼,乃取出,某和尚谓曰:"汝此剑欲救众人,恐于父母不利。"立生归,述其语,父慨然曰:"我老矣,苟能救众,我何惜一身?"取剑自刎。立生夺之,已血如缕而殒命矣。时贼适来犯,立生借此为不共戴天之仇,挥剑而出,贼披靡尽殪。一说立生好大言,人目为包痴,一日令村人避入山中,村人不信,乃独处山中,将石灰画一圈,环绕此山。未几贼至,贼亦闻包痴名,问村人,欲穷其迹。入山则见白堞巍然,贼入其中,无一人出者。村人疑之,入而窥焉,见包痴方危坐坡石上,贼尸累累积山址。询其状,云:"无多谈,速备一木臼及竹弓竹矢待用。我乃白鹤星降生,奉猿公兵书灭长发贼者。"前小野谈及在上海遇见崔姓石匠自贼中逃出者,云贼犯包家村时,崔系新掳,令冲头阵。将至村,远见旗帜林立,及至其地,惟有芦荻遍插,四处交缠,旁有一门颇高大,左右设腰子式木桶二。时贼共有六千余,闯入此门则云雾弥漫,不见天日,东奔西窜,足碍不行,以手探之,悉人首,大惊,觅路半日始得出。回视芦荻上枭示贼首四人,同入者仅五十余人得出,余悉陷没阵中。明日探视,见村旁有溪积尸如山,村中杳无人声,同伴各分路奔逃。崔渡海至沪,自述如此。

十四日丙寅(5月12日) 晴,南风。纯阳真人前焚香。饭后闻红旗报捷,青浦于辰刻收复。华尔统夷兵进城,官兵仍驻城外。

十五日丁卯(**5 月 13 日**)　晴。焚香。夷兵陆续回郡,沿路骚扰,闻即欲往浦南剿贼。少庚来。

十六日戊辰(**5 月 14 日**)　晴。肺气不舒,晏起。昨夜夷兵抢劫塔桥东首烟土行,并于东塔街、西塔街内掠去妇女,不知去向。地方公呈求禁约,官长不理,华尔亦置若罔闻。闻青浦克复系约降开门,仅许夷人进城,所有资财悉归夷人,官兵不能顾问,而到处横行,公然肆掠,几至罢市。

十七日己巳(**5 月 15 日**)　晴。闻昆山贼来援青贼,我兵不备,失陷炮船数号。又琴来。夷兵南去。

十八日庚午(**5 月 16 日**)　雨。

十九日辛未(**5 月 17 日**)　晴。步至少庚处晤明之、墨汀、仿渔,后知冠甫在南,遂归。

二十日壬申(**5 月 18 日**)　晴。苇翁来,以钱春诗见示。黄莘甫、许述甫来。

二十一日癸酉(**5 月 19 日**)　晴。仪庭来。梅宾来。肺气总觉郁滞,至夜喘逆不安。

二十二日甲戌(**5 月 20 日**)　晴。晏起。四妹同大玉侄女来。闻夷兵复来即去。

二十三日乙亥(**5 月 21 日**)　晴,午后雷雨。梦兰寄售《云间杂志》翻阅之。青浦被围告急,华尔率洋枪队往援。闻奉贤克复之信。两日服清理肺气之剂,稍觉通利。

二十四日丙子(**5 月 22 日**)　晴。剃头。洋枪队又折回北路,信息殊模糊。又琴、履之来。

二十五日丁丑(**5 月 23 日**)　晴。北路消息不佳,王都司兵仍退守广富林,李中营退守唐桥。友翘来,言退守之说果确,此次贼大股来扰,号称三十万,三伪王统领,势颇猖獗。官兵已为上洋调去千余名,力颇单薄,动辄溃逃,殊为可虑。

二十六日戊寅(**5 月 24 日**)　晴。武圣前拈香祷告,得第二签。

友翘来，言昨晚中营调拨官兵驻青浦南门外，以通广富林之路，现在贼匪逗留北竿山、凤凰山一带。夷兵仍无来信。是日颇热。

二十七日己卯(5月25日) 晴。闻西兵从嘉定至青浦，不从郡中行，实为万幸。凤凰山贼已退向北。华尔出队往青浦。少庚来。

二十八日庚辰(5月26日) 晴。气分仍觉不舒。

二十九日辛巳(5月27日) 阴，午后雨。

五　月

初一日壬午(5月28日) 阴。焚香写经。邀少庚来说话。仪庭来。闻嘉定复失。

初二日癸未(5月29日) 晴。北路未平，东路又告警矣，盘龙、诸翟难民提挈而来，彼处无兵扼守，惟泗泾有防兵，亦甚单薄。晓弟妇来，其妹婿顾水春同来，亦亭林人也。李鸿章初来，颇有威望，及莅巡抚任，恃气刚愎，声名顿减。卧不多时，闻叩门声甚急，启视，则履之，言泗泾、唐桥兵溃，外边移徙纷纷，座船在乡，欲觅人往唤。说毕，匆匆遂去。时祥徵等闻街上喧哗，已出外探听。余着衣起，门首一望，但见扶老携幼，肩挑手挈，自东而西者不绝，甚有暗中摸索者。祥徵归，言大街上更觉扰乱。子松来，言逃兵已在北门外抢掠。别无他策，只得为躲避计，令祥徵连夜到乡唤舟。星岩至诒谷，知坐船亦在乡间，急切无计，俱已走出，少定即返，专人取舟。

初三日甲申(5月30日) 晴。天明船至，即带随身行李且赴昆山。大姊到赵家庵去。松弟另雇乡船至西河滩，为兵勇捉去，央人往说，费却英物三饼。当此危急之时，兵勇犹借此图利，实堪发指！中途遇修诚船，知郡中有警，来探望者遂同至山，仍栖苇筏。晚遣修诚船往郡载米，星岩同去。松弟船至晚不到，想借寓克字圩内矣。履之船亦不来。昆山前后逃难来者甚多，皆系青浦西北门外人，素已蓄发，现因克复新薙，不料贼匪复到，尽避走郡东。又因郡城告警，仍折回西乡。闻贼又在珠家角，不敢向前，逗留于此。

初四日乙酉（5月31日） 晴。星岩自郡回，言黎明时见兵勇数百，自北而南过秀南桥向西，声称扎营仓城，乱捉民船，无论有人无人，即妇女在船，亦一拥登舟，拔刀恐吓。修诚船装载吃米数石，余物皆不及带，赶紧摇出，不致被扰。风闻系广富林溃散兵勇，此说果确，大事去矣！此间沈港人亦有逃来，则因珠家角有贼之故。午后东南烟起，乡人指为大营，皆自田间奔回，言有贼数人在干山插旗，村人悉装船准备。松弟自克字圩来，言大营兵悉调进城，为东门吃紧之故，营中之火系官兵自放。又有言因曾提军统领，兵心不服致变，现已枭斩数人，仍以中营统领，兵心略定，大营仍旧扎住矣。松弟唤船至克字圩，载两妹一弟来，彼处离郡不远，且八桨船停泊甚多，兵勇借买鸡豕之名闯入人家门户，又多一番惊恐。定用摇船人诸和观，魍魉人。

初五日丙戌（6月1日） 晴。菊川来，言昨日自郡至此，颠沛万状。云峰泊舟于走马塘，来言广富林营已为贼踞，下午东南烟气蔽天，乡人指为郡中。祥徽登山瞭望，见烟气环绕东北，西林塔东亦有烟，约在岳庙前。据唐如山言，有人自郡来，闻华尔欲排车轮炮，故放火。现在夷兵已到各门严守，此说不知确否。陈媪之子在郡，回亦言较昨安静。入夜瞭视，则火光冲天，自广富林至大桥，如万点明灯，毗连东北门外。

初六日丁亥（6月2日） 微雨，午后晴。闻唐石泉自郡到山，急往问信，知吊桥及竹竿汇、日晖桥等处为夷人纵火，渠见卢义顺火起，走出，过跨塘桥，贼已由瓮城头到郡矣。午后石泉之戚庄君来，言贼在秀野桥驻扎，尚未逼近城垣。此次贼来仓猝，迁徙不及，或有船而寄泊乡间，或船来又为兵勇捉去，又有塘南人寄寓浦北者，人生路不熟，更觉进退维谷，所闻被掳不少。金驼在家看望，竟不来乡，未知如何。

初七日戊子（6月3日） 晴。修诚在山瞭望，言烟头在廿四、廿五图等处，午后金驼同同卿次郎森官来乡，询知前日贼到即打破西门房而入，掳去同卿及其弟三子。昨日天明，金驼领渠一家至盐仓头，又掳去男女四人。金驼初亦被掳，旋放出。森观匿草间，贼不见，随金驼至此。同卿乃尊裕堂尚在我家。鸿甫先生家已纵火，不确。我家尚未延及，老屋数椽，此后未知能保否？东西北门外近城民房皆为华尔所烧。横山有贼掠牛，又言是八桨船。

初八日己丑（6月4日）　阴，晴。清晨闻炮声不绝，未知何处接仗。八桨船在沈泾浜抢掠，与贼无异。此间轰传贼至，半刻乃定。下午北面烟起，约在金家浜，庙头船亦开来。入夜山头瞭望，郡西仍有火，广富林火光不见。菊川来，渠曾遇见郡人，言合和典已火毁。

初九日庚寅（6月5日）　晴。早饭后即有警报，旋见干山火起，横山船开下，余辈亦登舟，开至近曹浜处停泊，至下午安静无事乃归。闻横山掳去船十余只。谢砚山同其侄男女及赵姓母女共七人来借宿，言其兄少峰被掳，嫂被害。

初十日辛卯（6月6日）　晴。榴甫、陈静岩、马信臣来，亦初五逃出，从洙泾绕道至此，言慎之船在北新村。榴甫遇贼搜尽，幸即逃脱。近横山又有警报，家人暂往舟中，少定仍返，知贼不过数人，欲渡河，为地头人赶退。东北烟头极盛，郡西亦有烟，或云贼已北退，或云仍在广富林。

十一日壬辰（6月7日）　晴。早饭后闻贼近东厍，山东人纷纷奔逃，急呼家人登舟。雷儿未醒，裹抱下去，开出簖口停泊。雷儿呕吐屡作，适胡家堰王南桥儿科船同泊，邀渠过船看治，与末药二服。将煮滚水冲服，忽见岸上人乱奔，人声鼎沸，万篙竞进。初不知报头从何而来，遂开舟西行。出汭，至长溇祥徵之姊婿袁国发家炊饭，拟借居数日，并借船往昆山载取吃米。雷儿上岸后服末药，吐止。余夫妇儿女宿于岸，森观、星岩宿于舟。松弟本同来，复乘便舟回山，三更船返，小弟来。晤陈铁峰，亦泊舟于此。

十二日癸巳（6月8日）　晴。铁峰言近城之贼已退，广富林、钟桥二营仍为贼踞，闻练塘航船可开至关爷基。此间有人自练塘回，言昨夜北路有火，练镇一夜惊惶，闻贼在金泽一带。

十三日甲午(6月9日)　晴。国发赴镇,祥徽、金驼趁船探听消息,航船开行之说不确,明之家。乘何古心船,亦在练塘。下午松弟姊妹买渔舟到此,言贼时在横山出没,昆山昼夜不能安息,因来暂避。祥徽姊为道地一室,在余寓东数家,尚堪栖止。榴甫亦同来宿余舟中。铁峰言东南烟气仍有十余处。闻湖州失守,两浙无完土矣。

十四日乙未(6月10日)　晴,东南风。榴甫乘便舟往镇,松弟、星岩同去。舟子诸和观发疹呕泻,借国发船,令祥徽送至昆山,船回知和观不愿往泖东,欲至网带,遂送至其处。松弟等自镇回,言郡人之在镇者颇多,借高家祠堂为公所,郡中贼退似确。陈静岩在镇,据有人在西河头望南垛,但见白墙耸立,所言果确,老屋已成劫灰。蓬梗萍根,漂泊何所?

十五日丙申(6月11日)　晴。祥徽、金驼上郡探信,无处觅船,徒步而往。傍晚返寓,言跋涉至斜塘得渡,遇见兵勇与贼无异。从跨塘桥而东,每遇桥梁,皆有兵勇看守。此等兵勇并非堵御贼匪,乃为自己载物。祥徽等从陶行桥至南垛,见外馆驿至塔桥一带皆成瓦砾之场。慎之、少庚家悉遭其劫,传砚前两带又被焚,老屋幸未烧及,惟搜求更甚于前,掘地起板,无室不到,钱米无少存留。同卿尊人亦被掳,所存惟同卿母妻幼子三人耳,余俱不知下落。闻青浦守兵已退,贼复入城,近城乡村贼每日必到,不及细探遂返。坊厢田有已栽秧而槁死者,有未及播种者。贼不即退,恐此辈不肯甘为饿殍,其患何所底止乎!

十六日丁酉(6月12日)　晴,大风。自初二夜至此,日记皆拾残纸书之,今始取出文具录上此册。横山前烟气甚浓。隔壁沈姓有与周家浜褚姓为戚者,眷属悉来避此。言贼已到小昆山,油车已放火东山址,戕毙两人。然远望昆山前后,并无烟头,此说或未确。铁峰言前日乘航至关爷基,闻青浦复陷,未敢进探,有去者至塔桥而止,惟闻塔射园被火,三义庙亦被烧,延及遂养门带,东塔衖内死者颇多。

十七日戊戌(6月13日)　晴。练塘有烟气上冲,猜是失火。金和往镇回,果从烟灯起火,延及茶馆。铁峰言昨日贼又冲至跨塘桥,洋枪队俱在南门,城内官兵无多,大有弃郡守沪之意。从来国家大患在不自振作,中国有寇,借助外夷,其结局未有不受侮者,唐宋之事可为殷鉴。粤匪之起,本系习教邪徒,一贤明有司足以靖之,乃因循怠玩,酿成巨祸。然皆沿路裹胁乌合之众,漫无纪律,督师者若简选精锐,乘其羽翼未成,诛其魁,赦其党,亦可解散。乃坐拥厚兵,挟寇自重,动以缺饷为名,以致日久蔓延,毒流海内,廷臣无计可施,辄欲借西兵以灭潢池之寇。西夷包藏祸心已非一日,中国受欺亦非一次,今耗金钱无算,用致其师,所到之处,官民交困。其所长洋枪火器,贼固畏慑,然西夷惟利是图,贼亦可以利动,与贼交通,中国亦不得制之。夷兵一至,坚城随克,所有悉橐载而去。贼伺夷去,旋又陷夺,兵勇解体,相率从贼。于此复求救于夷,夷视中国之肥瘠,犹秦人之视越,漠不相关。其来未可必,而百姓已大受其困矣。故不自振作,徒仰鼻息于西夷,不特损中国之威,且贻天下无穷之患,其为失策,孰甚于此。闻炮声,约在枫泾。

十八日己亥(6 月 14 日) 晴,热。松弟至练镇,言十六日贼复到郡,掳人数百,闻子松亦被掳。昆山油车并未纵火,前日到东库、泰浜掳船。有人言少峰家前日被焚,不确。则我家老屋存亡未可知也。石泉船自镇至此泊宿,言镇上传闻广富林贼亦退,又闻日本琉球兵已到沪。是夜热甚,卧榻逼仄,不能成寐。

十九日庚子(6 月 15 日) 晴,热,午后雷雨,农田正宜。石泉寻房不得,放小蒸去,遇雨仍回。干山、横山近昆山处皆有烟,直北亦有烟。傍晚周家浜有人来,言贼在昆山打馆子,走马塘港、西泾港掳去逃难船不少,未知山后如何。

二十日辛丑(6 月 16 日) 雨。石泉寓在西邻沈姓。周家浜探信人回,言长毛尚在昆山。远眺山头,却无烟气。

二十一日壬寅(6 月 17 日) 晴,夜雨。祥徵赴镇买物,晤蔡和尚,据说昆山贼仍未退,我家宗祠享堂被焚,山后掠去数舟,戳伤数人。铁峰在小蒸,闻人传说贼又焚掠至长桥头。直北有烟数处。石泉往镇探问郡信,亦甚模糊。

二十二日癸卯(6 月 18 日)　雨竟日夜。雨气昏蒙,不辨远眺。

二十三日甲辰(6 月 19 日)　雨,阴。沈带周家浜有探信船回去不返。

二十四日乙巳(6 月 20 日)　阴,晴。雷金围船来此并泊,言昆山虽无长毛,因广富林左右又添设贼垒二座,故村人夜间犹不敢住宿。石泉船工系曹浜人,探信回,言曹浜共掳去船十五只,中有二只系郡人黄怿亭、姚芝岩家。舟中人大半投水死。又言曹浜人有探至广富林者,言贼已北走,未知确否。此次山后掳去七船,戳毙一人,掳去妇女有放还者。

二十五日丙午(6 月 21 日)　阴,晴。周家浜有探船来,言广富林贼已退尽,此说似确,并谓青浦贼尽焚城中房屋,弃城而去,则未敢信也。

二十六日丁未(6 月 22 日)　阴,晴。金驼走向郡探信。逃难船在练塘东木圩者,都返泖东。雷鸣作阵,至半夜闻雨声。

二十七日戊申(6 月 23 日)　晴。铁峰赴郡回,言李中营廿六日出示,言贼匪尽退,百姓有余房可住者各安生业。自秀野桥东至西门一直大街,仅存门面九间,余者残毁不全,仓桥头多有存者。郑月槎现办收尸,此公勇于为义。并闻有日本兵到沪,石泉前亦谈及。明嘉靖间我郡为倭夷荼毒,不胜其困,今却借以为援,恐非良策。

二十八日己酉(6 月 24 日)　阴,雨。庆赐来,述郡中情形,与两日所闻略同。惟钧玉衖后街东至渡口悉被焚,是子松家亦在内城中,颇觉热闹。

二十九日庚戌(6 月 25 日)　雨。伤风多涕。

三十日辛亥(6 月 26 日)　雨。金驼阻雨不来,颇为焦闷。夜嗽不安。

六　月

初一日壬子(**6 月 27 日**)　雨。

初二日癸丑(**6 月 28 日**)　阴,时有微雨。石泉回昆山,多一空船,松弟姊妹乘之而往,深官亦去。金驼来,悉郡中短毛甚多,现其母兄已回,借资照看。闻冠甫被掳,四妹船在上海,青浦仍有贼,广富林现已扎营。冠甫入道后,过于自信,谓长毛必不再至,故警信迭闻,执意不走。平日恶闻俗事,家居日少,非守先堂即莲溪道院。今堂已火废,道院亦虚无人。被掳之说得之其店友经先生,并非目睹,或者未确。内子前于庵浜求大士签诀曰:"失意番成得意时,龙吟虎啸两相宜。青云有路终须到,许我功名必可期。"依第二句,冠甫生肖虎,或遇一肖龙者而得出耶? 又入道者以云程为至极之地,依第三句,岂竟入云程而不返耶? 夜又雨。

初三日甲寅(**6 月 29 日**)　晴。祥徽赴镇买物,拟明日回山。

初四日乙卯(**6 月 30 日**)　雨。不果行。练塘米价每石八千有余,且不过一早市,过时则无可籴处矣。金驼言郡中城关外并无米铺,籴米须进城,或南门外但有洋米,价值每斤五十六文,谷多味涩,不易下咽。余窃计所带吃米仅敷两月,庚癸之呼在所不免。特恐米日少,价益高,嗷嗷者如何度日耶? 冠甫在斗阁曾置辟谷物,谓饿劫将临,豫制备用,则似有先见之明也。

初五日丙辰(**7 月 1 日**)　晴。饭后开船抵山,尚未潮上。见享堂东西祠俱被火毁,延及前面东西厢,焚去四五椽即灭,尚堪栖止。惟灶室为雨甚坍毁,上房西厢亦岌岌乎有倾倒之势。新地坟屋仅存一带。晤石泉,其郎君尚无消息。

初六日丁巳(**7 月 2 日**)　晴,热。教谕公生忌祭祀,即补作夏至时享。闻王芝亭被害。

初七日戊午(**7 月 3 日**)　阴,晴。欲作一泥涂灶,而匠人屡约不来。

初八日己未(7月4日) 晴,热。至新地见焚余之屋仅存三间,门窗俱无,墓门亦被焚。少庚自汤家栅来,知迁至栅后,尚无警信。惟闻八桨船在斜塘抢掠,亦时觉惴惴。母夫人病势仍旧,焚余之屋仅存灶室、柴房,不能栖止。饭后乘潮即去。松弟赴郡,晚回,阆峰同来,知子松在龙珠庵放出,艰苦之至。

初九日庚申(7月5日) 晴。余放舟赴郡,松弟、星岩、阆峰俱去。毗弟伉俪为寻履之亦同去。到家一看,更不如前。深官母夫人作故,韦人一家贸然入居,并将所存字画法帖等类携去易米,殊失斯文雅道。是日不在家中,未能面质。子松、履之皆来,言义米事,忽闻捉船之信,履之遽去。后知洙泾兵调往上海,现驻仓城内,此辈与洋枪队两相仇杀,居人故多忧恐之色。饭后余至诒谷探问冠甫信,适四妹、仪甥昨在上海回,得闻避难情形及冠甫被掳情状。潮上时解维归山,毗弟伉俪因义米无着,在履之处。傍晚下雨数点。

初十日辛酉(7月6日) 晴。四妹船来止宿后带。友翘来,知已赁居裕庄矣。

十一日壬戌(7月7日) 晴。匠人来作灶。毗卿伉俪自郡回,晓弟妇同来。友翘来。

十二日癸亥(7月8日) 晴,热。四妹往冷水湾,晚回。仪庭赴郡,松弟亦去。

十三日甲子(7月9日) 晴,风。夜饭后晓弟妇登舟,明早乘潮回郡。

十四日乙丑(7月10日) 晴,风。献灶。姨娘同七妹来,七妹即去,姨娘留此。闻慎之布业现已开张,可称其志不衰。

十五日丙寅(7月11日) 晴,风。道路皆言金陵克复,未知确否。

十六日丁卯(7月12日) 日色甚淡,东南风极大。晨闻炮声不绝,后探知新提军黄公到郡,所带兵船演炮。曾军门炮船最易滋事,闻抚军陆续调至上海遣发。

十七日戊辰(7月13日) 晴,风。四妹遣船往郡,祥徵附往。傍晚仪甥到山,松弟亦回。新军门黄翼升兵船百余号,俱停泊秀南桥一带,尚属安静。并闻抚军、镇军俱微行察访曾提军炮船滋事之由,今晨炮船分往南北,未知所向。

十八日己巳(7月14日) 晴,风,望雨颇切。闻炮船向北者直入淀河,或云打昆山,或云打苏州,恐未尽然也。郡南附城房屋闻夷人勒令拆卸,欲改造夷房。乡人有赴郡者,言今午洋枪队将诸行余屋烧毁,百姓奔诉本府,事获已,犹令自行拆卸,给与地价若干。吾民既苦于贼,又制于夷,夷蚕食无厌,官如备员,将何以善其后哉?

十九日庚午(7月15日) 晴,风。履之存书内有抄本经史书,因取读之。

二十日辛未(7月16日) 晴,风。泖中炮声颇多,闻是前日向北之船,在塔前点卯。

二十一日壬申(7月17日) 雨,风止放晴。丁家村遣舟来,载寄存家伙并邀姨娘去。仪庭往练塘,静卿、星岩同去。瓢湖席伯华来访仪庭,乃冠甫之堂弟也。

二十二日癸酉(7月18日) 晴,午后雷雨。剃头。菊川来谈。闻浦东现已安静,南路亦将次肃清。练塘船回,知前日炮船剿周庄贼卡,金泽、西塘俱无贼。

二十三日甲戌(7月19日) 阴,晴,日色颇淡。补山、石泉来谈。

二十四日乙亥(7月20日) 晴,风。往横山看船,不中即返棹。友翘自郡来,知金山卫城于廿一日收复,里仓沈氏之屋已售与华尔,此近人家皆令迁徙,每家给英洋五枚,并闻贡院有拆改衙署之说。

二十五日丙子(7月21日) 风,晴。祀先。友翘来。前月初旬,贼四出滋扰,时有形迹可疑二人过山前,为村人击杀,其实乃青浦逃出之洋枪队。今其党追理前事,借复仇之名图肥身之利,在镇恐喝,闻村人已许其贿和矣。

二十六日丁丑（7 月 22 日） 风，时洒微雨，竟是秋景。友翘有船赴郡，仪庭亦往，令祥徵趁行。

二十七日戊寅（7 月 23 日） 风，时有细雨，天气甚凉，节交大暑，却似白露气候，田禾非宜，谚云："床上有被，田里无米。"镇上之洋枪队乃借名讹诈，郡中有所风闻，遣真者来捕。

二十八日己卯（7 月 24 日） 阴，微雨，午后又发风。

二十九日庚辰（7 月 25 日） 阴晴不定，东南大风。遣舟至长娄。

三十日辛巳（7 月 26 日） 时雨，午后又风。长娄船回，祥徵未返。

七　月

初一日壬午（7 月 27 日） 晴，风息，热。仪庭自郡回山。闻官兵现剿乍浦贼。

初二日癸未（7 月 28 日） 晴，热。友翘来。仪庭同星岩回郡，将为沪上之行。祥徵回，船已看定。

初三日甲申（7 月 29 日） 晴，热。连日清早水泻，胃口亦滞，服正气散未效。

初四日乙酉（7 月 30 日） 午前雷雨，午后晴。体中疲软，两腿作酸，似感暑湿。

初五日丙戌（7 月 31 日） 阴，雨，似深秋天气。夜饭后觉寒气逼人，遂卧，覆以重棉，夜半发热不得睡，东方明后始酣睡片时，汗出热退，竟成疟疾。

初六日丁亥（8 月 1 日） 阴，雨，颇凉。遣祥徵等至长娄。少庚来，知母夫人于前月十八日去世。渠亦患疟未愈，彼处寓室多不便，拟来山暂居。

初七日戊子（8 月 2 日） 阴，雨。少庚饭后开船去。下午疟至寒重，汗出不透。传砚姨娘来。

初八日己丑(8月3日)　阴,微雨。韩杨生来,言及江北民俗淳朴,惟好斗耳。祥徽自西头购一舟至,较现在者稍宽大,料亦坚实,费钱一百十千,看者皆称不贵。

初九日庚寅(8月4日)　微雨,晴,夜半大雨。是日疟来稍早,寒轻热重,汗出甚多。

初十日辛卯(8月5日)　晴,傍晚又雨。杨生冷水湾去。前诸行拆屋并非华尔主见,华尔惟令将火烧墙壁拆去,以清眼界,通事讹述,本府遽尔出示,洋枪队借端攫物,及至明白晓示,百姓已受累无穷,现闻有力者复行盖造矣。胜帅生擒四眼狗陈逆解京,此贼著名凶悍,其供词亦倔强不驯,名城大都攻陷无数,疆场大吏手刃不计,并谓:“非胜帅无以服苗沛霖,无苗沛霖断不能缚我,今被擒,此天亡我也!”

十一日壬辰(8月6日)　晴。祭祀。疟来寒又重,热退后食稀粥一瓯。

十二日癸巳(8月7日)　晨雨,午晴。有从郡中来者言今日出队剿青浦。

十三日甲午(8月8日)　晴,立秋节。以制首乌三钱泡酒饮之。疟来稍晏,寒热未减。

十四日乙未(8月9日)　晴。闻洋枪队攻青城不利。

十五日丙申(8月10日)　晴,热。焚香。剃头。是日疟不至,惟觉腿酸头疼耳。闻青浦城午刻克复。杨生来。夜雷雨。

十六日丁酉(8月11日)　阴,雨,凉。清晨少庚来,本欲早潮迁来,缘彼处讹言北路有警,先来探视,随遣舟去,于晚潮到此。

十七日戊戌(8月12日)　晴,雨。此次克复青浦,洋枪队又大获,近村有充洋枪队者,或船或米,在镇出售,闻郡中更多。

十八日己亥(8月13日)　晴。友翘来。

十九日庚子(8月14日)　晴。杨生去。闻郡中捉船,据说进剿昆山城。

二十日辛丑(8月15日) 晴。摘《本草从新》内简易各方。

二十一日壬寅(8月16日) 晴。友翘来见仪庭。上洋来字,知因星岩患伤寒,未能即归船上岸。

二十二日癸卯(8月17日) 晴。

二十三日甲辰(8月18日) 晴。

二十四日乙巳(8月19日) 晴。少庚赴郡,丱卿、静卿两弟亦去。晚作雨阵,不甚。

二十五日丙午(8月20日) 晴,微雨。少庚船回,接明之、壮之字,知母夫人于昨日作故,明之欲借祥徵帮忙,壮之欲措青蚨十千,并知壮之已与王紫湄女结亲,昨日已合卺矣。少庚为其载枢,午后仍开船去,祥徵同去,并附去青蚨五千。

二十六日丁未(8月21日) 晴。友翘来。少庚船午后回,知郡中时有捉船之举。内人两日发热,今始退凉,雷儿亦患身热。

二十七日戊申(8月22日) 晴。闻青贼余党尚有五六百人,时在东北窜扰。

二十八日己酉(8月23日) 晴,阴。菊川来。仪庭、星岩自沪上归,杨生、子松同来。星岩病已全愈。雷儿服清解药一剂,身热渐退。

二十九日庚戌(8月24日) 晴,微雨。唐如山来。点地香。

八 月

初一日辛亥(8月25日) 阴,晴。焚香。雷儿患痢。妖星又见东北,光芒较去年略短。

初二日壬子(8月26日) 晴,晚有雨意。祀先。杨生赴沪,将欲渡海。菊川来。

初三日癸丑(8月27日) 晴。菊川来,嘱写修理镇桥募启。闻贼又犯上海。

初四日甲寅(8月28日) 晴。剃头。菊川来,属写信。夜半雷雨。

初五日乙卯(8月29日)　晴。星岩赴郡,祥徵随去。午后雷雨。袁国发夫妇来,留宿。夜郡船回,雨势极酣,此处不过小雨数阵。郡中两日又有小警。

初六日丙辰(8月30日)　早阴,微雨,午晴。祥徵同国发赴郡。

初七日丁巳(8月31日)　晴。身体发热。

初八日戊午(9月1日)　晴。身热不退。菊川来,长谈始去。客去后,余遂卧。

此后不能下床,不复记载,约略记得者,病后书之:

初十日(9月3日)　闻方秋崖先生在徐家地看周春霞,邀来诊治,据云暑热伤气,用生脉散加芪、术等味服之,作胀。

次日(十一日,9月4日)　另邀雷伯川来诊,以生脉散加清暑等味服之,身热仍不退,大便不解,小便短赤。

又数日,买得西瓜一个,不甚佳,吃四之一,眉目清爽,后亦得解,身亦渐凉,将谓病可全愈矣。不料元气亏损,一闭目即汗出如洗,心摇摇如悬旌,神思恍惚,不能自主。急服补剂,无如乡间药料,凡贵重之品都有伪者,服下毫无效验。

十八日(9月11日)　夜,阿昆发热,次日不凉。时内人患疟疾,四妹、仪庭、淑媛俱患热病。曾往邀俞伯驹。

廿一日(9月14日)　(俞伯驹)来,阿昆已服伯川所定大柴胡汤,不得汗。伯驹来诊,以为无大病,开方亦轻描淡写。然阿昆自十九日昏睡之后,即自言自语,东眠西倒,一刻不停,大有内陷之势。

廿二(9月15日)　早上又嘱伯驹定一方,仍无紧要。时下人等无一不病,无人照看。是日抓爬一日,至半夜声息渐微。

廿三日(9月16日)　天明,呼家人起视,仅存一息,未几殇逝。此女余所钟爱,不意患疾不起,一由余夫妇皆病,不急为看视,一由庸医之误人,夫复何言?遣修诚至练塘买棺木,至次日归,遂装殓,舁至山东,葬于晓卿弟长男墓侧。内人因此忽忽不乐,又恐余悲伤,强作笑言为余宽解，然余知其眼泪从肚中落也。

廿九日（9 月 22 日）　长女淑媛忽病脱，伤悁殊甚。七日之间，连亡两女，皆余不德所致，余病亦复发矣。四妹一家因淑媛故后冒疾回郡。

闰八月初七日（9 月 30 日）　内人患脾泄，未几成痢，恐余忧，不为告。余见屡起，询之始实言。服草头方稍愈，余劝其服药，而内人酷信仙方，遣人至王家潭子施王庙求两方，服后亦不止。至十七日（10 月 10 日），洞泻不止，所下之物或红或白或黑，如鱼脑。急邀伯川诊看，谓气血两亏，恐难支持。

十九日（10 月 12 日）　内人自知不起，欲见其庶母，因遣人至郡通信，廿一日（10 月 14 日）始来。内人已不能语，仅执手呜呜。至戌时气绝，未绝时连呼儿女两人，此死不瞑目者。内人在余家一十九年，上下无怨，内外无间言，操持门户，使我无内顾忧。今一旦弃我而去，我即病愈，此生有何趣味耶？停尸于苇筏，次日购求棺木，适有寿器可让，木料坚致，已合好二十余年，价五十五千，遂购归。送终之具，余不敢从简。

廿三日（10 月 16 日）　成殓，葬于先室赵孺人之次，自此不复见面，不觉大恸。余连遭逆境，心神惘然，夜不能寐，日则昏昏不语。

廿五日（10 月 18 日）　儿女前往覆墓，余恍惚中若有俊仆两人，蓝袍黑褂，不见其首，立床前云："请老爷也去。"余答云："我尚有十二年，何遽云去耶？"两仆即回身去。未几，见一白染牌上有"奉旨准"三字，此岂妖梦耶？余病总未退，每欲上郡调理，又苦乏资。九月杪，决计回家，并欲为内人诵经。

廿九日（11 月 20 日）　天阴无风，力疾起床，令安仁负至舟中，开行后，云净日出。抵西河滩，仍负至家中，入房不觉又为一恸矣。松弟及妹亦于是日归家，余今年收租即订松弟帮理。回家后两日，邀秋厓先生来诊，用补阴之品，惟日间忽忽不乐，偶有所触，即肝火上冲，以致身复发热，潦倒异常。又十余日，渐觉清爽，守服补剂，无如价贵,不能多服。停药数日,身热复作,习以为常。至十一月中,始能下床行动。十二月初为内人诵大悲忏三日,余始向灵前展一礼。悲慨之余,成悼亡诗数首。

今秋暑疫盛行,城乡皆然,棺木为之一空。匠人多病,不能工作,木匠改业为之帮做。人家无有不病者,数月来亲友中之死亡者,如姚明之、壮之母夫人,菊川、慎之母夫人俱病故。赵甥又琴字来,言甥媳病故。菊川夫妇双亡。十弟妇在瞿氏以患痢故,其媳在郡中故,后始报知,所有贼余之物,悉为瞿氏干没,故后四日始得成殓,瞿氏亦有数人作故。何湘舟夫人暴亡,久乃得信。刘鸿甫先生在上海老宅寿终,接杨古云信始悉。李梅宾、陈静岩、夏星五、杨去夫、冯瑞卿相继去世。尚有未及知者,或知而失记者。子松弟向住余家,余归,迁往隔壁陈氏,以久痢故。

课儿日记

余病起后,闷坐无聊,裁寸纸作字,课雷儿识认。每日得二十四字,论其质,尚可十余字,然余不强也。识一千二百字后,读《三字经》《五经赞》《诗品》三种。今开《孝经》,句有长短,未能连属,姑记字数以觇其读性如何。此记专为课儿而作,非要事则不书,宾客来往无正经事者亦不书,其有关于家国大事,间或书之,以备参考。

二 月①

廿四日庚子(1863 年 4 月 11 日) 阴。雷儿开读《孝经》六十三字,读三十遍,温书、温字,课完喜涂笔,以描红簿把笔一叶。松弟同修诚赴乡。夜雨。

---

① 同治二年(1863)。

廿五日（**4 月 12 日**） 阴，午后有霁色。上生书五十八字，读毕连上一首，又读十遍。

廿六日（**4 月 13 日**） 阴。上书六十八字。耕心来，言出月初三娶妇。仪庭来，言将往上海。

廿七日（**4 月 14 日**） 晴，午后阴，微雨。上书五十八字。杨云泉来，为赎田事。

廿八日（**4 月 15 日**） 雷雨。上书五十九字。

廿九日（**4 月 16 日**） 晴。上书五十八字。少庚来，言母夫人及亡女俱已安葬。夜又雨。

三十日（**4 月 17 日**） 雨。上书五十四字。成近事杂感诗二首：一言西夷所募之洋枪队徒扰闾阎，甚至阑入府署，肆行抢掠，上台不为之申理，恐贻患无穷也；一言何弗自练胜兵，何必假力于夷人。

三月丙辰

初一日丁未（**4 月 18 日**） 阴，晴，夜又雨。上书五十二字。成贺耕心诗二首，不落贺新昏旧套。

初二日（**4 月 19 日**） 阴。上书五十一字。接明之和韵诗。

初三日（**4 月 20 日**） 微雨。雷儿伤风，声哑，不上书。

初四日（**4 月 21 日**） 阴。松弟船回。上生书五十九字。

初五日（**4 月 22 日**） 阴。黎明起，赴小昆山扫墓，归棹颇速，恐捉船，傍晚始进泊。

初六日（**4 月 23 日**） 雨。上书五十一字。

初七日（**4 月 24 日**） 雨，阴。上生书六十五字。作诗。

初八日（**4 月 25 日**） 晴。上生书六十字。

初九日（**4 月 26 日**） 晴。上生书六十字。慎之来。少庚来谢葬。

初十日（**4 月 27 日**） 雨。上书六十八字。

十一日（**4 月 28 日**） 晴。雷儿厥病大发，邀枝珊来看，总是风痰为患，服药后呕吐屡作，酣睡不食。余是日为慎之次郎与晓卿次女联姻,嘱为关照。午后坐舆至传砚,晓弟妇一诺无辞,遂向慎之处订定,求吉日期。

十二日戊午(4月29日)　晴。雷儿又吐一次,精神疲软。慎之来。少庚来。壮之来谢葬。

十三日(4月30日)　雨。上生书六十九字。

十四日(5月1日)　阴。上生书六十六字。邀枝珊覆诊雷儿。

十五日(5月2日)　晴,阴。上书六十九字。松弟开船南乡去。友翘来,言太仓贼酋伪投诚,要求二品顶带,官兵信为实,入城为贼戕害二百余人。

十六日(5月3日)　雨,阴。上书五十九字。

十七日(5月4日)　阴,晴。晓弟妇来。成之侄妇来。少庚挈金孙来。邀芝山换方。太仓州城于十五日申刻收复。

十八日甲子(5月5日)　晴。沈秋塘来,矍铄如旧,长谈,留便饭去。上书六十八字。

十九日(5月6日)　晴,阴。立夏节。上书七十三字。夜大雨。

二十日(5月7日)　阴,晴。上书六十九字。仪庭自上洋回,来晤。

廿一日(5月8日)　晴。上书八十三字。芝珊来换方。

廿二日(5月9日)　晴,晚雨。上书六十字。

廿三日(5月10日)　雨。上书七十九字。闻太仓所得辎重甚多。

廿四日(5月11日)　阴。上生书七十九字。诒谷甥女新小姐自江北回,来吊,并贻我梭布一匹。松弟约传神徐韵亭来,为内人摹仿遗像,《百像图》无从选择,因令妞儿出去,仿佛图之,形神已隔,岂能笔下如生耶?又为阿昆起一稿,有一二相似处。少庚来。

廿五日辛未(5月12日)　晴。上书六十六字。耕心来谢。

廿六日(5月13日)　晴,阴。上生书七十六字,《孝经》毕,共一千七百廿七字。

廿七日(**5 月 14 日**) 晴。上《诗经》八十字。少庚来。中丞巡阅即去。

廿八日(**5 月 15 日**) 晴。上书七十一字。录近作。星岩自昆山来。

廿九日(**5 月 16 日**) 雨。杭州府君忌辰。上书七十九字。

三十日(**5 月 17 日**) 雨,阴。雷儿厥病又作。星岩因仪庭病往扫叶。

四月丁巳

初一日丁丑(5 月 18 日) 晴。闻仪庭病重,坐舆往看,系春温症。是日邀秋厓先生诊,用大黄元明粉以下之。少庚来,请晓卿长女庚帖。

初二日(5 月 19 日) 晴。星岩来,知仪庭服药后连解三次,病有转机,后又以尹小莘所请乩方来看,颇属可笑。上书六十九字。

初三日(5 月 20 日) 晴,阴。诒谷来邀,坐舆往。仪庭病势不退,是日邀马轶才来看,用清热养阴之剂,若无他变,大势可以无碍。尹小莘、子明俱至。余看其服药一道后乃归。

初四日(5 月 21 日) 雨。上书七十一字。松弟自诒谷归,知仪甥病稍减。

初五日(5 月 22 日) 雨。上书七十七字。

初六日(5 月 23 日) 晴。上书八十二字。少庚来。

初七日(5 月 24 日) 晴。上书八十一字。李甥俊卿来,言其母于昨晚作故。

初八日(5 月 25 日) 晴。上书一百三字。今日出队剿昆山贼匪。松弟赴南乡。云泉来。

初九日(5 月 26 日) 晴。上书八十一字。

初十日(5 月 27 日) 晴。上书七十七字。

十一日丁亥(5 月 28 日) 阴。上书八十七字。

十二日(**5 月 29 日**)　阴,雨。上书一百字。

十三日(**5 月 30 日**)　阴,微雨。上书九十八字。少庚来。杨生来。

十四日(**5 月 31 日**)　阴。吕仙前焚香。上书一百二字。

十五日(**6 月 1 日**)　晴。焚香。上书一百廿二字。闻昆山城于昨日卯刻克复。

十六日壬辰(**6 月 2 日**)　晴,阴。上书一百十三字。午后步至诒谷答谢杨生,出门不值,晤尹小莘,仪庭病渐向愈。归途晤刘季声,知于三日前迁回家中矣。

十七日(**6 月 3 日**)　雨,阴。上书九十八字。季声来。

十八日(**6 月 4 日**)　晴,阴。耕心来。上书一百三字。

十九日(**6 月 5 日**)　阴,晴。走答季声不值,晤仲恂。上书一百四字。翁晋鹤来。

二十日(**6 月 6 日**)　晴。上书一百十二字。少庚来。王眉英来。

廿一日(**6 月 7 日**)　晴。上书一百十五字。

廿二日戊戌(**6 月 8 日**)　阴,雨。上书一百十一字。

廿三日(**6 月 9 日**)　阴,微雨。上书一百十一字。剃头。

廿四日(**6 月 10 日**)　阴。上书一百六字。慎修来。洋枪队调驻昆山城。

廿五日(**6 月 11 日**)　阴。上书一百四字。慎修来饭。秋塘来。

廿六日(**6 月 12 日**)　晴。上书一百十一字。李中营擢总镇驻昆山,是日启行。

廿七日(**6 月 13 日**)　晴。上书一百六字。

眉批:《关雎》至《小星》共二千七百八十七字。

廿八日(**6 月 14 日**)　晴,风。上书一百十三字。《小星》止。壮之来,以王紫湄令爱庚帖与静卿弟。

廿九日(**6 月 15 日**)　晴,风。上书一百九字。夜雨。洋枪队与兵勇仇杀。

五　月

初一日(**6 月 16 日**)　风,阴。焚香。上书一百九字。秋塘以仪庭字来。少庚来。

初二日(**6 月 17 日**)　阴,晴。上生书一百一字。

初三日戊申(**6 月 18 日**)　晴,晚雨。上书一百十六字。少庚来。秋塘来取头本。

初四日己酉(**6 月 19 日**)　雨。上书一百十八字。

初五日(**6 月 20 日**)　雨,阴。上书一百十三字。星岩同其徒友翘次郎。自昆山来。

初六日(**6 月 21 日**)　阴。上书一百廿四字。祭祀。傍晚雷雨,雨声达旦。

初七日(**6 月 22 日**)　阴,午晴。上书一百三字。

初八日(**6 月 23 日**)　阴。少庚挈金孙来。

初九日(**6 月 24 日**)　晴。上书一百十七字。午后至传砚,雷儿随往,因潘佩卿新自贼中归,佩卿与晓卿同时被掳同一馆子后,晓卿逃出,贼觉,遇害。既有此信,不得不为发丧,定于十一日招魂成服。友翘来。

初十日(**6 月 25 日**)　晴,热。上书一百十一字。沈道士来,说定明日招魂事。开帐令祥徵向至亲数家讣闻。杨生、仪庭、少庚、友翘先后来,同去。

十一日丙辰(**6 月 26 日**)　晴,热。挈儿女至天香为晓卿发丧,慎之、友翘、少庚、杨生、仪庭俱来吊,下午归。

十二日丁巳(**6 月 27 日**)　晴,热,有风。上书一百十三字。季声来。

十三日(**6 月 28 日**)　晴,热,有风。焚香。上书一百六字。

十四日(**6 月 29 日**)　晴,风。上书一百十字。韩六一借去府志一部。

十五日(6月30日)　晴,风。友翘来。上书一百十五字。焚香。

十六日(7月1日)　晴,风仍热。上书一百十四字。潘佩卿来,前年十月初六日在小昆山潘家堰同晓卿父子一时掳去,到苏州后,晓卿同一馆子,锡鼎则分在别馆,渠逃出又为别馆掳去,晓卿欲逃,为本馆所觉,即时被害。

十七日壬戌(7月2日)　晴,热,风。顾韦人来。上书一百八字。

十八日(7月3日)　晴,热。晨至扫叶即返。上生书一百十七字。

十九日(7月4日)　晴,热。药客许姓来,言及前年五月十五日曾见成之被戕于盐仓头,其言虽未可尽信,大约凶多吉少矣。上书一百十三字。

二十日(7月5日)　晴,热。上书一百二十字。

廿一日丙寅(7月6日)　晴,热,望雨甚切。体中觉感热不舒。上书一百十七字。

廿二日(7月7日)　晴,酷热异常。雷儿感冒发热。

廿三日(7月8日)　晴,酷热。雷儿退凉,恐其跑开,上书一百十四字,以束其身。

廿四日(7月9日)　晴,酷热。黎明闻人声,乃天香遣人来言,小官晓卿次女。忽于昨夜暴亡,急起,往天香询其状,则两日前患身热,并无大病,不料昨夜热甚痉厥,痰涌气逆,遂至不救,死后颈下有青紫斑点,大约毒发不出之故。余归后即为看定棺木一具。慎修来。雷儿体软不思食,倦怠嗜卧,系是疰夏,止温读数页,不上书。

廿五日(7月10日)　晴,热。上书一百廿一字。慎修来。是日断屠祈雨。午后隐隐闻雷声云气往来,未几为东北风吹散。

廿六日(7月11日)　晴,热。上书一百九字。午后倦卧,少连读十遍。雨阵仍为风吹散。

廿七日(7 月 12 日)　日色淡,热稍缓。上书一百八字,补完昨日工课后,仍旧倦卧。

廿八日癸酉(7 月 13 日)　晴,热。上书一百十七字。起阵不果。

廿九日甲戌(7 月 14 日)　酷热。上书一百廿四字。雷儿倦怠不思食,辍去温书,余亦腹满膨胀,夜膳不食。剃头。

三十日(7 月 15 日)　晴,热。邀枝珊诊雷儿,云是温热所致。上生书一百廿五字,是日精神稍好,功课完。秋塘来。东北有阵,此间不过云里雨数点。

六　月

眉批:《江有汜》至《桑中》共三千一百九十二字。

初一日丙子(7 月 16 日)　晴,热。脾泄饱闷,终日昏坐。上生书一百廿字。《桑中》止。午后起阵,得雨未酣。履之来。

初二日丁丑(7 月 17 日)　晴。上书一百廿字。少庚来。

初三日(7 月 18 日)　晴。上书一百十五字。

初四日(7 月 19 日)　晴。上书一百卅二字。

初五日(7 月 20 日)　晴。上书一百三十字。官府禁屠而市中仍有卖肉者,天心何能感格耶?闻苏州长毛调集甚多,昆山诸军未免吃重。

初六日辛巳(7 月 21 日)　祭祀鲜物不可得,以腌糟物享之。上书一百廿三字。服药,昨日秋厓先生来看松弟,余亦倩定一方。

初七日(7 月 22 日)　晴,日色杲杲,雨意全无,瓜瓠多枯落田中,待泽颇殷。闻南乡多蝗蜈,小不堪食。北乡多蟹,随潮来食秧,顷刻可尽。乡人竭力补种,已有来不及者,此亦天灾也。上书一百十八字。余服药后反洞泻不止。

初八日(7 月 23 日)　晴,酷热。上书一百廿二字。

初九日甲申(7 月 24 日)　晴,热。上书一百二十字。

初十日(7 月 25 日)　晴。剃头。上书一百四十一字。阆峰来饭。午后闻雷声,而雨不至。

十一日(7 月 26 日)　晴。少庚来。上书一百廿字。脾泄未止,倦怠异常。

十二日(7 月 27 日)　晴。上书一百廿字。闻邑尊昨往横山龙潭借水。上四图、新坊图出草龙祈雨。

十三日(7 月 28 日)　晴。上书一百四十字。余感暑热,无汗思卧,食西瓜后,觉热气外遣,蒸蒸汗出,头目清爽。是夜雷儿亦患身热腹痛。

十四日(7 月 29 日)　晴。雷儿身热未愈,邀枝珊诊治。上书一百卅二字,不温书。

十五日庚寅(7 月 30 日)　晴。焚香。雷儿暑热已退,腹痛未除,上书一百廿二字。午后云兴雷起,迭沛甘霖,既优既渥,大地欢腾。是日闻岳庙道士上坛祈雨,腌腊店俱不开,鱼虾不得买卖,即得大雨,何捷应如是耶?

十六日(7 月 31 日)　晴。枝珊来换方。上书一百三十一字。

十七日(8 月 1 日)　晴。上书一百廿五字。仪庭、少庚来。闻吴江克复之信。

十八日(8 月 2 日)　晴。上书一百六十四字。徐韵亭来,内人、阿昆像皆画毕,笔资英洋四枚。有小火轮船阑入内河,登岸开枪,一时轰传贼至,南门即闭,营员出城查缉。

十九日(8 月 3 日)　晴。耕心来。上书一百三十三字。闻昨日乃广东游匪在黄浦劫饷,此间得信,令小火轮船追拿,并无阑入内河开枪之事。午后闻雷细雨。

二十日乙未(8 月 4 日)　阴,闻雷细雨。上书一百五十一字。写《粲嫒权厝志》于小像上。

二十一日(8 月 5 日)　晴。上书一百三十三字。是日起钞选诗，每日三四百字。

二十二日(8月6日)　晴。闻雷不雨，西南雨势不小。上书一百五十四字。

二十三日(8月7日)　晴。剃头。上书一百三十三字。友翘、少庾来。

眉批：《鹑之奔奔》至《丘中有麻》，共三千〇廿三字。

二十四日(8月8日)　晴。午后阵雨。上书一百四十四字。《丘中有麻》止。自《周南》起，至《王风》止，第一本共读九千〇〇二字。霹雳击碎岳庙前纸店屋柱。

二十五日(8月9日)　晴，阴，大风，微雨。仪庭来，以朱少卿妹庚帖与静卿弟。上《郑风》一百三十六字。夜半大雨。

二十六日(8月10日)　雨，午后晴。上书一百六十八字。

二十七日(8月11日)　晴。上书一百五十字。家谱格印成，遂将世系表先为修录。

二十八日(8月12日)　阴，细雨，旋放晴。上书一百五十三字。韦人来。南北调兵，市中颇为恇扰。

二十九日(8月13日)　晴，午前时有细雨。上书一百四十字。上海新到之兵扎营黄草地，闻往洙泾。

七　月

初一日乙巳(8月14日)　晴。焚香。上书一百五十九字。少庾来。顾子宪来。

初二日(8月15日)　晴，雨。上书一百五十五字。子宪又来。

初三日(8月16日)　晴。上书一百六十七字。

初四日(8月17日)　晴。上书一百四十九字。南北又有兵到，未知调往何处。

初五日(8月18日)　阴，雨。上书一百五十四字。

初六日(8月19日)　晴，细雨。仪庭二十岁生日，赋五古一章赠之,并挈雷儿往祝,静卿弟亦往,又晤韩六一、小兰、邱宜福、周友翘。面后挈雷儿至慎之处,慎之新赙后面丁氏厅屋一带,将于初八日迁入,日斜乃归。

初七日(**8月20日**) 风,晴。上书一百六十六字。仪庭来谢。少庚来。韦人以九秋诗来看,韦人、仪庭俱饭后去。高老和以所裱席孺人遗像及阿昆遗照付来。

初八日(**8月21日**) 风,晴。上书一百四十二字。

初九日(**8月22日**) 阴,雨。上书一百六十四字。下午放晴。

初十日(**8月23日**) 晴。上书一百五十九字。

十一日乙卯(**8月24日**) 晴。祭祀。上书一百五十一字。秋塘来。午后至扫叶晤高子良、洪春江。

十二日(**8月25日**) 忽雨忽晴。春江、子良、仪庭来。上书一百七十五字。夜饭后季声来谈。

十三日(**8月26日**) 晴,天气颇凉。友翘来。上书一百五十二字。午后走晤季声,又至传砚。仪庭来。

十四日(**8月27日**) 晴。上书一百六十五字。少庚挈金孙来,饭后以有事即去。体中觉寒热如疟。秋塘来。枫泾贼卡已击破。

十五日(**8月28日**) 阴。焚香。上书一百六十字,不温书。午后友翘来。至扫叶,子良、春江适于是日赴沪。

十六日(**8月29日**) 晴。上书一百五十七字,不温书。少庚来。余疟来颇早,少卧即起。耕心来。仪庭来。夜半腹痛如绞,起如圊,洞泻一次而痛未除。

十七日(**8月30日**) 晴。少腹急痛,即欲泻,泻亦不多,所下白色竟如痢,惟无里急后重之象,日夜共十余次。上书一百六十字。少庚来。

十八日(**8月31日**) 晴。是日轮疟不至,腹痛下痢不减,邀秋厓先生诊,方用人参一钱半、酒炒川连六分、制小朴一钱半、酒炒白芍三钱、炒麦芽二钱、炒查肉一钱半、桔梗六分、炒枳壳六分、陈皮一钱半、炙草五分、砂仁末三分。上书一百五十字。《陟岵》止。夜雨。

十九日（9月1日）　晴。上书一百七十字。松弟在扫叶为余理书至此毕。仪庭来。痢仍如昨。

二十日（9月2日）　晴。上书一百八十三字。余以痢精神疲软，不为温书。邀秋厓先生诊，用人参一钱半、姜汁炒川连五分、白芍三钱、用吴茱萸一分泡过拌炒、草果仁一钱、煨木香六分、炙草五分。适阵雨大至，先生久谈始去，谈及各邑粮额经曾制军奏请，通减十分之三，以后完漕无分官民，照一条鞭例，一体制斛，每石加耗米一斗，解费银一两，已奉恩准。服药后泻水无数，是夜屡起，至下半夜始定。

二十一日（9月3日）　阴。胃不纳食，神思愈困，雷儿不令读书。九弟自昆山回。

二十二日（9月4日）　晴。泻水渐少，痢亦稀，惟不思食，只欲眠。邀秋厓先生，不至。夜雨。

二十三日（9月5日）　雨。腹痛稍缓，而小便作痛。

二十四日（9月6日）　雨。精神稍好，始为雷儿上书一百五十七字。又邀秋厓先生，不至。

二十五日（9月7日）　晴。祭先。上书一百七十六字。是日时觉眩运，疑是肝火上冲。秋厓先生过诊，方用煨草果仁一钱半、土炒冬术三钱、炒山药四钱、炒扁豆肉四钱、炒车前三钱、酒炒白芍三钱、炒麦芽二钱、橘红一钱半、甘草梢五分、灯心全吉，以天晚未煎服。

二十六日（9月8日）　晴。上书一百八十字。《唐风·扬之水》止。闻西塘贼已击退，官兵逼近嘉善。友翘、仪庭来。

二十七日（9月9日）　黎明微雨，西北大风。上书一百五十六字。服药两剂，脾泄，日夜仍三四次，腹痛未除。十一弟妇来。

二十八日（9月10日）　阴，微雨。上书一百六十三字。雨公自马桥回。

眉批：《缁衣》起，至《鸨羽》止，共四千七〇八十四字。

二十九日（9月11日）　雨，午后放晴。上书一百六十七字。《鸨羽》止。少庚来。慎之来，手携一信，系上洋辗转寄来者，信面开青邑王昇三寄致张尔绳、耆两翁，殊觉诧异，及拆阅，始知青邑乃青阳也，王为袁氏之戚，袁名尔钧，据说与我家世交，袁欲到沪谋馆，托王先为致意。从前教谕公任青阳时，曾有一袁氏子寄名于涤生公者，但记得命名尔钰，今为尔钧，又不知谁何也。此信无从作答，只好束之高阁耳。

三十日(9月12日)　晴。上书一百六十五字。服药四剂，脾泄仍未止，因停不服。夜供香花。

八月辛酉

初一日乙亥(9月13日)　晴。焚香。上书一百六十四字。仪甥来言，明日赴沪。

初二日(9月14日)　晴，秋高气爽，雅称佳日。上书一百七十五字。秋厓先生过诊，谓补土不效，改用补火，定方补骨脂三钱盐水炒、肉豆蔻一钱煨、白芍三钱酒炒、煨木香一钱、炒麦芽三钱、神曲一钱半、炙草一钱、胡桃肉三个。

初三日(9月15日)　晴。上书一百五十六字。

初四日(9月16日)　晴。上书一百六十九字。停药，因服后反多不适也。

初五日己卯(9月17日)　晴，风。上书一百六十九字。少庚来。

初六日(9月18日)　晴，热。上书二百〇七字。

初七日(9月19日)　晴，热。上书一百九十字。

初八日(9月20日)　阴。上书一百七十八字。是夜腹中不鸣，五更免如圊。

初九日(9月21日)　阴，晴。上书一百九十一字。少庚来。

初十日甲申(9月22日)　晴。上书一百七十六字。

十一日乙酉(9月23日)　晴。慎之来。上书一百六十八字。

仪庭自上洋归,来晤。前从上洋寄信之王昪三到郡来会。耕心来。
闻江阴初一克复之信。

十二日(9月24日) 晴。上书一百八十二字。

十三日(9月25日) 晴,热。友翘来。秋塘来。剃头。上书一
百八十一字。

十四日(9月26日) 阴,风,雨,骤凉。上书一百八十三字。

十五日(9月27日) 风,雨。朝夕焚香。上书一百七十四字。
少庚来。

十六日(9月28日) 阴,雨,午后有晴意。上书一百八十一字。

十七日(9月29日) 晴,阴。上书二百十六字。仪庭来。季声
来,言无锡克复。

十八日(9月30日) 晴,阴。上书一百九十六字。

十九日(10月1日) 阴。上书一百八十七字。

二十日(10月2日) 晴。明日内子周忌,是日起诵《大悲忏》三
日。应昨日安设坛场,而香火不至。直至今晨来铺设,僧众来,更晏,
殊失释门本色。四妹来,友翘、少庚、申甫来。

二十一日乙未(10月3日) 晴。内人周忌设奠,成七律二首以
追悼之。女眷来者四人。少庚、仪庭、友翘大郎、又琴、履之来。

二十二日(10月4日) 阴。道场第三日夜放焰口一坛。少庚
挈金孙来。

二十三日(10月5日) 雨竟日。上书一百七十四字。

二十四日(10月6日) 阴。上书一百八十二字。闻杭州于十
四日克复,常州、无锡亦已克复。所闻俱未确。献灶。

二十五日(10月7日) 晴。上书一百七十六字。少庚来。闻
杨生已挈家而归。

二十六日(10月8日) 阴,雨。上书一百五十三字。

二十七日(10月9日) 晴。蓼洲来,现寓菜花泾何子美焚余之
屋。上书一百八十四字。

二十八日(**10月10日**)　阴,晴。慎之母夫人是日周忌,阿妞寄名于慎之,前往一拜,阿和亦往。杨生来。夜饭后,古酝自浦东回,来晤,知近在江北粮台,现奉差赴沪,顺到郡城一看,月初已续娶介山之女,其母夫人及两甥女先已回里多时矣,下榻央斋。

二十九日癸卯(**10月11日**)　阴,晴。钟门亡长女周年,雷儿往拜。秋塘来,言将同仪庭至青浦。古酝清晨即去,是晚不来。仪庭来。

眉批:《无衣》至《狼跋》,共四千六百四十九字。

三十日(**10月12日**)　晴。少庚、友翘来答古酝,以不值即去,未几古酝来,饭后慎之来答。顾香远来,候香远去后,慎之、古酝同出门去。上书一百七十二字。走候季声。是日雷儿《豳风》读毕,自《缁衣》至《狼跋》为第二本,共读字九千四百三十三。《国风》总共一万八千四百卅五字。

九　月

初一日乙巳(**10月13日**)　晴。焚香。季声来答古酝,谈次古酝来,即为天马山之行,季声又少坐。上《小雅·鹿鸣》篇计二百〇三字。黄少荃来,托古酝寄信。

初二日(**10月14日**)　晴,风。上书一百九十六字。

初三日(**10月15日**)　早阴,午晴,风。剃头。上书一百六十七字。顾子宪来。高子良来,取去《武备志》一部。至诒谷,秋塘、仪庭自青浦已回。

初四日(**10月16日**)　晴。明之来借律例,知已选得浙江按司狱矣。蓼洲来,探问马桥信息。上书一百八十五字。慎之以叶云槎女庚帖来,与静卿作伐。祭祀。

初五日(**10月17日**)　阴,晴。上书一百七十一字。少庚来。

初六日(**10月18日**)　晴。祭先。上书一百八十三字。

初七日(**10月19日**)　晴。古酝自天马山回,即赴东门。明之来。传良侄妇自昆山来商酌事宜。至诒谷,又至少庚处。上书一百七十五字,以余出门,工课未完。

初八日(10月20日)　晴。补完昨日工课。走晤季声。瑶卿来。

初九日(10月21日)　重雾放晴。重阳大祭,因传砚无可祭处,移设此地。将事毕,饮福而散。友翘来。蓼洲来。少庚来。徐葆初来,托古酝寄冯少渠信。大姊挈森官来,止宿。

初十日(10月22日)　阴,晴。上书一百九十字。古酝来。

十一日乙卯(10月23日)　晴,阴。上书一百八十字。少庚来。夜雨。秋塘早来。

十二日(10月24日)　微雨,阴。上书一百七十六字。

十三日(10月25日)　阴,晴。上书一百八十六字。古酝来,知两日下榻扫叶。

十四日(10月26日)　晴。上书一百七十字。古酝来,取书数种,即日有周浦之行。作致嘉轩信,托古酝寄。闻苏州进击不利,现又调兵守常熟、昆山。

十五日(10月27日)　晴。焚香。少庚来。上书一百九十三字。

十六日庚申(10月28日)　晴,阴,微雨。祭先。上书一百六十八字。古酝来,饭后起身赴沪。

十七日(10月29日)　晴。伤风多涕。祀先。蓼洲来。上书一百七十七字。慎之来。

十八日(10月30日)　晴。祭祀。上书一百七十四字。履之来。

十九日(10月31日)　阴。上书一百七十三字。阆峰来。仪庭来。咳嗽不利。夜雨。

二十日(11月1日)　雨,阴。上书一百七十一字。今冬定欲办漕,各图保正催开细号。

二十一日乙丑(11 月 2 日)　雨。上书一百七十一字。

二十二日(11 月 3 日)　雨竟日夜。上书一百七十一字。咳呛不适,早卧。

二十三日(11 月 4 日)　雨,阴。上书一百六十九字。

二十四日(11 月 5 日)　阴。上书一百七十四字。

二十五日(11 月 6 日)　雨。上书一百八十一字。连日痰嗽甚苦,服冰糖生梨汤以润之。

二十六日庚午(11 月 7 日)　雨,阴。上书一百七十八字。耕心来。检得旧方煎服之。

二十七日(11 月 8 日)　晴,阴。上书一百六十五字。大姊挈森官仍回赵家庵去。夜又雨。

眉批:《鹿鸣》至《节南山》共四千六百十五字。

二十八日(11 月 9 日)　阴,大西北风。上书一百六十八字。《节南山》止。

二十九日(11 月 10 日)　风,有晴意。上书一百六十二字。

十月癸亥

初一日甲戌(11 月 11 日)　晴,风,有冰。祭祀。焚香。咳嗽不愈,服胡桃蜜。上书一百六十九字。

初二日乙亥(11 月 12 日)　晴。上书一百七十一字。

初三日(11 月 13 日)　晴,阴。上书一百七十八字。卯卿弟自乡来,饭后即去,留星岩与履之说话。

初四日(11 月 14 日)　雨。上书一百七十字。履之来。

初五日(11 月 15 日)　雨。上书一百六十四字。

初六日(11 月 16 日)　晴。上书一百五十六字。三少奶奶来。履之来。服杏酪,咳嗽渐愈。

初七日庚辰(11 月 17 日)　晴。上书一百七十字。少庚、仪庭来。耕心来。

初八日(11月18日)　晴。上书一百七十六字。慎之来。

初九日(11月19日)　晴。上书百七十字。仪庭来。

初十日(11月20日)　晴。祀先。上书一百七十三字。剃头。同卿来。

十一日甲申(11月21日)　晴。蓼洲来。上书一百六十九字。

十二日(11月22日)　晴。上书一百六十八字。

十三日(11月23日)　阴,晴。上书一百七十五字。履之来。

十四日(11月24日)　晴。上书一百六十一字。书舲来,坐谈未久,杨生来,言接浙信,悦泉于前月故于台州任所,遂去。

十五日戊子(11月25日)　晴。上书一百六十二字。焚香。

十六日(11月26日)　晴。上书一百六十字。

十七日(11月27日)　晴。祀先。上书一百七十九字。

十八日(11月28日)　晴。上书一百六十七字。少庚来。

十九日壬辰(11月29日)　阴。先伯父涤生公九十冥庆,有客来会,不上书。

二十日(11月30日)　晴。上书一百六十五字。

二十一日(12月1日)　晴。上书一百七十三字。少庚来。

二十二日(12月2日)　晴。上书一百六十八字。家常甫来,近自通州迁回者。星岩来家。

二十三日(12月3日)　晴。先室赵氏五十冥诞,少庚、慎之大郎君、仪庭、履之及其子古道、三官来,饭后去。林雨培来接寿妹,晤谈。

二十四日丁酉(12月4日)　晴。上书一百七十三字。午后令雷儿往天香谢,余走答常甫,晤蕴明长郎,顺探友翘病,又至少庚、仪庭、慎之三处谢。

二十五日(12月5日)　晴。上书一百六十七字。少庚来。夜饭后,陈妪忽患急中,口暗不开,不省人事,痰涌如泉,以太乙丹磨服不受。是夜雷儿同余睡。

二十六日(12月6日)　晴。清晨令金和往荡田港知会陈妪之子,令其棹船来接。午后陈妪神气更不佳,其子直至傍晚始至,扶坐椅上,舁至长庭,心气已断矣,遂匆匆下船开去。上书一百七十四字。季声来。闻苏城于廿四日申刻克复。

二十七日庚子(12月7日)　阴。上书一百六十五字。夜半雨。

二十八日辛丑(12月8日)　细雨,午后晴。本生妣吴恭人九十冥诞设祭。上书一百八十四字。

二十九日(12月9日)　晴。上书一百八十六字。

三十日(12月10日)　晴。上书一百七十五字。少庚来。

十一月

初一日甲辰(12月11日)　雨,阴。焚香。上书一百七十三字。

初二日(12月12日)　晴,寒。上书一百七十三字。肺病久不发,近日因伤风咳逆,气道阻滞,旧病顿作。雷儿卧在身旁,时欲揽被,不得不为照看,言念亡人,不禁枕衾湿渍矣。

初三日(12月13日)　晴。卧病辍课。

初四日(12月14日)　晴。上书一百六十八字。少庚、仪庭来。邀秋厓先生过诊,肺气仍不适。

初五日戊申(12月15日)　晴。晏起。上书一百七十三字。四妹闻余病,欲过来为我领雷儿,感何如也,遂遣舆往接。

初六日(12月16日)　晴。服药两剂后,气不能平,时或奔腾上涌,停药听其自然,是日拥衾不起,辍课。仪庭来。

初七日(12月17日)　晴,阴。上书一百六十字。

初八日辛亥(12月18日)　晴。上书一百七十六字。慎之、少庚来。气逆早卧。

初九日(12月19日)　晴。上书一百五十九字。杨生来。

初十日(12月20日)　晴。少庚来。上书一百六十字。

十一日甲寅(12月21日)　阴。上书一百六十字。祭祀。

十二日（12 月 22 日）　晴。上书一百七十三字。冬至节。少庚、仪庭来。

十三日（12 月 23 日）　阴，寒。上书一百五十二字。晚雪。

十四日丁巳（12 月 24 日）　晴，寒，积雪未能尽融。上书一百六十九字。

十五日（12 月 25 日）　晴，寒，不开冻。上书一百五十五字。仪庭来。

十六日（12 月 26 日）　晴，寒，冻沍如昨。上书一百六十三字。今年办漕有着佃完粮之说，各佃观望不还，天晴已久，而租务毫无起色，现以雪后更容推诿矣。

眉批：《正月》至《小雅》终，共七千五九六字。

十七日庚申（12 月 27 日）　晴，严寒，滴水成冰。上书一百五十四字，《小雅》毕，共计《小雅》读一万二千零十三字。乍浦、平湖俱已投诚，南乡稍可安枕。

十八日（12 月 28 日）　晴。上书一百七十八字。顾子宪来。

十九日（12 月 29 日）　晴。上书一百六十七字。少庚、耕心来。

二十日（12 月 30 日）　晴。上书一百六十七字。

二十一日甲子（12 月 31 日）　晴，连日严寒，河冰不解，租船欲开不能。上书一百六十八字。

二十二日（1864 年 1 月 1 日）　晴。上书一百六十一字。仪庭来。慎之来。

二十三日（1 月 2 日）　晴。上书一百六十五字。松弟开船赴乡。

二十四日丁卯（1 月 3 日）　晴。上书一百七十字。剃头。少庚、杨生来。

二十五日（1 月 4 日）　晴。上书一百七十五字。

二十六日（1 月 5 日）　晴。上书一百七十字。

二十七日（1 月 6 日）　晴。祀先。上书一百七十九字。粮价每石定价六千四百五十文,县示着佃完缴,府示各执业自行完纳。

二十八日辛未(1月7日) 晴。上书一百六十五字。友翘病愈来晤,饭后去。松弟自乡回。

二十九日(1月8日) 晴。上书一百七十五字。履之来。少庚、仪庭来。

十二月

初一日癸酉(1月9日) 晴。焚香。上书一百六十二字。少庚来。

初二日(1月10日) 晴。上书一百六十五字。赵会卿同人来借白粮仓廒。

初三日(1月11日) 晴。上书一百五十九字。

初四日(1月12日) 晴。上书一百六十六字。少庚来。杉甫来。

初五日丁丑(1月13日) 晴。上书一百六十二字。海塘冲坍,水味带咸。

初六日戊寅(1月14日) 阴,晴,大东北风。上书一百六十八字。松弟以粮数进城。

初七日(1月15日) 晴,寒。肺病作喘,不能起,雷儿辍读。

初八日(1月16日) 晴。晏起,上书一百六十五字。松弟进城仓收尚未出。

初九日辛巳(1月17日) 阴。上书一百七十一字。少庚来。十一弟妇来。闻嘉善克复。

初十日壬午(1月18日) 阴,细雨。上书一百六十四字。秋塘来。洙泾有兵过境赴苏。

十一日(1月19日) 阴雨。上书一百五十九字。友翘、仪庭来饭。少庚来。

十二日(1月20日) 阴。上书一百六十字。李桂卿来。壮之来,嘱作水利袁桐君新昏诗,成七律二首,并言明日迁回家中。松弟开船赴南乡。

十三日乙酉(1月21日)　阴。上书一百六十三字。少庚来饭。剃头。

十四日(1月22日)　阴。上书一百七十二字。仪庭来夜饭。

十五日(1月23日)　阴。焚香。上书一百七十六字。少庚来,言仓收须过二十方有。

十六日戊子(1月24日)　雨。古酝来饭。上书一百六十六字。

十七日己丑(1月25日)　雨。上书一百五十七字。慎之来。

十八日庚寅(1月26日)　雨。慎之来。上书一百七十四字。《抑》止。松弟自南乡回。

十九日(1月27日)　大风,寒,飘雪。上书一百六十字。古酝来。

二十日(1月28日)　大风,晴,寒。上书一百六十八字。仪庭来。

二十一日癸巳(1月29日)　晴,寒。仪庭来。上书一百七十一字。松弟开船往昆山一带。

二十二日(1月30日)　晴。上书一百六十字。

眉批:《文王》至《云汉》五千六百八十一字。

二十三日(1月31日)　晴。上书一百七十三字。《云汉》止。慎之来。祀灶。

二十四日丙申(2月1日)　晴。雷儿温书。胡竹亭为节孝祠修理事来募捐。少庚来。仪庭来。接友翘信,知已就平湖佐理笔墨之馆,据述平邑城中房屋十去其九,城外十不剩一,城中未见一民,未开一店,四乡则土匪蜂起,百姓皆不敢迁回,俱以贼首虽已投诚,而城中大小馆子依然如旧,恐狼子野心变生不测。现在有潘道台统带,似可无虞。

二十五日丁酉(2月2日)　晴。仲恂来。

二十六日(2月3日)　晴。少庚来。雷儿放学。松弟自昆山回。

二十七日(2月4日)　晴。献神。立春节。

二十八日庚子(2月5日)　晴。遂养叔夫人八旬大寿,走祝。

二十九日(2月6日)　晴。祀先。仪庭来。

三十日(2月7日)　晴。少庚来,知明年已就沈希亭处蒙馆矣。

同治三年(1864)上元甲子正月小建丙寅

初一日癸卯(2月8日)　晴。焚香,照常行礼。令雷儿诵《孝经》一章。耕心、仪庭甥、姚二甥、杨生来贺节。

初二日甲辰(2月9日)　阴,晴。少庚、金孙来贺年节。蔡锦福来。

初三日(2月10日)　阴,雨。仪庭来。

初四日(2月11日)　阴。至古照晤明之、耕心。订少庚、耕心、仪庭小酌,慎之适来同叙。履之来。大玉侄女来,止宿。

初五日(2月12日)　阴。出门至传砚、诒谷、长春三处,又顺答杨生。明之、六一来晤,六一面订初八小叙,为其弟月泉守台时著有德政,身故后,地方绅民为之举丧,并有祭文、挽词之类,皆记其实政在民者,今欲付梓,故属同人诠次。

初六日戊申(2月13日)　晴。七妹、天香弟妇来,下午去。许述甫来,为席氏四甥女庚帖,为铁山二郎君卜吉,挽余做媒,故来候。午后往答,并至后街,诸邻贺年。常甫来。杉甫来。阆峰同其姊婿程云樵来晤。

初七日己酉(2月14日)　阴。仪庭来。古云来。慎修来。

初八日(2月15日)　阴,晴。走候壮之,适书舲在座,同至家中,少坐而别。仲恂来。

初九日(2月16日)　阴,雨。焚香。少庚、仪庭来。胡姨甥来。

初十日壬子(2月17日)　阴,雪。上雷儿生书一百六十二字。

《崧高》起。慎之来。

十一日癸丑(**2 月 18 日**)　早,晴,午后雪。走晤壮之。仪庭来。上书一百七十二字。作复友翘信。

十二日(**2 月 19 日**)　雨夹雪。上书一百六十九字。卧至夜半,肺病作。

十三日(**2 月 20 日**)　阴,雨。此次病作颇重,古酝来,不能与谈,一饭而去。

十四日(**2 月 21 日**)　阴,晴。喘逆稍平,天寒甚,遂拥衾不起。慎修来。

十五日丁巳(**2 月 22 日**)　晴。气仍未舒。少庚来。松弟同仪庭赴青浦。

十六日(**2 月 23 日**)　晴,阴。祭祀收神子。友翘自平湖回,偕其长郎来晤,留饭。大玉侄女回去。壮之来。夜卧咳呛,气不能平。

十七日己未(**2 月 24 日**)　晴。晏起。上书一百七十五字。

十八日庚申(**2 月 25 日**)　晴,阴。慎之来,言其次郎决志读书,现定附从和斋矣。上书一百七十三字。

十九日(**2 月 26 日**)　阴。上书一百七十八字。书舲、少庚来。友翘长郎来。

二十日(**2 月 27 日**)　晴。上书一百六十五字。慎之次郎来。松弟、仪庭自青浦回,沈妪随来。

二十一日(**2 月 28 日**)　晴。祀先。上书一百七十八字。剃头。

二十二甲子(**2 月 29 日**)　晴,阴。仪庭来夬斋读书,因家中不能习静也。四妹回去,雷儿跟沈妪睡。上书一百六十六字。壮之来,以韩月泉行述见示,在台政绩却有可观,宜台人之歌思靡已也。

二十三日乙丑(**3 月 1 日**)　晴。上书一百七十一字。

二十四日(**3 月 2 日**)　晴。慎之来,因天香侄女许字顾子宪,系慎之作伐关照,明日求吉,其次郎亦来,言明日随师至颧桥。余同慎之至天香备帖。上书一百六十八字。

二十五日(3月3日)　晴。上书一百七十四字。古酝来饭。慎之来。仪庭不来。

二十六日戊辰(3月4日)　晴。上书一百七十七字。

二十七日己巳(3月5日)　晴。上书一百七十五字。

二十八日庚午(3月6日)　晴。上书一百七十五字。古酝来，以代六一作《月泉温台政迹纪略》见示。

二十九日(3月7日)　晴。上书一百七十八字。

二月丁卯

初一日壬申(3月8日)　阴，晴。焚香。上书一百八十字。

初二日(3月9日)　雨。上书一百六十九字。

初三日(3月10日)　雨，阴。上书一百六十六字。作《五十自述诗》七律四首。

初四日乙亥(3月11日)　细雨，阴。上书一百七十字。

初五日(3月12日)　微雨，阴。上书一百六十六字。

初六日(3月13日)　雨，竟日不止。上书一百六十九字。

初七日戊寅(3月14日)　雨。上书一百七十二字。录诗。

初八日己卯(3月15日)　雨。上书一百九十三字。

初九日(3月16日)　阴，夜仍雨。上书一百八十二字。古酝来，以余生朝《和藤寮杂咏》十首韵见赠。

初十日(3月17日)　雨，阴。上书一百六十六字。同卿、顾文甫来，同卿第三子正官自贼中归，亦偕来。花朝日邀至亲小集夬斋，成七律一首以代柬。

十一日壬午(3月18日)　雨。上书一百六十九字。

十二日(3月19日)　雨，阴。是日邀慎之、古酝、友翘、少庚、耕心、又琴、仪庭小酌。诸君误以余预举寿觞，皆衣冠而来，殊切不安，慎修亦来，古酝同杨生来，旋去，因古酝受溧阳之聘，即欲促装下乡也。

十三日甲申（3月20日）　阴，仍微雨。上书一百六十字。剃头。

十四日（3月21日）　晴，傍晚又细雨，旋发风，雨即止。上书一百七十六字。仪庭来，明日同慎之赴沪。

十五日（3月22日）　晴。焚香。上书一百五十九字。

十六日丁亥（3月23日）　晴。上书一百六十三字。

十七日戊子（3月24日）　晴。友翘来。上书一百六十一字。

十八日己丑（3月25日）　晴。上书一百五十八字。

十九日（3月26日）　晴。传砚姨娘、十一弟妇、七妹挈大甥来，为余廿九日五十生朝故也。

二十日（3月27日）　晴。上书一百卅五字。《商颂》毕。《大雅》、三《颂》共一万一千四百五十一字，统计《诗经》全部，共读字四万一千八百九十九。

二十一日壬辰（3月28日）　晴。雷儿开读《大学》，上一百九十字。何湘舟来。

二十二日（3月29日）　晴。上书一百八十二字。闻嘉兴十八日克复之信。

二十三日甲午（3月30日）　大南风，阴，暖，午后雨。上书一百六十七字。

二十四日乙未（3月31日）　雨，夜闻雷。上书一百八十二字。接古酝诗札，知即日由干山赴吴门。

二十五日（4月1日）　雨，午后晴。祭祀。上书一百七十六字。履之来。

二十六日（4月2日）　晴，西南风，潮热。上书一百七十字。剃头。

二十七日（4月3日）　雨。春祭敬设于拥书堂中，尔耆、尔渊、尔灏、锡端、锡煌执事，锡仑、锡雷、作淡随同行礼。

二十八日（4月4日）　阴。清明节祭祀。

二十九日(4月5日)　阴,晚雨。余五十生朝,姚明之、壮之、韩六一、顾香远、陆蔼堂、林云峰、周友翘、钟少庚、蔡耕心、席仪庭皆枉顾,备面款之。

三　月

初一日辛丑(4月6日)　阴。焚香。上书一百八十三字。

初二日壬寅(4月7日)　早起天气仍阴,业已备菜,欲往小昆山,遂同静卿、魁卿两弟、星岩侄、雷儿、舜媛、席六甥登舟,开行进山东港。祭毕,天雨,急步至筱田公墓道化茵,雨势更甚,在丱卿弟处午饭,候潮上船,至湖亭回舟,由杭州公墓道至山前扫墓,乃返,抵家已初更矣。

初三日(4月8日)　雨,阴。上书一百七十二字。顾复斋来,以诗见赠。感寒不适,夜食粥。

初四日(4月9日)　雨,阴寒。上书一百七十四字。蓼洲来,闻杭州廿四日克复之信。

初五日乙巳(4月10日)　晴。上书一百六十四字。午后出门谢客。

初六日丙午(4月11日)　晴,阴。蓼洲来。上书一百七十七字。

初七日(4月12日)　阴。上书一百八十六字。耕心来。

初八日(4月13日)　晴。上书二百十二字,午后读毕,不温书,令其到诒谷。撰《韩月泉温台政迹记跋》。夜少庚来。

初九日己酉(4月14日)　晴。上书一百八十九字。门首闲眺,晤沈允调,已老状矣。

初十日(4月15日)　雨。上书一百七十一字。

十一日(4月16日)　阴,日晃。上书一百七十七字。仪庭来,倩其录《政迹记跋》。

十二日(4月17日)　阴。上书一百七十三字。夜雨。撰月泉挽诗七古一首。

十三日癸丑(**4 月 18 日**) 晨夕闻雷,雨势颇甚。上书一百七十字。剃头。慎修来。

十四日甲寅(**4 月 19 日**) 阴,晴。上书一百七十字。少庚来。

十五日(**4 月 20 日**) 晴,晚又雨。焚香。上书一百七十五字。

十六日丙辰(**4 月 21 日**) 晴,阴。上书一百八十一字。

十七日(**4 月 22 日**) 晴。季声来。杨生来。胡竹亭来募修理节孝祠捐,敬助英饼十枚。又琴来。是日客来久谈,且有还租人,碌碌竟日,无暇上书。

十八日(**4 月 23 日**) 雨。上书一百八十八字。开市河筑埧斛水而雨势甚大,不能动工。

十九日(**4 月 24 日**) 阴。上书二百五字。赵会卿来。

二十日(**4 月 25 日**) 晴。昨夜饭稍硬,食后觉不舒服,半夜忽寒甚,旋即发热,晨间汗出,热略退,起来甚晏。上书二百十字,不温书。

二十一日(**4 月 26 日**) 晴。上书二百十字。午后仍觉寒热,腹中辘辘,水泻数次,夜复两起。

二十二日(**4 月 27 日**) 微雨,阴。体中疲乏异常,胃不思食,晏起。上书二百九字。夜大雨达旦。

二十三日癸亥(**4 月 28 日**) 雨,阴,午后有霁色。泻止,胃气略转。上书一百七十一字。

二十四日甲子(**4 月 29 日**) 阴。上书一百八十九字。

二十五日(**4 月 30 日**) 晴。上书二百一字。顾子宪来,为余添筹,令雷儿往谢。

二十六日(**5 月 1 日**) 晴。上书一百七十六字。少庚来。

二十七日丁卯(**5 月 2 日**) 晴。上书一百八十一字。少庚来夜饭。十一弟妇早来。剃头。

二十八日戊辰(**5 月 3 日**) 晴。上书二百一字。慎之连来三次,因叶姓要借天香住房,已与十一弟妇说定,特同叶友三来关照,日来因韩书舲要借,少庚曾来说及,今天香既定借与叶姓,只好札致少庚回复书舲矣。午后至天香。

二十九日(**5 月 4 日**) 阴,雨。上书一百九十六字,《大学》毕,连序文计卅三首,共字六千七十八。祀先。

三十日(**5 月 5 日**) 雨。立夏节。雷儿开读《中庸》,上序文一百八十一字。

四　月

初一日辛未(5 月 6 日) 雨。上书一百九十八字。

初二日壬申(5 月 7 日) 晴。上书二百十四字。

初三日(5 月 8 日) 晴。上书二百十二字。静卿往青村。

初四日(5 月 9 日) 晴,阴,雨。上书二百十二字,序文毕。

初五日乙亥(5 月 10 日) 早大雨,阴。上书一百八十九字。

初六日丙子(5 月 11 日) 阴,晚晴。少庚早来。慎之来。韦人丈来,以诗见赠,适慎之处以莼菜见饷,因留午饮。是日客去后,差保来算租米,无暇为雷儿上书。

初七日(5 月 12 日) 雨,阴。上书一百八十二字。

初八日(5 月 13 日) 雨。上书一百七十七字。友翘来,闻李冶堂总镇在常州受伤。

初九日(5 月 14 日) 阴,下午晴。上书一百八十一字。

初十日庚辰(5 月 15 日) 晴。上书一百七十五字。韦人丈来。

十一日辛巳(5 月 16 日) 阴,晴。上书一百八十六字。

十二日壬午(5 月 17 日) 晴。上书一百八十四字。剃头。闻常州于初六日收复。

十三日癸未(5 月 18 日) 早阴,细雨,午晴。上书一百九十五字。

十四日甲申(5 月 19 日) 晴。上书一百六十九字。少庚来。

十五日(5月20日)　晴。焚香。上书一百九十七字。

十六日丙戌(5月21日)　晴。上书一百八十一字。痰嗽已数日矣，身中时寒时热，疲软异常，两饭减少，夜以杏酪润之。

十七日(5月22日)　大雨竟日。上书一百九十三字。

十八日(5月23日)　晴。上书一百七十七字。

十九日(5月24日)　晴。慎之来。上书一百七十九字。接成之侄妇信，即致履之，午后履之来。

二十日(5月25日)　阴，晴。上书一百八十二字。季声来。

二十一日辛卯(5月26日)　晴，阴，微雨。上书一百七十八字。许述甫来，言铁山二令郎作故。

二十二日壬辰(5月27日)　阴，晴。上书二百字。

二十三日癸巳(5月28日)　阴。上书一百八十一字。剃头。夜雷雨。

二十四日(5月29日)　阴，西北大风，至晚始息。上书一百七十六字。

二十五日(5月30日)　晴，阴。上书一百九十二字。

二十六日丙申(5月31日)　晴。上书二百八字。

二十七日丁酉(6月1日)　晴。上书一百九十一字。杨生来。

二十八日戊戌(6月2日)　晴，阴。上书二百九字。

二十九日(6月3日)　阴。上书二百四字。夜雨。

五　月

初一日庚子(6月4日)　晴。焚香。上书二百四字。

初二日辛丑(6月5日)　晴。上书一百八十二字。

初三日壬寅(6月6日)　阴，晴。上书一百七十字。

初四日癸卯(6月7日)　雨。上书一百七十一字。

初五日甲辰(6月8日)　雨。阅陈寿《三国志》。

初六日乙巳(6月9日)　阴，晴。上书一百八十二字。少庚来。

初七日丙午(6月10日)　晴。上书一百八十一字。午后至扫叶,与秋塘说话。

初八日丁未(6月11日)　晴。上书一百七十一字。闻又有兵来扎营东关外,未知所往。慎修来。

初九日戊申(6月12日)　雨。上书一百九十字。

初十日己酉(6月13日)　阴。上书一百八十四字。慎修来。

十一日庚戌(6月14日)　阴,微雨。上书一百九十一字。闻书客来。

十二日辛亥(6月15日)　雨。上书一百九十二字。

十三日壬子(6月16日)　阴,微雨,午后晴。焚香。上书一百八十二字。

十四日癸丑(6月17日)　阴,晴。上书一百九十四字。

十五日甲寅(6月18日)　阴,晴。焚香。上书一百八十六字。连日兵来甚多,浮言不一,未知其实。

十六日乙卯(6月19日)　晴,阴。上书一百七十五字。兵勇卖物者沿路皆是,西河头亦拥挤成市,大半木料索价颇昂。此次兵来,行文为松郡系饷源重地,故拨兵驻守,恐未尽然也,外间有东西夷交哄之说,预为防制,亦未悉其究竟也。少庚来。

十七日丙辰(6月20日)　晴,阴。上书二百五字。

十八日丁巳(6月21日)　晴,阴。夏至节祭祀。慎修来饭。走晤杨生、仲恂、季声,仲恂昨自上海回,言东洋人已扬帆而去,西洋人铸铁为筒,名曰“火弄”,穿地埋放。问其何用,云系点火,然未知其实也。所来之兵系浙江左中丞撤回者,现闻江西连陷,郡县酌调赴援,然湖州数战不利,常州又有告警之说,其去留正未可必耳。又闻泗泾、七宝俱已扎营,上海市面极紧。壮之来谈,闻嘉轩补盐城明府。

十九日戊午(6月22日)　阴,细雨,晚晴。上书一百九十二字。

二十日己未(6月23日)　早阴,午晴。上书一百九十五字。杨生来。明之来。

二十一日庚申（6月24日） 晴。上书一百八十九字。大姊挈森官来，止宿。

二十二日辛酉（6月25日） 晴。上书一百七十四字。四妹来，傍晚去。夜雨。书舲来。

二十三日壬戌（6月26日） 雨。上书一百八十三字。尹子铭赴京兆试，仪甥设酌钱行，招余往陪，以雨不去。

二十四日癸亥（6月27日） 晴。上书一百九十一字。

二十五日甲子（6月28日） 晴。上书一百七十九字。

二十六日乙丑（6月29日） 晴。上书一百九十三字。闻人书客来。

二十七日丙寅（6月30日） 雨，午后晴。周瘦梅来。上书二百一字。少庚来。

二十八日丁卯（7月1日） 晴。上书一百八十九字。少庚早来。大玉侄女来。

二十九日戊辰（7月2日） 阴，雨。上书一百九十二字。走候书舲不值。

三十日己巳（7月3日） 雨，晚霁。上书二百一字。

六　月

初一日庚午（7月4日） 阴，小雨，午后晴。焚香。上书一百九十九字。友翘来。走晤明之、壮之。

初二日辛未（7月5日） 晴。上书二百六字。傍晚至友翘处送其赴京兆试，又至扫叶。

初三日壬申（7月6日） 晴，热。上书一百八十字。三侄妇自昆山来，饭后即去。

初四日癸酉（7月7日） 晴，热。上书一百八十九字。

初五日甲戌（7月8日） 晴。上书一百七十八字。又琴来。

初六日乙亥（7月9日） 晴。祀先。静卿弟与朱虞卿先生令嫒联姻,是晨余往求亲,并至诒谷候冰人,归后即行文定礼。上书一百九十六字。

初七日丙子(7月10日) 晴,风。上书一百九十九字。

初八日丁丑(7月11日) 晴,风。上书一百九十三字。闻人书友来,取去《方舆纪要》《诗纪》二部。友翘来辞行。又琴来。

初九日戊寅(7月12日) 晴,风。上书二百三字。阆峰来。

初十日己卯(7月13日) 阴。上书二百八字。夜大风,但闻东坍西倒之声,幸雨势不大,然闻之震心骇耳,不能稳眠矣。

十一日庚辰(7月14日) 日出风渐息,韩氏颓墙倾倒,侵及我家小书房之西室,隐修庵全行倾圮,闻他处废垣之被吹倒者不少,并有压毙者。上书二百二字,《中庸》读毕,连序文计六十八首,共字一万二千八百九十五。大姊回赵家庵去。

十二日辛巳(7月15日) 晴。上《学而》一百八十二字。闻书友来。

十三日壬午(7月16日) 晴。慎之来。上一百九十四字。剃头。

十四日癸未(7月17日) 晴。上书二百字。

十五日甲申(7月18日) 晴。早晚颇风凉。焚香。上书一百九十九字。

十六日乙酉(7月19日) 晴。上书二百一字。仪庭来,言友翘于昨日赴沪,乘火轮船渡海北上。

十七日丙戌(7月20日) 晴。上书一百九十七字。又琴来。

十八日丁亥(7月21日) 晴。上书二百七字。少庚踏月来谈。

十九日戊子(7月22日) 晴。上书一百九十二字。慎之来。

二十日己丑(7月23日) 晴。上书二百六字。始尝西瓜,不佳。松弟往小昆山看船上岸。

二十一日庚寅(7月24日) 晴。上书一百九十六字。金山寄庄编书张杏桥来说换田单事。半月来无日不风,颇为凉爽,今风息日炎，即觉暑热熏人矣。

　　二十二日辛卯(7 月 25 日)　晴。晨往慈玉、诒谷两处。上书一百八十七字。

　　二十三日壬辰(7 月 26 日)　晴。上书一百八十六字。剃头。

　　二十四日癸巳(7 月 27 日)　晴。上书一百九十六字。

　　二十五日甲午(7 月 28 日)　晴。祀先。上书二百二字。接松弟来字。

　　二十六日乙未(7 月 29 日)　晴。上书一百八十六字。耕心来。走晤壮之。

　　二十七日丙申(7 月 30 日)　晴。上书一百七十七字。

　　二十八日丁酉(7 月 31 日)　晴。上书一百八十八字。

　　二十九日戊戌(8 月 1 日)　晴。上书一百七十九字。

七　月

　　初一日己亥(8 月 2 日)　晴。焚香。上书一百八十一字。闻金陵克复之信。

　　初二日庚子(8 月 3 日)　阴，晴，微雨。上书一百八十七字。

　　初三日辛丑(8 月 4 日)　晴。晨往传砚。上书一百八十七字。少庚来。

　　初四日壬寅(8 月 5 日)　晴。少薇来。上书一百七十六字，《学而》读毕，计廿二首，共四千二百六字。又琴来饭。仪庭来。耕心来，今夕为明之践行，招余同叙，晤壮之、墨汀。

　　初五日癸卯(8 月 6 日)　晴。上《八佾》二百三字。闻书客来。又琴来。

　　初六日甲辰(8 月 7 日)　晴，立秋节。上书一百八十七字。

　　初七日乙巳(8 月 8 日)　晴，风，断屠祈雨。明之来辞行。上书一百九十一字。少庚来。

　　初八日丙午(8 月 9 日)　晴，风。上书一百八十九字。

初九日丁未(8月10日) 晴,风。上书一百八十九字。慎之来。答明之。

初十日戊申(8月11日) 晴,风。上书一百九十一字。

十一日己酉(8月12日) 晴,风。上书一百九十六字。祭先。闻书友来。

十二日庚戌(8月13日) 晴,风。上书二百三字。履之遣其子来取义庄田单,赴局更换。

十三日辛亥(8月14日) 晴,热。坊厢出草龙求雨,雨势毫无,因节届中元,明日暂弛屠禁。上书一百九十五字。闻书客来。

十四日壬子(8月15日) 晴,热。上书一百八十九字。祭祀。剃头。

十五日癸丑(8月16日) 晴,热。晨往扫叶即返。雷儿往传砚,又至长春,傍晚归。

十六日甲寅(8月17日) 晴,热。是日腌腊店都不开。上书一百九十四字。傍晚雷电作阵,西北雨势极大,此间仅足洒尘耳。

十七日乙卯(8月18日) 晨阵雨,未能酣足,天气骤凉。上书一百八十三字。

十八日丙辰(8月19日) 阴,晴。上书一百七十七字。午前闻彝仲侄归家,急遣人往探消息。未几来见,知从常州趁脚踏船至苏,由苏至青浦,昨晚自青浦搭船,今晨抵家,面目黧黑,衣袜不全。庚申十月在小昆山与其父同时被掳到苏,各居一馆,知其父于掳去十余日后即被害,与佩卿所说相同。渠又随至常州,官兵围城时始得投出,因路上难走,又无盘费,故不得遽归。

十九日丁巳(8月20日) 晴。上书一百八十七字。

二十日戊午(8月21日) 晴。上书一百八十六字。至传砚。又琴来。

二十一日己未(8月22日) 晴,阴,微雨。上书一百八十二字。六一入都来辞行,不会。

二十二日庚申(8月23日) 晴,热,细雨一阵。上书一百八十七字。又琴来。

二十三日辛酉(8月24日) 晴,热。上书一百八十六字。

二十四日壬戌(8月25日) 晴。晨往慎之处添筹,归后四妹来。上书二百一字。韩氏甥女闻其母在此,亦来。大雨一阵,四妹止宿。剃头。

二十五日癸亥(8月26日) 晴。祭祀。彝仲归家祀先,邀亲族食馂,率雷儿往。慎之来谢。傍晚回,仪庭同至家,夜饭去。四妹先去。

二十六日甲子(8月27日) 晴。上书一百九十一字。

二十七日乙丑(8月28日) 晴,夜雷雨。上书一百九十六字。

二十八日丙寅(8月29日) 阴,雨。上书二百七字。

二十九日丁卯(8月30日) 雨,凉。上书二百一字。

三十日戊辰(8月31日) 阴,晴。上书一百八十四字,《八佾》读毕,共廿四首计四千五百九十五字。午后雷儿往少庚家。少庚来。夜供香花。

八 月

初一日己巳(9月1日) 晴,雨。焚香。上书一百九十一字。

初二日庚午(9月2日) 雨,晴。上书二百字。闻湖州廿七克复,未知确否。祭祀。

初三日辛未(9月3日) 晴。彝仲来饭。上书一百九十五字。

初四日壬申(9月4日) 晴。上书二百三字。

初五日癸酉(9月5日) 阴,午后大雨。上书二百三字。闻书客来。

初六日甲戌(9月6日) 雨。上书一百八十八字。

初七日乙亥(9月7日) 雨,阴。上书一百九十字。蓼洲来。

初八日丙子(9月8日) 阴。上书一百九十二字。接友翘都中来信。

初九日丁丑(**9 月 9 日**)　雨。上书一百九十五字。

初十日戊寅(**9 月 10 日**)　阴,雨。上书一百八十六字。闻书客来。

十一日己卯(**9 月 11 日**)　阴,有日晃。上书一百八十二字。姚二甥来。

十二日庚辰(**9 月 12 日**)　阴,雨。上书一百九十八字。闻客来。

十三日辛巳(**9 月 13 日**)　阴,晴。上书一百九十二字。

十四日壬午(**9 月 14 日**)　阴,雨。慎之来。仪庭来。上书一百九十字。慎修来止宿。

十五日癸未(**9 月 15 日**)　雨。焚香。

十六日甲申(**9 月 16 日**)　晴,午后细雨一阵。雨过后至扫叶,取《四书典林》,即走晤慎之,以《典林》赠其二郎君。星岩回家。慎修早去。

十七日乙酉(**9 月 17 日**)　晴。上书一百七十六字。慎之来。韦翁来。仪庭来。走晤杨生。

十八日丙戌(**9 月 18 日**)　晴。上书一百九十三字。闻客来。

十九日丁亥(**9 月 19 日**)　晴。上书一百八十八字。闻仪庭即日赴杭寻亲,午后走送之,又琴来。

二十日戊子(**9 月 20 日**)　晴。上书一百八十六字。仪庭来话别,今晚乘嘉善航船可至杨店,由杨店达塘栖,去杭城不过数十里矣。壮之来。

二十一日己丑(**9 月 21 日**)　晴。上书一百九十八字。继室两周忌日设祭。彝仲来。星岩昆山去。

二十二日庚寅(**9 月 22 日**)　晴,午后微雨一阵。四妹来,为余相一婢妾。上书一百八十四字。

二十三日辛卯(**9 月 23 日**)　晴。祀先。上书一百八十四字。

陈姓女成交，暂留诒谷。蓼洲来。慎修来。少庚来。

二十四日壬辰(9月24日) 晴，风。上书一百七十八字。又琴来。

二十五日癸巳(9月25日) 晴，风。上书一百七十九字。陈女自诒谷来家，询之，实姓章，金宝汇人，自前年被掠，至今春到松。

二十六日甲午(9月26日) 晴，风。上书一百七十七字。古酝自溧阳回，来晤。

二十七日乙未(9月27日) 晴，微雨。祀先。上书一百八十字。四妹来。慎修来。

二十八日丙申(9月28日) 晴，阴。上书一百八十四字。天香弟妇来。古酝来谈，明日赴珠里。

二十九日丁酉(9月29日) 晴。上书一百七十九字，《公冶长》读毕，计廿七首，共五千九十一字。连日前泾桥庙台演剧，韩氏有舟停泊岸侧，午后和尚往看。

三十日戊戌(9月30日) 晴。上书一百八十八字。开《述而》。三侄妇来。

九　月

初一日己亥(10月1日) 晴。焚香。上书一百九十五字。午后至诒谷、长春、天香三处。

初二日庚子(10月2日) 晴。上书一百七十九字。

初三日辛丑(10月3日) 晴，阴。上书一百八十二字。又琴来。闻客来。

初四日壬寅(10月4日) 晴。祀先。上书一百七十八字。又琴来。

初五日癸卯(10月5日) 晴。上书一百九十六字。履之来。

初六日甲辰(10月6日) 晴。祀先。上书二百六字。闻客来。

初七日乙巳(10月7日) 晴。上书一百九十九字。

初八日丙午(10 月 8 日)　晴。上书二百四字。毌卿弟自昆山来。

初九日丁未(10 月 9 日)　晴。重阳秋祭,族中咸集。

初十日戊申(10 月 10 日)　晴。上书一百九十字。慎之来。少庚来。闻仪庭回家,走询之,则冠甫消息杳然,徒增惆怅。接明之信,前月廿五日接篆,衙署被毁,须僦屋而居,兼之出息毫无,在十大穷员之内。又至慎之处。

十一日己酉(10 月 11 日)　晴。上书一百八十三字。仪庭来。

十二日庚戌(10 月 12 日)　晴。上书一百九十八字。至天香。

十三日辛亥(10 月 13 日)　晴。上书一百八十九字。焚香。夏小砚来。仪庭来。

十四日壬子(10 月 14 日)　晴。上书一百九十六字。赵淡如来,说彝仲习业事。

十五日癸丑(10 月 15 日)　晴。焚香。上书一百八十一字。顺天乡试题:"上老老而民兴孝";"林放问礼之本,子曰大哉问";"齐人有言曰"一节;"一洗万古凡马空"得"龙"字。主考瑞常、朱凤标、李棠阶、罗惇衍。成之侄自庚申五月被掳,至今杳无信息,其妇现迁居后街,是日招魂设座,率雷儿往。

十六日甲寅(10 月 16 日)　晴,热。上书二百七字。祀先。

十七日乙卯(10 月 17 日)　晴,热。祀先。上书一百九十九字。夜雷电冰块。

十八日丙辰(10 月 18 日)　晴。上书二百字。府礼房来报蓬卿弟殉难,入祠编祭。白露后田中忽被虫灾,连日各佃来邀看稻,向衙门报荒者不一,闻县中禀详上司不准。

十九日丁巳(10 月 19 日)　晴。上书二百字。

二十日戊午(10 月 20 日)　晴。上书一百九十九字。蓼洲来。

二十一日己未(10 月 21 日)　阴。上书二百六字。仲恂来。

二十二日庚申(10 月 22 日)　阴,午后雷雨,雨后即晴。上书一百八十二字。耕心来,取去《通艺阁诗文集》共十二本。仪庭同叶梅坪来。剃头。

　　二十三日辛酉(10月23日)　阴,雨,晚晴。上书一百九十二字。友翘回家,大玉侄女回去。

　　二十四日壬戌(10月24日)　晴,阴。上书一百九十一字。友翘来。

　　二十五日癸亥(10月25日)　阴,晴。上书一百九十六字。夜少庾来。五更闻雨声。

　　二十六日甲子(10月26日)　雨。上书二百二字。闻北闱揭晓,仅上海艾君一人。

　　二十七日乙丑(10月27日)　阴,晴。上书一百九十二字。

　　二十八日丙寅(10月28日)　晴。上书一百八十六字,《述而》毕,共廿八首,计五千四百十七字。

　　二十九日丁卯(10月29日)　晴。上《子罕》一百九十四字。

十　月

　　初一日戊辰(10月30日)　晴。祭祀。午后至长春、诒谷,并答友翘。

　　初二日己巳(10月31日)　晴。上书二百四字。闻南闱于十一月举行,已见明文。

　　初三日庚午(11月1日)　晴。上书一百八十六字。

　　初四日辛未(11月2日)　阴,晴。上书二百四字。申甫、梅生来。陆蔼堂来。仪庭来。

　　初五日壬申(11月3日)　阴,晴。上书一百九十九字。叶应祺同胡姓来借天香厢房写券,尚有居间,陈厚斋及费姓同来。友翘、杨生、仪庭来,剥蟹小饮,杨生先去,友翘、仪庭夜饭后去。

　　初六日癸酉(11月4日)　晴。雷儿吐泻辍读。夏小砚来。

　　初七日甲戌(11月5日)　晴。上书一百九十八字。

初八日乙亥(11 月 6 日)　　晴。上书一百八十三字。夜饭后少庚来。剃头。

初九日丙子(11 月 7 日)　　晴。上书一百九十八字。友翘来。闻江南主考放刘焜、平步青。

初十日丁丑(11 月 8 日)　　晴。祀先。上书一百九十四字。

十一日戊寅(11 月 9 日)　　晴。上书一百九十四字。慎之来。

十二日己卯(11 月 10 日)　　晴。上书一百九十五字。天香弟妇来,言彝仲在祥丰学习布业,定于十六日拜师。

十三日庚辰(11 月 11 日)　　晴。上书一百九十七字。连日有兵到郡,据说驻营唐桥泗泾等处,未知何故。

十四日辛巳(11 月 12 日)　　阴,晴。友翘来,言后日赴金陵应试。杨生来辞,与友翘同行。上书一百八十九字。走送壮之、杨生。

十五日壬午(11 月 13 日)　　阴,晴,风。焚香。上书一百九十六字。

十六日癸未(11 月 14 日)　　晴。上书一百九十一字。

十七日甲申(11 月 15 日)　　晴。祀先。上书二百三字。四妹在杨生家来谈。仪庭来。

十八日乙酉(11 月 16 日)　　晴,阴。上书一百九十二字。

十九日丙戌(11 月 17 日)　　晴,阴。上书二百四字。

二十日丁亥(11 月 18 日)　　晴。上书一百九十四字。乡间每夜又有野鸭吃稻之警。

二十一日戊子(11 月 19 日)　　风,阴。上书一百九十二字。仪庭来,言将赴沪上。夜少庚来。

二十二日己丑(11 月 20 日)　　晴。上书一百八十八字。耕心来。奉贤有子杀母之事。

二十三日庚寅(11 月 21 日)　　风,阴,晴。上书二百八十四字。闻客来。剃头。

二十四日辛卯(11 月 22 日)　　晴,南风。上书一百七十九字。

季声来。

二十五日壬辰(11 月 23 日) 天明时闻雨声,后晴。上书一百八十五字。

二十六日癸巳(11 月 24 日) 晴,风,寒。上书一百八十七字,《子罕》毕,共廿五首,四千八百三十字。

二十七日甲午(11 月 25 日) 晴。感寒,旧病作,拥衾而坐,雷儿辍读。

二十八日乙未(11 月 26 日) 晴。晏起。祭祀。上《先进》一百九十一字。

二十九日丙申(11 月 27 日) 晴。上书二百五字。

三十日丁酉(11 月 28 日) 晴。上书二百十一字。

十一月

初一日戊戌(11 月 29 日) 晴。焚香。上书一百九十四字。

初二日己亥(11 月 30 日) 晴。上书二百十一字。秋厓先生作故来报。

初三日庚子(12 月 1 日) 晴。上书二百一字。吊秋厓先生。闻乡闱展期十日。不确。

初四日辛丑(12 月 2 日) 晴,风。上书二百一字。仪庭自上洋回,来晤。

初五日壬寅(12 月 3 日) 晴。上书一百九十二字。夜雨。

初六日癸卯(12 月 4 日) 风,阴。上书二百十六字。少庚来。

初七日甲辰(12 月 5 日) 阴。上书一百八十六字。慎修来,止宿。雨公自马桥回。

初八日乙巳(12 月 6 日) 雨。上书一百九十一字。

初九日丙午(12 月 7 日) 晴,阴。上书一百八十六字。慎修去,仍来。

初十日丁未(12 月 8 日) 阴。上书一百九十六字。

十一日戊申(12月9日)　雨。上书一百九十七字。

十二日己酉(12月10日)　北风,阴,雪。上书一百九十五字。

十三日庚戌(12月11日)　晴,寒。上书一百九十五字。

十四日辛亥(12月12日)　晴。病作。

十五日壬子(12月13日)　雨,阴。晏起。上书一百八十九字。

十六日癸丑(12月14日)　阴。继室生忌,值除日,依俗例令雷儿除服。仪庭来。上书一百九十四字。

十七日甲寅(12月15日)　晴,暖。上书一百八十四字。慎之来。

十八日乙卯(12月16日)　阴,雨。上书二百六字。

十九日丙辰(12月17日)　风,阴。上书二百四字。

二十日丁巳(12月18日)　晴,阴。上书一百八十六字。少庚今日续娶黄氏,来邀会亲,辞之。

二十一日戊午(12月19日)　雪,阴,寒。上书一百九十字。

二十二日己未(12月20日)　晴,阴。上书二百二字,不温书。冬至夜祭祀。

二十三日庚申(12月21日)　晴。上书二百七字,不温书。

二十四日辛酉(12月22日)　晴。上书二百六字。

二十五日壬戌(12月23日)　雨,阴。上书一百九十九字。又琴来。

二十六日癸亥(12月24日)　晴。上书二百八字。少庚来谢。乡试头场题:"叶公问政"两章;"有余不敢尽";"汤执中立贤无方";"桂树冬荣"。

二十七日甲子(12月25日)　阴。祭祀。上书一百八十七字,《先进》读毕,共廿九首,五千七百三十字。

二十八日乙丑(12月26日)　晴,阴。上《子路》二百字。慎之来。是日娄邑开仓,一例小斛子外加钱若干,其折色则未知也。

二十九日丙寅(12月27日)　晴。上书一百九十字。

三十日丁卯(12月28日) 晴。上书一百九十七字。剃头。

十二月

初一日戊辰(12月29日) 晴。焚香。上书一百九十七字。

初二日己巳(12月30日) 晴。上书二百五字。走晤仲恂、季声。

初三日庚午(12月31日) 阴。上书一百九十八字。又琴来。

初四日辛未(1865年1月1日) 阴,大风。上书一百九十六字。

初五日壬申(1月2日) 晴,寒。上书二百五字。阆峰来。仪庭来。

初六日癸酉(1月3日) 晴。上书二百五字。闻壮之回家,走访之,知三场皆遇雪,丹徒道中水小不能行,另雇小舟回来。闻友翘、杨生亦回家。

初七日甲戌(1月4日) 晴,阴,大风。上书一百九十六字。壮之来。耕心来。

初八日乙亥(1月5日) 晴。上书一百八十七字。古酲自溧阳回,来晤,知新得一男,晚又来晤,言明日即返珠里。友翘来。慎之来。

初九日丙子(1月6日) 晴。上书一百九十七字。

初十日丁丑(1月7日) 晴。上书一百九十四字。

十一日戊寅(1月8日) 晴。上书一百八十四字。至天香。

十二日己卯(1月9日) 晴。上书一百八十九字。

十三日庚辰(1月10日) 阴。上书一百九十字。阳生来。剃头。

十四日辛巳(1月11日) 阴,晴。上书一百八十一字。

十五日壬午(1月12日) 晴。上书一百七十六字。

十六日癸未(1月13日) 晴。慎之来。雷儿温书。

十七日甲申(1 月 14 日)　晴。

十八日乙酉(1 月 15 日)　雨。昨夜南闱揭晓,知潘秋山、杜兰圃二人中式,余尚未晓。

十九日丙戌(1 月 16 日)　风,晴。刘仲恂令郎玉延中式,由上庠报到,故迟一日。星岩解馆来家。

二十日丁亥(1 月 17 日)　晴。晨至仲恂处道喜,见所抄全录,知我松共九正四副。府杜锡熊,华潘兆芬、任宗昉副,奉何五徵、庄仁荣、寿学礼,娄程信上副,金黄厚本副,上刘至喜、徐凤鸣、钮世章,青黄元音、邱式金副。

二十一日戊子(1 月 18 日)　阴。

二十二日己丑(1 月 19 日)　晴。慎之来。少庚来。

二十三日庚寅(1 月 20 日)　晴。雷儿放学,身体发热,咳嗽多稠痰,是重伤风。送灶。

二十四日辛卯(1 月 21 日)　晴。雷儿身热未凉。云峰来。又琴夜来即去。

二十五日壬辰(1 月 22 日)　阴。雷儿身凉多嗽,余亦患肺气窒滞,高卧不起。少庚来。慎之来。

二十六日癸巳(1 月 23 日)　阴,晴。献神。又琴来。

二十七日甲午(1 月 24 日)　晴。

二十八日乙未(1 月 25 日)　晴。祀先。

二十九日丙申(1 月 26 日)　晴。松弟进城截串,尚未全也。今年漕务上官定议一律制斛每石外加二千文,折色每石定五千四百五十文,逾年加五百,外加海塘捐四十文,善后捐十二文,今不待逾年已加五百,计每石总须六千四百余文,张云笙为大包户,借黄莘甫家,完漕者或运米至廒,或运米至寓,所谓制斛亦大小不伦,有一号至八号之别,然闻各甲户斛米加头亦有长短,大约以强懦视高下也。挂神子。

同治四年(1865)岁在乙丑正月大建戊寅

初一日丁酉(1月27日)　晴,阴,南风甚暖,傍晚飘雨。拜天地神佛、宗祠先像后,家中人照常行礼。耕心、少庚、蓼洲、慎之、仪庭、阳生先后来会。姚甥苞如、彝仲、柏凤来。令雷儿坐对喜神,读《孝经》一过。

初二日戊戌(1月28日)　阴,晴,暖甚,似暮春天气。出门贺节,在天香饭,雷儿亦往传砚。

初三日己亥(1月29日)　阴,东北风。焚香。友翘、闻书客来。姚甥鲁瞻、彝仲、作滢来。夏小砚来。娄邑尊王公丁内艰。

初四日庚子(1月30日)　阴。是日订慎之、友翘、少庚、仪庭小叙,皆有事不至,少庚来而即去。耕心、巽甫来饭。杉甫来。达甫来。四妹及新甥女来。

初五日辛丑(1月31日)　晴。闻古酝在阳生处,走访不值。壮之、季声来。古酝来饭。湘舟挈其子来。雷儿往诒谷、长春贺年。

初六日壬寅(2月1日)　晴。书舲来。少庚来。古酝来,言明晨即回珠里。慎修来,夜饮。慎之来。雨公自马桥回。

初七日癸卯(2月2日)　雨,大风。阅《三国·吴书》。

初八日甲辰(2月3日)　阴。胡姨甥来。夜雨。

初九日乙巳(2月4日)　阴。少庚续娶之妇来见,设席款之,邀天香侄女来陪。微雨雪珠。

初十日丙午(2月5日)　阴。雷儿温书,七妹来,遂辍。

十一日丁未(2月6日)　晴。舜媛往传砚、诒谷。慎修来夜饭。四更时雷雨。

十二日戊申(2月7日)　晴,暖。走晤壮之。云峰来。友翘来。

十三日己酉(2月8日)　阴,细雨。筱溪来。仪庭、慎修来饭。雷儿温书毕。夜大雷雨。

十四日庚戌(2月9日)　风,雨。上书一百九十四字。慎之来。

十五日辛亥（2月10日）　风，雨。晨夕焚香。夜雪。

十六日壬子（2月11日）　风，雪，寒气逼人。祀先，收神像。上书一百九十八字。仪庭来。关照松弟行聘道日。

十七日癸丑（2月12日）　雪，寒甚，滴水成冰。上书二百十字。夜酌三杯以御寒气，岂知牵引旧病，遂成喘逆，酒之不可饮也如是，是后当绝之。

十八日甲寅（2月13日）　晴，寒威未解。病卧。慎修来宿。

十九日乙卯（2月14日）　阴，寒，积雪不消。写松弟道日帖，三月初六日行聘，廿二日大婚，是日即送至坤宅。上书二百四字。慎之订午饭，因病辞之。

二十日丙辰（2月15日）　阴，寒。上书一百九十三字。

二十一日丁巳（2月16日）　阴。上书一百九十八字。祀先。夜雨。

二十二日戊午（2月17日）　阴，微雨。上书一百九十七字。

二十三日己未（2月18日）　阴。仪庭来订明日陪伴山先生，辞之。上书一百八十四字。星岩昆山去。

二十四日庚申（2月19日）　阴，晴。上书一百九十五字。

二十五日辛酉（2月20日）　阴。上书一百九十五字。

二十六日壬戌（2月21日）　晴。上书一百八十五字。午后令雷儿往少庚、仪庭家。

二十七日癸亥（2月22日）　晴。上书一百九十八字。剃头。

二十八日甲子（2月23日）　阴。上书一百八十五字。新娄令顾竹臣莅任。慎之来，同至天香，为顾子宪入赘事。夜雨。

二十九日乙丑（2月24日）　雨。上书一百八十七字。

三十日丙寅（2月25日）　雨。上书一百九十四字。

二　月

初一日丁卯（2月26日）　阴。慎之来，知前夜被窃。上书二百一字,《子路》毕,计三十四首,共六千六百五字。仪庭来。

　　初二日戊辰(**2 月 27 日**)　阴,细雨。上《卫灵公》一百九十五字。

　　初三日己巳(**2 月 28 日**)　雨雪珠,颇寒。上书二百二字。仪庭来。古酝来,匆匆即去,明日将有溧阳之行。题谢书城投笔图小画七律一首。

　　初四日庚午(**3 月 1 日**)　阴,雨。上书二百一字。

　　初五日辛未(**3 月 2 日**)　细雨,阴。上书一百九十字。慎修昆山去。夜半雷雨。

　　初六日壬申(**3 月 3 日**)　雨,阴。上书一百八十二字。

　　初七日癸酉(**3 月 4 日**)　阴,雨。上书一百九十字。子枢叔八旬冥庆,慎之来同往,面后归。

　　初八日甲戌(**3 月 5 日**)　雨。上书一百九十三字。

　　初九日乙亥(**3 月 6 日**)　雨。上书一百八十八字。

　　初十日丙子(**3 月 7 日**)　阴。上书一百九十一字。壮之来谢。慎之来。

　　十一日丁丑(**3 月 8 日**)　雨。上书一百九十三字。

　　十二日戊寅(**3 月 9 日**)　阴。上书一百九十字。履之四十生朝,午后令雷儿往,不温书。

　　十三日己卯(**3 月 10 日**)　阴。上书一百九十九字。剃头。

　　十四日庚辰(**3 月 11 日**)　晴。上书一百九十八字。天香弟妇来。

　　十五日辛巳(**3 月 12 日**)　雨。焚香。上书二百一字。

　　十六日壬午(**3 月 13 日**)　清晨犹雨,向午有晴色,夜又雨。上书一百九十三字。

　　十七日癸未(**3 月 14 日**)　雨,寒。上书二百八字。午后雪。

　　十八日甲申(**3 月 15 日**)　阴。上书一百九十六字。午晴消雪。

　　十九日乙酉(**3 月 16 日**)　晴。上书二百一字。少庚来,夜饭去。

二十日丙戌(3 月 17 日)　晴。上书二百一字。又琴来。

二十一日丁亥(3 月 18 日)　晴。上书二百字。慎修自小昆山来,止宿。

二十二日戊子(3 月 19 日)　晴。上书一百九十六字。慎之来。

二十三日己丑(3 月 20 日)　晴。上书一百九十四字。午后雷儿功课毕,随余往诒谷、长春。

二十四日庚寅(3 月 21 日)　晴。上书二百二字。仪庭来,本欲下榻央斋,后因其叔庆祥自珠里来,仍回去。静卿弟往青村。

二十五日辛卯(3 月 22 日)　晴,暖。祀先。上书一百九十五字,《卫灵公》毕,计廿四首,四千七百字。

二十六日壬辰(3 月 23 日)　晴。上《阳货》一百八十六字。叶梅屏来。

二十七日癸巳(3 月 24 日)　阴。上书一百九十三字。仪庭来宿。阳生来,询告窆式。夜雨。

二十八日甲午(3 月 25 日)　雨,兼雪珠。上书二百一字。姚甥苞如来。

二十九日乙未(3 月 26 日)　晴。上书一百九十九字。天香弟妇来。

三　月

初一日丙申(3 月 27 日)　晴。病卧。传□侄媳来。

初二日丁酉(3 月 28 日)　晴。上书二百字。少庾来。

初三日戊戌(3 月 29 日)　晴。上书二百十六字。慎之来。

初四日己亥(3 月 30 日)　晴。上书一百九十九字。鲁瞻姚甥来。

初五日庚子(3 月 31 日)　晴。上书一百八十七字。连日痰,气不利,幸不成病。又琴来饭。

　　初六日辛丑(4月1日)　晴。上书一百八十六字。今日静卿弟行聘,温书、夜记俱辍。

　　初七日壬寅(4月2日)　晴。上书一百九十三字。又琴来。

　　初八日癸卯(4月3日)　晴。上书一百九十九字。友翘来。

　　初九日甲辰(4月4日)　晴,暖。春祭履之因目疾不与。又琴来。上书二百二字。仪庭回去。

　　初十日乙巳(4月5日)　雷雨。清明节祭祀。

　　十一日丙午(4月6日)　晴,暖。上书二百字。仪庭来仍去,后日将赴珠里扫墓。

　　十二日丁未(4月7日)　阴。绿卿葬有日,是日开丧,晨往一拜。慎之来。上书一百九十一字。午后至慎之处。

　　十三日戊申(4月8日)　晴。上书一百九十六字。夜雷雨。

　　十四日己酉(4月9日)　阴。是日欲赴昆山扫墓,晨起见阴云四合,踌躇未定,后见天气开爽。因于早昼饭后乘潮开舟,静卿、星岩、雷儿俱去,抵昆山各处化茵后即返棹,半途遇雨,抵家正夜饭时候。晨间仍上书二百九字。

　　十五日庚戌(4月10日)　阴,有霁色。焚香。上书一百九十字。

　　十六日辛亥(4月11日)　晴。上书一百八十四字。大姊挈森官来,晚去。天香弟妇来。

　　十七日壬子(4月12日)　晴。上书一百九十三字。又琴来。

　　十八日癸丑(4月13日)　阴,晴。上书一百九十三字。仪庭来即去。

　　十九日甲寅(4月14日)　晴。上书二百一字,《阳货》毕,计廿一首,四千一百十八字。松弟廿二日婚期,卟卿是日回家,卟卿患气急,步履蹒跚,竟成一老翁矣,殊属可虑。

　　二十日乙卯(4月15日)　晴。上《子张》一百九十五字。夜雨。

　　二十一日丙辰(4月16日)　晴。上书二百一字。

二十二日丁巳(4月17日)　晴,暖。晨间坤宅朱氏妆来,午刻发轿,未时结烛。

二十三日戊午(4月18日)　晴,暖。午候朱少卿上宅,亦有一帖致余,去后往答新人即回门。

二十四日己未(4月19日)　雨。上书二百字。仪庭赴青浦考试。

二十五日庚申(4月20日)　晴。上书一百八十八字。沈梅坪来。

二十六日辛酉(4月21日)　晴。县试正场。上书一百九十六字。

二十七日壬戌(4月22日)　晴,热。上书一百八十八字。星岩出城,昨考试题:华"天将以夫子为木铎,子谓韶";"圣人之于民亦类也";"华亭入翠微"。娄"又何加焉,曰教之";"能与人规矩";"晴鸠乳燕青春深"。夜雨。

二十八日癸亥(4月23日)　阴,晴。上书二百十一字。慎之来。郡中旧传赛会,廿六日赴东门,廿八日回庙,自贼扰后停止不行,今年稍为整理,重为举行。而东门无税驾之所,是日出巡即回东岳,以仪驾不全仍不出。潘总领恐兵勇滋事,示禁不许入城。午后雷儿至慎之处看会,温书、夜记俱辍。又琴来。

二十九日甲子(4月24日)　晴。少庚来。上书二百五字。祀先。

四　月

初一日乙丑(4月25日)　晴。焚香。上书二百四字。

初二日丙寅(4月26日)　晴。上书一百九十二字。鲁瞻来饭。友翘、少庚来。又琴来。明之夫人是日起身赴任,走送之。

初三日丁卯(4月27日)　阴。上书二百三字。夜记唐诗读毕。

初四日戊辰(4月28日)　晴。上书二百廿三字,温书、夜记俱辍。是日设酌款松弟新妇，邀四妹、七妹来，同大姊、寿妹、九弟妇作陪。又琴来。

初五日己巳(4月29日)　晴。上书二百十四字，《子张》毕，计十三首，共二千六百二十字。剃头。下午余至天香，夜记不读。大姊回慈孝庵。金祝三之子为传良会事来晤。

初六日庚午(4月30日)　晴，风。上《梁惠王》二百五字。夜记读《周礼》五六十字。

初七日辛未(5月1日)　晴。上书二百三字。仲恂来。会试总裁贾桢、宝鋆、谭廷襄、桑春荣。首场题："孝慈则忠，举善而教不能则劝"；"必得其寿"；"不违农时，谷不可胜食也"；"芦笋生时柳絮轻"。松属入闱者共三十人，亭林顾韵梅被贴。少庚来，夜饭去。

初八日壬申(5月2日)　晴。上书二百二十九字。

初九日癸酉(5月3日)　晴。上书一百九十四字。慎之来。履之来。

初十日甲戌(5月4日)　晴。上书一百九十七字。

十一日乙亥(5月5日)　晴，立夏节，宗祠荐新。上书二百二字。

十二日丙子(5月6日)　晴，风。上书二百十字。

十三日丁丑(5月7日)　阴。上书二百三字。

十四日戊寅(5月8日)　晴，热。上书二百二字。仪庭试毕来晤。湘洲来。卭卿仍往小昆山。

十五日己卯(5月9日)　晴，热。上书二百八字。功课毕，至天香。

十六日庚辰(5月10日)　阴，午后雨。上书二百六字。静卿弟设酌延其舅朱少卿，陪者慎之、少庚、耕心、仪庭，余亦在座。温书、夜记俱辍。

十七日辛巳(5月11日)　雨。上书二百六字。少庚来，闻有私雕假印之事。

十八日壬午(5月12日)　雨，阴。上书二百十五字。少庚来。雷儿咳嗽，以杏酪润之。

十九日癸未(5月13日)　阴。上书二百八字。慎之来。夜记不读。

二十日甲申(5月14日)　雷雨。上书二百四字。

二十一日乙酉(5月15日)　阴，雨。天香侄女赘顾子宪为婿，是夜结烛，应明日良辰。余挈雷儿午往西归。

二十二日丙戌(5月16日)　晴。余往天香会亲，雷儿以咳呛不去。

二十三日丁亥(5月17日)　晴。彝仲同子宪来谒宗祠。上书二百三字。咳呛不止，温书、夜记俱辍，与以清散一剂。金山编房张杏桥来。星岩以府试来家。

二十四日戊子(5月18日)　晴，晚雨。上书二百三字，夜记不读。刘玉延会试中式。

二十五日己丑(5月19日)　雨。雷儿咳甚，兼身热，适雷伯川昨晚宿星岩处，倩其诊定一方。

二十六日庚寅(5月20日)　阴，雨。雷儿微热不退，不读书。

二十七日辛卯(5月21日)　阴，晴。雷儿咳嗽稍愈，身热渐退，上生书一百九十二字，余辍。星岩出城，知昨日府试华、娄、金、上正场题："子路问闻斯行诸"，"恻隐之心人皆有之"；"冉有问闻斯行诸"，"羞恶之心人皆有之"；"由也问闻斯行诸"，"恭敬之心人皆有之"；"求也问闻斯行诸"，"是非之心人皆有之"；"赋得海不扬波"。

二十八日壬辰(5月22日)　晴。上书二百九字。

二十九日癸巳(5月23日)　晴。晨答子宪。上书二百十三字。剃头。又琴来。

三十日甲午(5月24日)　晴。上书二百十四字。慎之来。前日府试题：奉"可也简仲弓曰居敬"，"敢问其次"。南"不如乐之者子曰中人以上"，"敢问其次"。青"回虽不敏请事斯语矣仲弓问仁"，"抑亦可以为次矣"。"赋得雨后有人耕绿野"。

五 月

初一日乙未（5 月 25 日） 阴，微雨。焚香。上书二百三十六字。

初二日丙申（5 月 26 日） 晴。上书二百三十一字，夜记辍。

初三日丁酉（5 月 27 日） 晴。上书二百三十五字。

初四日戊戌（5 月 28 日） 晴。上书二百一字。慎之来。友翘来。

初五日己亥（5 月 29 日） 晴。闻玉延已回家，未应殿试，随往道贺。是午请子宪小叙，邀慎之、友翘、又琴、少庚、仪庭作陪，知仪庭昨考《大学》。五日赐飞白扇赋，以"庶动清风，以扬美德"为韵。龙舟竞渡诗。不拘体韵。闻本科状元崇绮，蒙古人，赛尚阿之孙，查《鼎甲录》，旗人从未有问鼎者，此为创见。探花杨霁，汉军人。榜眼于建章，广西临桂人。传胪牛暄，河南氾水人。

初六日庚子（5 月 30 日） 晴，热。晨晤壮之。上书二百三字。雷儿咳嗽时作，初起时面目浮肿，邀枝珊过诊，谓是天哮嗽。枝珊来后，余至诒谷、长春两处。

初七日辛丑（5 月 31 日） 晴，热似小暑天气。姚甥湘舟赴苏习业来辞。上书二百十五字。

初八日壬寅（6 月 1 日） 阴。上书一百九十二字。

初九日癸卯（6 月 2 日） 阴，夜雨。上书二百二十二字。

初十日甲辰（6 月 3 日） 雨，阴。上书二百九字。

十一日乙巳（6 月 4 日） 阴，晴。上书二百十一字。

十二日丙午（6 月 5 日） 晴。上书二百十四字。韦人丈来，气色甚好。剃头。

十三日丁未（6 月 6 日） 晴。上书二百十一字。连日闻捉船颇急，潘总领带驻之兵调往江北，为捻匪猖獗之故，并闻僧王格林沁重伤,不能临戎,曾国藩放经略李鸿章署制军,刘郇膏署抚军。

十四日戊申（6 月 7 日） 晴。上书二百十六字。

十五日己酉（6 月 8 日） 晴。焚香。上书二百六字。

十六日庚戌（6 月 9 日） 晴。上书二百九字。慎之来。

十七日辛亥（6 月 10 日） 晴。上书二百卅一字。

十八日壬子（6 月 11 日） 晴。上书二百三字。

十九日癸丑（6 月 12 日） 晴。上书一百九十八字。

二十日甲寅（6 月 13 日） 晴。上书二百七字。少庚来。

二十一日乙卯（6 月 14 日） 晴,风。上书一百九十七字。瑶卿来。

二十二日丙辰（6 月 15 日） 晴。上书一百九十九字。季声来言状元换牛暄,河南氾水人,探花亦更易。后知不确。

二十三日丁巳（6 月 16 日） 微雨,阴。上书二百十字。剃头。

二十四日戊午（6 月 17 日） 雨。上书一百九十九字。体中不适,想寒暖不时之故,夜食粥。

二十五日己未（6 月 18 日） 阴,雨。晨起洞泻一次,胃气呆滞。上书一百九十九字,《梁惠王》毕,计四十五首,九千三百八十字。

二十六日庚申（6 月 19 日） 雨,阴。脾泄未痊,殊绝饱闷,因服正气散。仪庭来,饭后去,上《公孙丑》一百九十七字。

二十七日辛酉（6 月 20 日） 雨,午后晴。上书二百十四字。

二十八日壬戌（6 月 21 日） 阴,午雨昼夜不止。至壮之斋。夏至节祭祀。少庚来。

二十九日癸亥（6 月 22 日） 雨,阴。上书二百八字。《天官》读毕。

闰五月

初一日甲子（6 月 23 日） 阴,午后晴。焚香。上书二百十三字。

初二日乙丑(6月24日) 阴,雨。上书二百六字。

初三日丙寅(6月25日) 阴,晴。上书二百十字。

初四日丁卯(6月26日) 晴。上书一百九十八字。

初五日戊辰(6月27日) 晴。上书二百九字。晚阵雨。

初六日己巳(6月28日) 晴,午后雷雨,至夜不绝。上书二百四字。剃头。夜半雷儿忽呕吐大作,身体微热。

初七日庚午(6月29日) 雨,晚霁。雷儿因身热未退辍课。

初八日辛未(6月30日) 阴。上书一百九十三字。

初九日壬申(7月1日) 雨。上书一百九十六字。

初十日癸酉(7月2日) 雨。上书二百十字。昆山有信来,言卯弟气喘,大有脱象,欲邀静弟到乡,未几二官来言,其父已于巳刻作故,年止四十有四,两子三女,婚嫁俱未了,伤也何如。作致萍沚信。

十一日甲戌(7月3日) 雨。上书二百二字。闻萧山等处水发。

十二日乙亥(7月4日) 阴,雨。黎明起挈儿女登舟赴小昆山送卯弟入木,归已薄暮。在昆山知修诚猝患吐泻,据伯川诊过,甚属可危。

十三日丙子(7月5日) 阴。雷儿昨夜发热,想系船中冒寒之故,邀芝珊诊治。松弟自昆山回,知修诚病势未退。

十四日丁丑(7月6日) 晴,热。上书二百八字,不温书。少庚来。又琴来。夜半又雨。

十五日戊寅(7月7日) 阴,微雨。焚香。上书二百十字。小暑节。

十六日己卯(7月8日) 阴,晨雨。上书二百字。剃头。

十七日庚辰(7月9日) 微雨,阴。上书一百九十一字。慎修来夜饭。少庚来。

十八日辛巳(7月10日) 雨,凉甚。上书一百九十四字。

十九日壬午(7月11日) 微雨,阴。上书二百十七字。夜又雨。

二十日癸未(**7 月 12 日**)　阴,午后有晴意。上书二百八字。季声来。又琴挈森官来。

二十一日甲申(**7 月 13 日**)　又雨,阴。上书二百十三字。夜又雨。

二十二日乙酉(**7 月 14 日**)　阴,午后放霁。韦人丈来。上书二百十二字。

二十三日丙戌(**7 月 15 日**)　晴。上书二百三字。走答季声。

二十四日丁亥(**7 月 16 日**)　晴。上书二百十字。慎之来。

二十五日戊子(**7 月 17 日**)　雷,雨。上书二百一字。

二十六日己丑(**7 月 18 日**)　雨。上书一百九十五字。淫雨过凉,恐非所宜。

二十七日庚寅(**7 月 19 日**)　雨。上书一百八十七字。

二十八日辛卯(**7 月 20 日**)　雨,阴。上书二百六字。

二十九日壬辰(**7 月 21 日**)　雨,阴,午后放晴。上书二百十字。

三十日癸巳(**7 月 22 日**)　阴,晴。上书二百二十字。

六　月

初一日甲午(**7 月 23 日**)　晴,始热,大暑节。焚香。上书二百十二字。

初二日乙未(**7 月 24 日**)　阴,晴。上书一百九十字。夜半大雨数阵,侵晓未息。

初三日丙申(**7 月 25 日**)　雨,午后晴,阴。上书二百二十三字。友翘来。

初四日丁酉(**7 月 26 日**)　雷,雨。上书二百三十一字。昼夜大雨数阵,无处不漏,闻北乡低区已成巨浸,高田现虽无碍,若雨势不止,潮涨不消,亦属可虑。且伏中如此风凉,不特田稻非宜,即人感受不正之气,恐亦不免多疾病耳。

初五日戊戌(7 月 27 日)　雨。上书一百九十九字。

初六日己亥(7 月 28 日)　晴。上书二百六字。祀先。晚又雷雨。

初七日庚子(7 月 29 日)　阴,午后又雨。上书二百字。慎修来夜饭,因雨止宿。

初八日辛丑(7 月 30 日)　晴,阴。上书二百七字。午后余觉寒,旋热,是晚食粥早卧,一觉后汗出退凉。夜半又闻雨声。雨公来,即赴马桥。彝仲来。

初九日壬寅(7 月 31 日)　晴。上书一百九十六字,读十遍后,懒怠异常,按其头角发热,因令其睡,余是日饮食略减。少庚来。

初十日癸卯(8 月 1 日)　晴。雷儿身未凉净,邀枝珊诊,未几汗出凉净,令其将昨日遍数读足,温背带书,余俱免课。余体中仍觉不适,是日天极热而无汗,饭后足酸指冷,竟是间日疟。慎之来,余始冷定,出与谈,去后即卧,寒热皆甚于前日。上灯后汗大出,乃退凉。

十一日甲辰(8 月 2 日)　晴,热。上书二百三十字。剃头。

十二日乙巳(8 月 3 日)　晴。上书二百二十三字,夜课辍。是日韦人丈来,不晤。午前疟即至,直至上灯退凉,不得睡。夜半祥徵患吐泻,叩门索药,急起与之。

十三日丙午(8 月 4 日)　晴。上书二百十四字。

十四日丁未(8 月 5 日)　晴。上书二百字。以制首乌三钱煮酒饮之,寒来不觉,惟不欲食,热亦减,汗出不多,傍晚凉净,仍食粥。四妹及其女新小姐来,饭后新小姐去,四妹留宿于绣余楼。是日闻雷,小雨。

十五日戊申(8 月 6 日)　晴,阴。上书二百六字。颇有秋景。又琴挈森官来。

十六日己酉(8 月 7 日)　阴,晴。上书二百十二字。午前仍饮首乌酒,寒热不至。阆峰来,言定亲仓桥滩庄氏,十九早上要余去求亲。立秋节。

十七日庚戌(**8 月 8 日**)　晴。上书二百八字。

十八日辛亥(**8 月 9 日**)　晴。上书一百八十一字,《公孙丑》毕,计四十七首,共九千六百八十一字。赴刘氏吊。

十九日壬子(**8 月 10 日**)　晴,热。阆峰来,余坐舆往庄氏求亲。上《滕文公》二百六字。

二十日癸丑(**8 月 11 日**)　晴,午后雷雨。上书一百九十七字。剃头。

二十一日甲寅(**8 月 12 日**)　晴。少庚来。上书二百二字。

二十二日乙卯(**8 月 13 日**)　晴。上书一百九十三字。

二十三日丙辰(**8 月 14 日**)　晴。上书一百九十九字。傍晚无云,而雷一震后又绝无影响,但小雨片刻耳。

二十四日丁巳(**8 月 15 日**)　晴,午后雷雨。上书二百四十字。

二十五日戊午(**8 月 16 日**)　晴。祀先。上书一百八十八字。

二十六日己未(**8 月 17 日**)　晴。上书一百九十三字。

二十七日庚申(**8 月 18 日**)　晴,风。上书二百七字。慎之来。

二十八日辛酉(**8 月 19 日**)　晴,大东南风。梅宾贤郎来。上书二百二字。

二十九日壬戌(**8 月 20 日**)　晴,大风。上书一百九十八字。夜雨。

七　月

初一日癸亥(**8 月 21 日**)　晴,转西南风,少息。焚香。上书一百九十七字。

初二日甲子(**8 月 22 日**)　晴,秋暑甚炽。上书二百十三字。剃头。

初三日乙丑(**8 月 23 日**)　晴。上书二百三字。

初四日丙寅(**8 月 24 日**)　晴。慎之来。上书二百二字。少庚来。

初五日丁卯（8 月 25 日）　晴。上书二百六字。仪庭来，下榻夬斋。

初六日戊辰（8 月 26 日）　晴。上书二百十一字。慎之来。

初七日己巳（8 月 27 日）　晴。上书二百十五字。又琴挈森观来。细雨。令祥徵棹船至昆山上岸抹油。

初八日庚午（8 月 28 日）　晴，阵雨。李又梅来。上书二百十四字。仪庭院课文题"且角"，诗题"银烛秋光冷画屏①"。

初九日辛未（8 月 29 日）　晴。上书二百十三字。

初十日壬申（8 月 30 日）　晴，午后雷雨。仪庭回去。上书二百八字。

十一日癸酉（8 月 31 日）　阴，午后晴。祀先。上书二百二字。

十二日甲戌（9 月 1 日）　晴。上书二百字。仪庭来。

十三日乙亥（9 月 2 日）　阴，晴。上书二百十三字。夜雨。

十四日丙子（9 月 3 日）　雨，阴。上书二百三字。祀先。仪庭回去。祥徵自小昆山回。

十五日丁丑（9 月 4 日）　晴。又琴来饭。少庚来，客去后余至天香。

十六日戊寅（9 月 5 日）　雨，阴。上书一百九十六字。仪庭出去会文，晚回。

十七日己卯（9 月 6 日）　雨。上书二百八字。耕心来。

十八日庚辰（9 月 7 日）　雨。上书一百九十四字。

十九日辛巳（9 月 8 日）　雨，午后晴。上书二百六字。是日交白露节。

二十日壬午（9 月 9 日）　晨雨一阵，旋即放晴。上书二百十字。仪庭出门会课，是日不返。

二十一日癸未（9 月 10 日）　雨多晴少，夜犹不止。雷儿腹泻身

---

①　"屏"字旁有"△"，表示以"屏"为韵。

热,不读书。

二十二日甲申(**9 月 11 日**)　雨。雷儿身退凉,泻亦止。上书一百九十七字。余亦感冒身热,胸膈郁闷,夜记不上。妞儿亦感冒不适。午后仪庭来。

二十三日乙酉(**9 月 12 日**)　晴。上书二百十字。服紫苏姜糖汤,汗出凉净。又琴来。

二十四日丙戌(**9 月 13 日**)　晴爽,为月来第一佳日。上书二百二字,生书读毕,又腹泻微热,诸课俱辍。妞儿患疟。四妹回去。慎修来。

二十五日丁亥(**9 月 14 日**)　晴。祀先。雷儿脾泄未愈,邀芝珊诊。上书二百六字。阆峰来。

二十六日戊子(**9 月 15 日**)　晴。上书二百卅一字。妞儿疟愈。仪庭出去会文,晚回。

二十七日己丑(**9 月 16 日**)　晴,细雨。雷儿腹痛泄泻,暑热仍未愈,不读书,邀枝珊诊。仪庭回去。

二十八日庚寅(**9 月 17 日**)　晴。上书二百十字,热病稍减。午后余至诒谷、慈玉两处。又琴来。

二十九日辛卯(**9 月 18 日**)　晴。上书二百十六字,仍邀枝珊换方。仪庭来。

三十日壬辰(**9 月 19 日**)　雾,晴。上书一百八十七字。剃头。昨枝珊言见苏信,文宗按临苏州,八月初一开考,太仓已另建考棚,苏州考毕后未必即临松江也。夜供香花。

八　月

初一日癸巳(**9 月 20 日**)　晴。焚香。上书二百六字。品珊来。仪庭有事回去。

初二日甲午(**9 月 21 日**)　阴,夜雨。祀先。上书二百八字。仪庭来。

初三日乙未(9月22日)　阴，雨，夜甚。上书二百九字。

初四日丙申(9月23日)　雨，阴。上书二百八字。

初五日丁酉(9月24日)　晴。上书二百三字。仪庭出门会课晚回。

初六日戊戌(9月25日)　晴，阴。上书一百九十七字，不温书。寇扰之后，节孝祠祀典久废，昨韦人丈信来，知会今日举行，蔡懿斋明府昌轮祭。午后坐舆进城，晤汤春韶广文，言文宗苏州试毕，闻有即考常镇之说，因彼处辛酉科选拔尚未考取也，我郡大约明春按临。又琴来。仪庭回去。又闻嘉兴考数人少而进额颇多，有不完卷者亦入学，但批"皇恩浩荡"四字，不准乡试。

初七日己亥(9月26日)　晴。上书二百一字，《滕文公》读毕，共四十五首，九千二百廿九字。功课毕后，同赴慎之处。仪庭来。

初八日庚子(9月27日)　晴，风。上《离娄》二百十八字。

初九日辛丑(9月28日)　晴，阴。上书二百十七字。杉甫来。

初十日壬寅(9月29日)　晴，夜雨。上书二百十一字。

十一日癸卯(9月30日)　雨，阴。上书二百十三字。

十二日甲辰(10月1日)　晴。慎之来。上书二百一字。苞甥来。

十三日乙巳(10月2日)　晴。上书二百十六字。履之来。品珊来。又琴来。

十四日丙午(10月3日)　晴。上书二百廿三字，夜记不课。韦人丈来。又琴来饭。少庚来。

十五日丁未(10月4日)　晴。早晚焚香。午后挈雷儿至诒谷，余又至长春。

十六日戊申(10月5日)　晴。上书二百三字。

十七日己酉(10月6日)　雨。又梅来。上书二百廿二字。

十八日庚戌(10月7日)　阴。上书二百八字。慎之长郎行聘，招午叙，辞之。

十九日辛亥(10月8日)　阴,午后有晴意。上书一百九十字。

二十日壬子(10月9日)　晴。上书二百廿三字。慎之来。

二十一日癸丑(10月10日)　阴。上书二百七字。继室忌日设祭。

二十二日甲寅(10月11日)　晴。上书二百八字。

二十三日乙卯(10月12日)　晴。上书二百十九字。少庚来。祀先。

二十四日丙辰(10月13日)　晴。上书二百六字。闻耕心母夫人病危,走问之。

二十五日丁巳(10月14日)　晴。上书一百九十五字。履之外姑李在传砚病故,往吊。

二十六日戊午(10月15日)　晴。上书二百八字。友翘来。

二十七日己未(10月16日)　晴。上书二百七字。祀先。

二十八日庚申(10月17日)　晴。上书二百十二字。剃头。夜记《春官》毕。

二十九日辛酉(10月18日)　晴。上书二百十一字。

三十日壬戌(10月19日)　晴。慎之来。上书一百九十八字。夜雨。

九　月

初一日癸亥(10月20日)　阴,微雨。焚香。上书二百七字。

初二日甲子(10月21日)　阴,晚晴。上书二百三字。至诒谷。

初三日乙丑(10月22日)　晴,阴。上书二百五字。慎之来。湘舟来。

初四日丙寅(10月23日)　细雨,阴。祀先。上书一百九十八字。少庚来。

初五日丁卯(10月24日)　雨,阴。上书二百十四字。

初六日戊辰(10月25日)　阴,夜半雷雨。上书二百五字。

祀先。

　　初七日己巳(10 月 26 日)　大风,阴。上书二百十二字。

　　初八日庚午(10 月 27 日)　风,晴。慎之长郎娶倪楚卿媛,是日吉期,楚卿因太平桥旧居为贼所毁,暂寓姚明之家遣嫁。晨往送嫁道喜,后挈雷儿至慎之家看结烛,会亲后即归。文宗在苏考试,连补行岁科两试共三案,岁试并一案,科试一案,又闻常镇考毕,仍于今冬按临松郡。

　　初九日辛未(10 月 28 日)　晴,阴,午后雨。重阳大祀,族人咸会。倪墨汀来谢。

　　初十日壬申(10 月 29 日)　雨,阴寒。上书二百字。

　　十一日癸酉(10 月 30 日)　风,晴。上书二百五字。余感寒伤风,旧病顿作,午后即卧,夜记遂辍。

　　十二日甲戌(10 月 31 日)　晴。气平即起。上书二百十八字。慎之来。

　　十三日乙亥(11 月 1 日)　晴。上书二百八字。又琴来。

　　十四日丙子(11 月 2 日)　晴。上书一百九十八字。

　　十五日丁丑(11 月 3 日)　晴。焚香。上书二百二字。少庚来夜饭。肺气不利,和衣而卧。

　　十六日戊寅(11 月 4 日)　阴。上书一百八十九字。祀先。慎之来。夜雨。

　　十七日己卯(11 月 5 日)　雨。祀先。上书一百九十字。

　　十八日庚辰(11 月 6 日)　晴。上书二百三字。湘舟甥来谢。

　　十九日辛巳(11 月 7 日)　晴。上书二百十字。

　　二十日壬午(11 月 8 日)　晴。上书二百六字。午后挈雷儿往慎之家,夜记辍。

　　二十一日癸未(11 月 9 日)　晴,阴。上书二百九十四字。

　　二十二日甲申(11 月 10 日)　晴,阴。上书二百十一字。

　　二十三日乙酉(11 月 11 日)　晴。上书二百二十字。

二十四日丙戌(11 月 12 日)　晨雨,午晴,阴。上书二百十六字。慎之来。本年条银奉恩旨普减二成,其上忙已完者流抵下忙。

二十五日丁亥(11 月 13 日)　阴。上书二百十一字。

二十六日戊子(11 月 14 日)　阴,晴。姚二甥来。上书二百十字。剃头。

二十七日己丑(11 月 15 日)　雨,风。上书二百二十字。潮水陡涨,所砟之稻有漂失者。

二十八日庚寅(11 月 16 日)　风,寒,时见日色。上书二百廿一字,《离娄》读毕,计四十八首,九千九百九十四字。夜半病作。

二十九日辛卯(11 月 17 日)　风,晴,有冰。余病不能起,嘱星岩为雷儿上《万章》一百九十一字,温书、夜课俱辍。

十　月

初一日壬辰(11 月 18 日)　晴,霜浓如雪。焚香。祭祀。少庚来。

初二日癸巳(11 月 19 日)　晴。天香弟妇来。上书二百二十字。

初三日甲午(11 月 20 日)　晴。上书二百三字。夜卧不适。

初四日乙未(11 月 21 日)　晴,阴。上书二百五字。是夜仍咳逆不适。仪庭来。

初五日丙申(11 月 22 日)　雾,晴,晚雨。上书二百十七字。服药。又琴来。卧后仍不适。

初六日丁酉(11 月 23 日)　阴。上书二百十一字。慎之来。

初七日戊戌(11 月 24 日)　晴,阴。上书二百廿一字。友翘来。夜风雨。

初八日己亥(11 月 25 日)　风,晴。上书二百十六字。

初九日庚子(11 月 26 日)　晴,寒。上书一百九十二字。慎之来。

初十日辛丑(11 月 27 日) 晴,阴。上书二百十字。祀先。叶梅屏来。

十一日壬寅(11 月 28 日) 雨。上书二百廿二字。

十二日癸卯(11 月 29 日) 晴,阴。上书二百十七字。少庚来。

十三日甲辰(11 月 30 日) 晴,阴。上书二百二十字。夜雨。

十四日乙巳(12 月 1 日) 雨。上书二百五字。

十五日丙午(12 月 2 日) 阴。焚香。上书二百二十六字。李铁耕来谢。

十六日丁未(12 月 3 日) 晴。上书二百十四字。剃头。

十七日戊申(12 月 4 日) 晴。上书二百二十七字。

十八日己酉(12 月 5 日) 晴。上书二百十六字。

十九日庚戌(12 月 6 日) 晴。上书二百十一字。初更忽有大声轰然出东北,屋宇震而不动,闻者以为唐桥试炮。

二十日辛亥(12 月 7 日) 晴。上书二百五字。慎之、又琴来。慎之言及昨夜大声并非试炮,处处如是,疑是天鼓鸣,然其声不在空中,此说亦未必然也。或云是地震。

二十一日壬子(12 月 8 日) 晴,阴。上书二百五十字。

二十二日癸丑(12 月 9 日) 晴,阴。上书二百三十字。闻书客来。

二十三日甲寅(12 月 10 日) 晴。上书二百字。前晚之震系唐桥火药局失火,炮伤兵民十余人。

二十四日乙卯(12 月 11 日) 晴。上书一百九十五字。少庚来。

二十五日丙辰(12 月 12 日) 晴。上书二百二十八字。

二十六日丁巳(12 月 13 日) 晴,暖甚。上书二百三字。

二十七日戊午(12 月 14 日) 晴,阴。上书二百十二字。湘舟来。剃头。

二十八日己未(12 月 15 日) 晴。上书一百九十九字。祀先。

午后至传砚。

二十九日庚申(12月16日)　微雨,阴。上书二百九字。

三十日辛酉(12月17日)　阴。上书二百十七字。

十一月

初一日壬戌(12月18日)　雨,阴,作寒势。焚香。上书二百八字。慎之来。

初二日癸亥(12月19日)　风,阴,寒。上书一百九十二字。

初三日甲子(12月20日)　晴。肺气小不适,因天寒拥衾不起。上书一百九十一字,温书、夜课俱辍。仪庭来,闻冠甫在江西南昌府某寺之信。

初四日乙丑(12月21日)　晴。上书二百十六字,读毕即放学。冬至夜祭祀。

初五日丙寅(12月22日)　微雪,雨,阴。上书二百十六字,不温书。少庚来,月内将嫁妹于侯氏,因兵燹后所居湫隘,借寓明之家。

初六日丁卯(12月23日)　晴,阴。上书二百十二字。走晤壮之。

初七日戊辰(12月24日)　阴,寒。上书二百十三字。仪庭来。

初八日己巳(12月25日)　阴,寒。上书二百字。苞如来。

初九日庚午(12月26日)　晴。上书二百十二字。少庚来。

初十日辛未(12月27日)　阴,寒。上书二百五字。

十一日壬申(12月28日)　阴,晚雨。上书二百九字,《万章》读毕,计四十一首,八千六百十六字。

十二日癸酉(12月29日)　阴,雨。慎之来。上《告子》二百廿一字。

十三日甲戌(12月30日)　阴,微雨。上书二百二十字。闻温和公灵枢径抵横山。

十四日乙亥(12月31日)　晴,阴。上书二百七字。湘舟来。

十五日丙子(1866 年 1 月 1 日)　阴。焚香。上书二百五字。

十六日丁丑(1 月 2 日)　晴。至少庚寓送嫁。上书二百卅六字。剃头。作寄嘉轩信。

十七日戊寅(1 月 3 日)　阴,晴。上书一百九十三字。

十八日己卯(1 月 4 日)　晴。上书二百十六字。前日东岳庙决囚十五人,系亭林南聚众滋事之徒,闻尚有陆续解到者。

十九日庚辰(1 月 5 日)　晴。上书二百六字。少庚来,明日将迁回矣。

二十日辛巳(1 月 6 日)　阴。上书一百九十六字。接明之杭州诗信,并惠蚶子一篓。

二十一日壬午(1 月 7 日)　晴。上书二百十一字。少庚来谢。

二十二日癸未(1 月 8 日)　雨。上书二百十六字。

二十三日甲申(1 月 9 日)　阴,晴。上书二百十七字。

二十四日乙酉(1 月 10 日)　晴。上书一百九十七字。慎之来。又琴来。

二十五日丙戌(1 月 11 日)　晴,阴。上书二百十字。作送袁桐君邑丞诗二首,次志别原韵。

二十六日丁亥(1 月 12 日)　晴,阴。上书二百一字。夜雪。

二十七日戊子(1 月 13 日)　阴,寒,屋上积雪及寸。上书二百十一字。

二十八日己丑(1 月 14 日)　晴,消雪。上书二百十二字。夜课《秋官》毕。

二十九日庚寅(1 月 15 日)　晴。上书二百十六字。

三十日辛卯(1 月 16 日)　晴。上书二百十字。

十二月

初一日壬辰(1 月 17 日)　晴。焚香。上书二百十四字。温和公十四日安葬,初十领帖。

初二日癸巳(1月18日)　　晴。上书二百二十字。

初三日甲午(1月19日)　　阴。上书二百廿一字。仪庭来。

初四日乙未(1月20日)　　晴,阴。上书一百九十二字。

初五日丙申(1月21日)　　晴。上书二百六字。剃头。少庚来。

初六日丁酉(1月22日)　　阴。上书一百九十九字。作和明之诗。

初七日戊戌(1月23日)　　阴,雨。上书二百十四字。复明之信,即字致壮之汇寄。

初八日己亥(1月24日)　　阴,雨。上书二百十字。娄邑是日开仓,折价定有四千五百。

初九日庚子(1月25日)　　阴,细雨。上书二百十九字。仪庭来。

初十日辛丑(1月26日)　　阴。上书二百九字。至遂养吊,下午始归。

十一日壬寅(1月27日)　　晴。上书二百二十六字。又琴来。

十二日癸卯(1月28日)　　阴。上书二百十六字。

十三日甲辰(1月29日)　　微雨,晴,潮暖。上书二百二十四字。少庚来。

十四日乙巳(1月30日)　　晴,暖甚。上书一百九十五字。夜忽雷电大雨。

十五日丙午(1月31日)　　风,微雨,阴。上书一百九十七字,"名实"章止。仪庭来。

十六日丁未(2月1日)　　晴,阴。温书。慎之来。

十七日戊申(2月2日)　　阴,雪珠雨。温和公神主入祠,往拜。夜仍雪。

十八日己酉(2月3日)　　雪,阴。温书。两日觉感冒风寒,夜半旧疾作。

十九日庚戌(2月4日)　　晴。余病卧,令雷儿将应温之书熟读,候明日以次背诵。

二十日辛亥(2月5日)　晴。咳吐浓痰,气始平爽,起背温书。慎修来。

二十一日壬子(2月6日)　阴,寒。雷儿温书一转毕,令其再温一转。

二十二日癸丑(2月7日)　晴。少庚来。慎之来。

二十三日甲寅(2月8日)　晴。温书毕,放学。友翘来。壮之来。又琴来。

二十四日乙卯(2月9日)　晴。少庚来。

二十五日丙辰(2月10日)　晴。剃头。抄《禹贡集注》。又琴来。

二十六日丁巳(2月11日)　晴,风。献神。

二十七日戊午(2月12日)　晴。慎之来。

二十八日己未(2月13日)　晴。少庚来。祀先。

二十九日庚申(2月14日)　晴,阴。挂先像。闻直北有彗星见,却未睹。截粮串未全。减赋誊黄已张挂,松郡上田每亩计科米一斗有零,本年又灾缓二成,计每亩科米八升,本色每石加耗三斗,折色每石定价钱四千五百五十二文,加出串钱二十八文,过年限每石加钱五百文,亦出示通谕。

同治五年(1866)岁次丙寅正月庚寅

初一日辛酉(2月15日)　阴。照常行礼。武圣前占流年,得三十六签。子宜兄七旬冥庆,具香烛冥库往拜,晤慎之、友翘、少庚诸人,饭后余坐舆往东贺节。晚洒细雨。

初二日壬戌(2月16日)　晴明。季声、壮之、杉甫来。慎修来,止宿。少庚来。

初三日癸亥(2月17日)　阴,晚雨。慎之、友翘、申甫、菱圃、耕心来晤。七妹同新妇来。

初四日甲子(**2 月 18 日**)　阴,晚雨。邀慎之、友翘、少庚、仪庭小叙,慎修、静卿同在座,酒罢掷骰,夜饭后去。杨生、又梅来晤。

初五日乙丑(**2 月 19 日**)　阴,晴。午后至友翘、少庚两处。夜雨。星岩自乡来家。

初六日丙寅(**2 月 20 日**)　阴,夜雨。松弟招逸恬、慎修、慎之、少庚、申甫午饭,余亦在座。

初七日丁卯(**2 月 21 日**)　阴,夜雨。大玉侄女来。

初八日戊辰(**2 月 22 日**)　雨,阴。令雷儿温书。彝仲来。

初九日己巳(**2 月 23 日**)　雨。焚香。仪庭招陪伴山,辞之。

初十日庚午(**2 月 24 日**)　阴,雪珠。慎之招陪壮之,辞之。

十一日辛未(**2 月 25 日**)　积雪盈寸,放晴。

十二日壬申(**2 月 26 日**)　阴,晴。胡兰芝来。

十三日癸酉(**2 月 27 日**)　雨。雷儿温书毕。

十四日甲戌(**2 月 28 日**)　阴。上生书二百七字。杨生母夫人五旬大庆往祝,因其外祖钱鼎卿作故,全家已赴上洋。晤书舲。少庚来,亦自韩氏来者。顾子宪来。家同卿及其次郎来。蓼洲次郎号眉千。来。

十五日乙亥(**3 月 1 日**)　阴,雨雪。晨夕焚香。

十六日丙子(**3 月 2 日**)　阴。祭祀收神像。订子宪午饭,慎修、少庚同叙。上生书二百九字。星岩就馆戴家库黄姓,是日赴馆。夜仍雨。

十七日丁丑(**3 月 3 日**)　阴,微雨。子宪招午饮,辞之。上书二百十九字。

十八日戊寅(**3 月 4 日**)　阴。上书二百十二字。韦人丈来。又雨。

十九日己卯(**3 月 5 日**)　阴,寒,有日晃。上书二百廿四字。姚甥湘舟自苏回,来见。闻山东捻匪势甚猖獗,曾帅不能取胜,现已窜近汉口。

二十日庚辰(3 月 6 日)　晴。上书二百十六字。大姊挈森官来。夜又雨。王来宾来。

二十一日辛巳(3 月 7 日)　阴,晚雨。祀先。上书二百四字。四妹来。又琴来。

二十二日壬午(3 月 8 日)　阴,晴。上书二百九字。履之来言结篱事。

二十三日癸未(3 月 9 日)　晴。上书二百十五字。

二十四日甲申(3 月 10 日)　晴。上书二百十字。

二十五日乙酉(3 月 11 日)　晴,阴,夜雨。上书二百七字,《告子》毕,计四十五首,九千四百九十七字。

二十六日丙戌(3 月 12 日)　阴,晴。上《尽心》二百十四字。

二十七日丁亥(3 月 13 日)　晴。上书二百十字。齿痛微热。仪庭来。

二十八日戊子(3 月 14 日)　晴。上书二百四字。颊车作肿,痛势稍减。慎之来。

二十九日己丑(3 月 15 日)　晴。上书二百七字。剃头。

三十日庚寅(3 月 16 日)　晴,暖。上书一百九十九字。

二　月

初一日辛卯(3 月 17 日)　晴。焚香。上书二百九字。夜雷雨。

初二日壬辰(3 月 18 日)　晴。上书二百十二字。

初三日癸巳(3 月 19 日)　雨。上书二百八字。少庚来。

初四日甲午(3 月 20 日)　雨。上书二百廿二字。夜雷雨。

初五日乙未(3 月 21 日)　阴,午后放晴。上书二百廿三字。

初六日丙申(3 月 22 日)　阴,雷雨。慎之来。上书二百十字。

初七日丁酉(3 月 23 日)　雨。上书二百十三字。

初八日戊戌(3 月 24 日)　晴。上书二百十九字。午后往节孝祠陪祭。

初九日己亥（3月25日）　晴。上书二百四十六字。慎之、仪庭、慎修来。蓼洲来。

初十日庚子（3月26日）　晴。上书二百廿九字。杨生来。

十一日辛丑（3月27日）　晴。上书二百廿五字。又琴来。

十二日壬寅（3月28日）　晴，阴。上书二百九字。天香弟妇来。又琴来。慎修来。

十三日癸卯（3月29日）　阴，微雨。上书二百十四字。

十四日甲辰（3月30日）　阴，微雨。上书二百十四字。

十五日乙巳（3月31日）　晴。焚香。上书二百十九字。慎修来。

十六日丙午（4月1日）　阴，晴。上书二百十九字。慎修饭后昆山去。夜记《周礼》读毕。

十七日丁未（4月2日）　阴。上书二百五字。友翘来。

十八日戊申（4月3日）　阴，晴。余病小作，午后始起。上书二百廿四字。夜记上《尔雅》六十余字。

十九日己酉（4月4日）　雨，阴。春祭与者凡九人。夜雷雨。

二十日庚戌（4月5日）　雷雨。清明节祭祀。午后静卿、魁卿两弟赴昆山，为明日屮卿弟葬期也。少庚来。

二十一日辛亥（4月6日）　阴，有晴色。黎明起同雷儿赴昆山扫墓，兼送屮卿弟下窆。事毕静、魁两弟同返，一帆风送，到家尚早。少庚来。

二十二日壬子（4月7日）　阴。上书二百二十三字。

二十三日癸丑（4月8日）　阴，微雨。上书二百十四字。

二十四日甲寅（4月9日）　雨。上书二百二十字。

二十五日乙卯（4月10日）　晴。祀先。上书二百二十七字。

二十六日丙辰（4月11日）　晴。上书二百二十九字。

二十七日丁巳（4月12日）　晴，午后雨。上书二百十七字。剃头。屮卿弟妇迁回家中。

二十八日戊午(4月13日)　雨竟日夜不止。上书二百三字。

二十九日己未(4月14日)　雨,阴。上书二百十三字。作和韦人丈七十自述原韵七律四首。静卿弟昨晚发热不凉,腿上似有疮疾,履之来看。

三　月

初一日庚申(4月15日)　晴。焚香。上书二百二十六字。静卿弟神昏不语,雨公往邀马轶才来诊,云恐发疹,用清解之剂,服后呕出清涎,无甚动静,至四更后雨公来呼唤,言油汗大出,气逆上冲,急着衣过去,气已绝矣,痛也何如。弟谙悉世务,一切处置咸宜,不特余恃为左右手,即亲友有事,亦无不与之酌议者,不料病甫两日遽尔不起,家运之败,一至于斯,乌能不悲。

初二日辛酉(4月16日)　晴。停尸于小书房,履之来,开报丧帐。慎之、壮之来。作致林雨培信。

初三日壬戌(4月17日)　晴。午刻入木。前晚病亟时,弟妇刲臂肉煎汤以进,已不受,伤哉。

初四日癸亥(4月18日)　晴。上书二百十五字。仪庭来。星岩到馆去。

初五日甲子(4月19日)　晴。上书二百三十九字。又琴来。

初六日乙丑(4月20日)　晴,阴。上书二百五字。

初七日丙寅(4月21日)　阴,晚雨。慎之来,为彝仲侄作伐,欲写一和合帐。上书二百十四字。少庚来。

初八日丁卯(4月22日)　阴,午后晴。上书二百三十二字。

初九日戊辰(4月23日)　晴。上书二百二十六字。

初十日己巳(4月24日)　晴,阴。慎之来。上书二百九字。夜记《释诂》毕。夜半雨。

十一日庚午(4月25日)　风,阴,雨。上书二百十三字。

十二日辛未(4月26日)　风,阴,晚晴。上书二百廿四字。

十三日壬申(**4 月 27 日**)　晴。上书二百十字。剃头。

十四日癸酉(**4 月 28 日**)　晴。上书二百十三字。走候慎之。慎修来。

十五日甲戌(**4 月 29 日**)　晴，阴，微雨。焚香。上书二百三十一字。午后至天香，慎之亦在座。为彝仲侄说亲，所说者叶定斋之孙女也，现与天香同居。

十六日乙亥(**4 月 30 日**)　晴。上书二百三字。作致明之信。

十七日丙子(**5 月 1 日**)　晴。上书二百一字。

十八日丁丑(**5 月 2 日**)　晴。上书二百十字。季声来。午后至诒谷，雷儿亦往，余又至长春，慎之赴沪晤湘舟。

十九日戊寅(**5 月 3 日**)　雨。上书二百一字。

二十日己卯(**5 月 4 日**)　阴。上书二百十一字。

二十一日庚辰(**5 月 5 日**)　晴。上书二百六字，《尽心》毕，共五十首，一万七百八十九字，总计《孟子》读三百二十一首，六万七千二百三十六字。

二十二日辛巳(**5 月 6 日**)　晴。立夏节。开读《书经》，即余所读之本，不读注，惟《禹贡》稍稍摘读耳，是日上二百二十三字。夜记辍。大姊挈森观来止宿。仪庭来。

二十三日壬午(**5 月 7 日**)　晴。上书二百十四字。森观亦同读。

二十四日癸未(**5 月 8 日**)　晴。雷儿头疼不适，辍课。

二十五日甲申(**5 月 9 日**)　晴。上书二百十八字。慎修来。

二十六日乙酉(**5 月 10 日**)　阴，大风，晚细雨。上书二百三十四字。午后森官、雷儿同往扫叶书坊中看会。又琴来。

二十七日丙戌(**5 月 11 日**)　风息，放晴。上书二百二十字。走问慎之疾，前自上洋归，稍有感冒也。雷儿至传砚看仓城隍会。

二十八日丁亥(**5 月 12 日**)　晴。上书二百三十三字，午后放学，令往长春看会。至壮之斋。

二十九日戊子(5月13日)　晴。祀先。同修诚至李冠卿处,不值。顺至诒谷。上书二百十三字。叶怡亭来诊大姊。

四　月

初一日己丑(5月14日)　晴,风,阴,微雨。上书二百二十三字。壮之来借去《横云山人稿》十本。李冠卿来晤。又琴来。

初二日庚寅(5月15日)　微雨,午后晴。上书二百二十二字。慎之来。壮之来,取席、姚两甥女庚帖,为刘季声令郎作伐,乃余前日请回者。

初三日辛卯(5月16日)　晴。上书二百二十字。同卿次郎仲和来。

初四日壬辰(5月17日)　阴,晚雨。上书二百二十五字。慎之两次来晤,为彝仲说定叶氏亲事。耕心以明之复信来。

初五日癸巳(5月18日)　雨,晴。上书二百三十三字。

初六日甲午(5月19日)　晴。上书二百二十七字。慎之来。午后至天香,又至慎之处。

初七日乙未(5月20日)　雨。上书二百十四字。

初八日丙申(5月21日)　晴。上书二百十四字。以上三日为静卿弟五七诵经,温书夜记俱辍。剃头。又琴来。仪庭来,闻有人言冠甫在吴门出家,明日欲赴苏寻访。

初九日丁酉(5月22日)　风,阴,晚微雨。上书二百八字。

初十日戊戌(5月23日)　黎明雷雨,午后放晴。上书二百二十字。夜半又雷雨。

十一日己亥(5月24日)　晴。上书二百十三字,温书夜记俱辍。慎之来。古酝自溧阳回,来晤,幕运颇佳。午后,余至天香,慎之亦至,言定十三日求吉文定。归后,壮之、慎之俱来候古酝。古酝次女思官来止宿余家。慎修来。

十二日庚子(5月25日)　晴,时洒细雨。上书二百十二字。

十三日辛丑（**5 月 26 日**）　雨，阴。是日彝仲定亲叶氏，遣舆邀余往彼求亲，随行文定礼，并候冰人，慎之不值即返。上书二百十五字。壮之来，以季声令媛庚帖为雷儿作伐。

十四日壬寅（**5 月 27 日**）　雨。上书二百二十二字。傍晚古酝来，言明早即欲开行，留一饭而去。宜学台告病，放鲍源深理正卿，刘松岩中丞丁内艰。古酝言关东有骑马贼，颇不靖。慎修来。

十五日癸卯（**5 月 28 日**）　晴。焚香。上书二百十一字。古酝遣人来领思官上船。慎之来。少庚来。大姊挈森官回赵家庵。夜记《释言》毕。

十六日甲辰（**5 月 29 日**）　晴。上书二百十五字。又琴来。

十七日乙巳（**5 月 30 日**）　阴。上书二百十一字。阆峰来。履之来。

十八日丙午（**5 月 31 日**）　晴。上书二百七字。夜半闻雷阵雨。

十九日丁未（**6 月 1 日**）　晴。上书二百十七字。韦人丈来，以前和自寿诗属书条幅上。

二十日戊申（**6 月 2 日**）　晴。上书二百三字，功课早完，挈之往扫叶，问仪庭苏信。

二十一日己酉（**6 月 3 日**）　阴，晴。上书二百十六字。仪庭自吴门回，来晤。访亲不遇，非传闻之虚辞，即云游他处矣。

二十二日庚戌（**6 月 4 日**）　晴。晨进城至节孝祠祝韦人丈七十寿即归。上书二百十字。又琴来。闻新学台因山东路梗，尚未莅任。

二十三日辛亥（**6 月 5 日**）　晴。上书二百十九字。

二十四日壬子（**6 月 6 日**）　晴。上书二百十一字。慎修来。少庚来。

二十五日癸丑（**6 月 7 日**）　晴。上书二百十四字。

二十六日甲寅（**6 月 8 日**）　晴。上书二百廿一字。夜记《释训》毕。

二十七日乙卯（**6 月 9 日**）　阴，晴。上书二百二十七字。慎之来。慎修来。

二十八日丙辰（6 月 10 日） 晴。上书二百十六字。季声来。

二十九日丁巳（6 月 11 日） 阴，晴。上书二百廿九字。午后至慎之处。瑶卿来。

三十日戊午（6 月 12 日） 雨，日夕不止。上书二百二十字。

五 月

初一日己未（6 月 13 日） 雨仍不止。焚香。上书二百十六字。

初二日庚申（6 月 14 日） 雨，晴。上书二百十九字。

初三日辛酉（6 月 15 日） 晴，时有细雨一霎。上书二百九字。剃头。

初四日壬戌（6 月 16 日） 晴。上书二百三十字。星岩自馆回。履之来取白银数。又琴来。

初五日癸亥（6 月 17 日） 阴，微雨。雷儿往诒谷。少庚、友翘来。

初六日甲子（6 月 18 日） 阴，夜雨。至壮之斋。上书二百二十九字。

初七日乙丑（6 月 19 日） 阴，微雨。上书二百十字。

初八日丙寅（6 月 20 日） 晴。慎之来，请蓁妹庚帖。上书二百十六字。

初九日丁卯（6 月 21 日） 晴，热。上书二百二十三字。慎修来。

初十日戊辰（6 月 22 日） 晴，热。夏至节祭祀。壮之来。夜雷雨。

十一日己巳（6 月 23 日） 雷雨，晚霁。上书二百十六字。

十二日庚午（6 月 24 日） 阴，夜大雨。上书二百十五字。钞《仪礼节训》。

十三日辛未（6 月 25 日） 雨。武圣前焚香。上书二百二十三字。剃头。

十四日壬申(6月26日)　阴,微雨。上书二百二十四字。苞如甥来。

十五日癸酉(6月27日)　晴。焚香。上书二百卅三字。又琴来。高老和来,以王司农《秋山萧寺图》手卷付裱。

十六日甲戌(6月28日)　晴。上书二百十七字。韦人丈来。

十七日乙亥(6月29日)　晴。上书二百三字。履之侄妇四十生朝,饭后令雷儿往,不温书。慎修携卧具来,下榻央斋。诒谷四甥女来。

十八日丙子(6月30日)　晴,阴。上书二百九字。夜风雨。

十九日丁丑(7月1日)　风,雨,大凉。上书二百十三字。

二十日戊寅(7月2日)　风雨竟日,夜潮水大涨。上书二百十八字。

二十一日己卯(7月3日)　阴,犹时有雨点。上书二百六字。

二十二日庚辰(7月4日)　阴,晴。上书二百十八字。闻福山水发,漂溺人口,淹没田庐。修诚来,言登昆山北望,一片汪洋。插秧未久即遭此厄,补种已难,但愿水退晴干,或可挽回一二耳。慎修附修诚船赴昆山。

二十三日辛巳(7月5日)　阴,晴。上书二百十六字。慎之来。剃头。

二十四日壬午(7月6日)　晴。上书二百三十四字。午后至天香。夜闻雷。

二十五日癸未(7月7日)　晴。上书二百二十四字。下午雷雨,是日交小暑节,若依俗说,雨水又不少矣。

二十六日甲申(7月8日)　晴,热。上书二百二十一字。

二十七日乙酉(7月9日)　晴,热。上书二百三十七字,《虞》《夏》《商书》计六十二首,共一万三千五百四十七字。苞如甥来,知壮之患恙。

二十八日丙戌(7 月 10 日)　晨雨,午晴。上《周书》二百三十字。子宪来。耕心、仪庭来。

二十九日丁亥(7 月 11 日)　晴,热。上书二百十五字。

六　月

初一日戊子(7 月 12 日)　晴。上书二百二十七字。

初二日己丑(7 月 13 日)　晴。上书二百三十七字。

初三日庚寅(7 月 14 日)　日色甚淡。慎之来。上书二百二十七字。剃头。

初四日辛卯(7 月 15 日)　晴,午后雷雨颇凉。上书二百二十五字。

初五日壬辰(7 月 16 日)　晴。上书二百十二字。《仪礼节训》钞毕。

初六日癸巳(7 月 17 日)　晴,午后大雷雨。祀先。上书二百二十七字。接明之杭州来信。

初七日甲午(7 月 18 日)　晴。上书二百十五字。抄《夏小正》。

初八日乙未(7 月 19 日)　晴。上书二百二十一字。

初九日丙申(7 月 20 日)　晴。上书二百七字。作复明之诗信。

初十日丁酉(7 月 21 日)　晴,午后雷雨。上书二百十一字。

十一日戊戌(7 月 22 日)　晴,风。上书二百二十一字。少庚来。

十二日己亥(7 月 23 日)　晴,热,是日交大暑节。上书二百三十一字。剃头。

十三日庚子(7 月 24 日)　晴。上书二百三十二字。又琴乔梓来,见雨阵起,即去。大雷雨。始尝瓜,不佳,而价颇贵。抄《践阼记》。

十四日辛丑(7 月 25 日)　晴,热。上书二百十三字,儿因头痛似感暑热,夜记辍。

十五日壬寅(7月26日)　晴。上书二百十二字。焚香。

十六日癸卯(7月27日)　阴,微雨,午后晴。上书二百十二字。摘抄《尚书大传》。

十七日甲辰(7月28日)　晴。上书二百十七字。

十八日乙巳(7月29日)　晴。上书二百二十四字。

十九日丙午(7月30日)　晴,热。上书二百〇五字。嘱慎修理厅上乱书,多不全且湿烂蛀坏,可惜也。

二十日丁未(7月31日)　晴,热甚。上书二百十八字。

二十一日戊申(8月1日)　热甚,晴。上书二百三字。

二十二日己酉(8月2日)　晴,热甚。上书二百六字。剃头。

二十三日庚戌(8月3日)　晴,酷热。上书二百五字。

二十四日辛亥(8月4日)　晴,酷热。少庚早来。上书二百十三字。

二十五日壬子(8月5日)　晴,热甚。上书二百十七字。祀先。午后阵雨,不大,稍凉,为慎修写扇。抄《家语》。

二十六日癸丑(8月6日)　晴。少庚早来。上书二百十七字。下午闻雷,不雨。

二十七日甲寅(8月7日)　晴。上书二百十七字。是晚仍作雨势,不果。

二十八日乙卯(8月8日)　晴。上书二百二十四字。是日立秋节。

二十九日丙辰(8月9日)　晴。上书二百二十字。

七　月

初一日丁巳(8月10日)　晴,热。上书二百二十一字。午后闻雷不雨。二更时有大星流于东北,光芒甚长,片时乃退。

初二日戊午(8月11日)　晴,热。上书二百二十六字。

初三日己未(8月12日)　晴,热。上书二百十三字。慎之来。

剃头。

　　初四日庚申(8 月 13 日)　晴,酷热较前更甚,数年来所未遇。上书二百十字。

　　初五日辛酉(8 月 14 日)　晴,酷热仍前。上书二百三字。

　　初六日壬戌(8 月 15 日)　晴,仍热。上书二百十七字。夜大风,微雨。

　　初七日癸亥(8 月 16 日)　晴,晚雷雨。上书二百九字。

　　初八日甲子(8 月 17 日)　阴,晴。上书二百十八字。诒谷四甥女回去。抄《性理》。

　　初九日乙丑(8 月 18 日)　晴,午后雷雨。上书二百二十一字。慎之来。

　　初十日丙寅(8 月 19 日)　晴,傍晚阵雨。上书二百二十三字。慎修小昆山去。

　　十一日丁卯(8 月 20 日)　晴。祀先。上书二百二十一字。

　　十二日戊辰(8 月 21 日)　晴。上书二百五字。近日谣言鸡翅生爪,食之杀人,据闻上海有中其毒者,验之翅上果有尖利似距,乡间皆笼鸡出售,其价甚贱,店中卖食不绝,食者亦未闻中毒,谣言殆未可信也。惟鸡子中倾出有虫,或似蜈蚣,或似蚂蟥,验之果然,此则不可解耳。星岩回家。

　　十三日己巳(8 月 22 日)　晴,热。上书二百九字。剃头。雨公回家。

　　十四日庚午(8 月 23 日)　晴,热。祀先。上书二百十三字。是日交处暑节,而酷暑未退,乡农望雨滋切。慎修自昆山回。

　　十五日辛未(8 月 24 日)　晴。焚香。晨间挈雷儿至诒谷即回。傍晚雷雨酣足。

　　十六日壬申(8 月 25 日)　晴。上书二百十八字。傍晚雷雨。

　　十七日癸酉(8 月 26 日)　晴。上书二百十四字。友翘来。

　　十八日甲戌(8 月 27 日)　阴,晴,午后闻雷,微雨一阵,西北风凉。上书二百十三字。

十九日乙亥(**8 月 28 日**)　晴,西北风大凉。上书二百五字。

二十日丙子(**8 月 29 日**)　雨,阴。上书二百七字。仪庭来。

二十一日丁丑(**8 月 30 日**)　晴,阴。上书二百二十字。何湘舟来。

二十二日戊寅(**8 月 31 日**)　阴,雨,如重阳天气。上书二百十一字。妞儿患疟。

二十三日己卯(**9 月 1 日**)　阴。上书二百六字。少庚来。

二十四日庚辰(**9 月 2 日**)　晴。上书二百二十九字。慎之来,同至壮之处。傍晚又走晤慎之。

二十五日辛巳(**9 月 3 日**)　晴。祀先。上书二百十三字。体中时觉寒凛,卧后发热。夜雨。

二十六日壬午(**9 月 4 日**)　雨。身热未凉,但上书二百二十三字,余课俱辍。

二十七日癸未(**9 月 5 日**)　晴。身热已凉,胃口大滞,少腹作痛。上书二百十二字。夜雨。

二十八日甲申(**9 月 6 日**)　晴,阴。章姬昨夜胁腹胀痛,彻夜呻吟,因邀叶仪亭诊之。上书二百十八字。慎修言文宗八月十二日取齐,告示已见。

二十九日乙酉(**9 月 7 日**)　雨,阴。上书二百九字。米价大增,闻江北水发之故。

三十日丙戌(**9 月 8 日**)　雨,阴。交白露节。上书二百十九字。慎之来。夜供香花。

八　月

初一日丁亥(**9 月 9 日**)　阴,晴。焚香。上书二百二十六字。

初二日戊子(**9 月 10 日**)　晴。祀先。上书二百十八字。脾泄肌热,意中懒甚,温书夜记均不课。是日节孝祠大祭,又李公祠公祭,均不能往。

初三日己丑（9月11日）　阴，晴。上书二百八字。夜雨。

初四日庚寅（9月12日）　晴。上书二百三十字。

初五日辛卯（9月13日）　阴。上书二百二十九字。韦人丈来。

初六日壬辰（9月14日）　晴。上书二百十四字。慎之来。

初七日癸巳（9月15日）　晴。上书二百二十二字。

初八日甲午（9月16日）　晴。上书二百二十字。

初九日乙未（9月17日）　晴。上书二百九字。履之来。

初十日丙申（9月18日）　晴。上书二百十四字。

十一日丁酉（9月19日）　阴，微雨。上书二百八字。

十二日戊戌（9月20日）　晴。上书二百十七字。文宗按临上岸。

十三日己亥（9月21日）　晴。上书二百三十二字，《周书》毕，计七十三首，一万五千八百三十五字，《尚书》全部通共一百三十五首，二万九千三百八十二字。履之来。

十四日庚子（9月22日）　阴，雨。开《易经》，上二百二十一字。慎之来。是日生古。

十五日辛丑（9月23日）　微雨，晴，风。早夜焚香。上四学正场。补元年岁二年科覆试多一策问即作科试。生古题："顾野王《玉篇》赋"，以"部同说文，改篆为隶"为韵。"赋得秋风斜日鲈鱼乡①"。上四学正场题：府"礼后乎"；华"是礼也"；奉"我爱其礼"；娄"事君尽礼"。通场经题："百官以治，万民以察"。诗题："平分秋②色一轮满"。经解："三江既入"解。性理："水阴根阳，火阳根阴"论。

十六日壬寅（9月24日）　晴。上书二百二十二字。少庚来饭。是日童古。是夜月食既。

---

① "乡"字旁有"△"，表示以"乡"为韵。
② "秋"字旁有"△"，表示以"秋"为韵。

十七日癸卯(9月25日)　晴。上书二百二十六字。刘仲恂、季声母夫人七十寿走祝，面后归。韦人丈来。壮之来。至慎之处谈。童古题:"金粟赋"，以"天风吹绽黄金粟"为韵。"赋得竹小春①"。

十八日甲辰(9月26日)　晴。上书二百六字。至慎之处。下四学岁试正场。

十九日乙巳(9月27日)　晴。上书二百十八字。又琴来。生古覆试。

二十日丙午(9月28日)　晴，风。上书二百十字。慎之来。奉、上、南童试正场。下四学岁试题:"彼以爱兄之道"至"奚伪焉"，"仁人之于弟"至"而已矣"，"亲之欲其"至"富贵之也"，"欲常常而"至"此之谓也"。经:"倬彼云汉"四句。

二十一日丁未(9月29日)　晴，风，阴。上书二百二十六字。湘洲甥来。上四学一等覆试。

二十二日戊申(9月30日)　晴，风。七妹四十初度，闻避居三乘庵，遂不往。上书二百二十七字。华、娄、金、青童正场题:"则士之报礼重子庶民"，"则百姓劝来百工"，"则财用足柔远人"，"则四方归之怀诸侯"。次诗通场:"固将朝也"，"桐②间露落"。奉"其义"。"王者之迹"章。上"其义"。"传子"章。南"其义"。"问友"章。"是以论其世也"。"秋稼与云③平"。

二十三日己酉(10月1日)　晴。祀先。上书二百二十三字，课毕至慎之处添筹，妹已归矣。又至诒谷，知仪庭在余家，遂归，阅其文可望入彀，夜饭去。

二十四日庚戌(10月2日)　晴。慎之来。上书二百十八字。此次考试本拟取足四科人数，因上海文字不佳，仅取三科。

---

① "春"字旁有"△"，表示以"春"为韵。
② "桐"字旁有"△"，表示以"桐"为韵。
③ "云"字旁有"△"，表示以"云"为韵。

二十五日辛亥(**10月3日**) 晴。上书二百二十二字。令祥徵赴城看案，闻须夜半始出。

二十六日壬子(**10月4日**) 阴。晨知耕心、仪庭入泮，后又知韩小兰家心舟、雷伯川、唐如山、徐平之、李又梅俱获隽。上书二百二十二字。夜雨，又琴来下榻夬斋。

二十七日癸丑(**10月5日**) 阴，午晴。上书二百十一字。见华、娄全案，华连拨府共八十八人，娄连拨府共七十七人。

二十八日甲寅(**10月6日**) 阴。上书二百二十一字。是日发落，明日复行岁科试，元年二年案上新生同应岁试。

二十九日乙卯(**10月7日**) 晴。上书二百二十三字。慎之来。

三十日丙辰(**10月8日**) 晴。上书二百十八字。仪庭来，知明日应岁试。

九 月

初一日丁巳(**10月9日**) 阴。上书二百十七字。家仁甫自山西回，来晤。友翘、少庚来，知前日试题："孟子居邹"至"由平陆之齐不见储子"。

初二日戊午(**10月10日**) 晴，阴。上书二百十八字。又琴来，夜饭。

初三日己未(**10月11日**) 晴。上书二百十六字。剃头。走答仁甫。

初四日庚申(**10月12日**) 晴，阴。上书二百二十一字。祀先。

初五日辛酉(**10月13日**) 阴，微雨。上书二百二十八字。

初六日壬戌(**10月14日**) 晴。上书二百二十七字。祀先。午后天阴，龙取水，并闻蝉声。

初七日癸亥(**10月15日**) 大西北风，骤寒。上书二百二十字。

初八日甲子(**10月16日**) 晴，风。上书二百二十二字。

初九日乙丑(**10月17日**) 晴。秋祭宗人毕集。雷儿午后往诒谷。又琴来。

初十日丙寅(10 月 18 日)　晴。上书二百二十字。耕心来。夜饭后少庚来。

十一日丁卯(10 月 19 日)　晴。上书二百三十二字。樗寮先生九十冥庆往拜。仪庭来。

十二日戊辰(10 月 20 日)　晴。上书二百二十九字。午后至诒谷。

十三日己巳(10 月 21 日)　晴。上书二百二十四字。文宗午刻起马按临太仓，挈雷儿至慎之门首看热闹，适郭抚军因查阅海塘莅郡，泊舟外馆驿，轿马纷纷，络驿于道。余又至天香，乃归。又琴来。是年太仓新建考棚。

十四日庚午(10 月 22 日)　晴。上书二百二十四字。

十五日辛未(10 月 23 日)　晴，阴。焚香。上书二百二十一字。李幼梅来。夜雨。

十六日壬申(10 月 24 日)　阴，雨。祀先。上书二百十九字。仪庭来。

十七日癸酉(10 月 25 日)　雾，阴。祀先。上书二百十二字。剃头。

十八日甲戌(10 月 26 日)　大雾，午晴。上书二百二十二字，《上经》计三十三首，共七千二百八十六字。是日仪庭请张伴三、吴松坡、朱逸恬三先生，邀余往陪，已往申归。座客言十五夜五更时地动，余前夜朦胧中闻箱环声，疑是狸奴捕鼠，故不觉耳。闻苏州有减租之议，未知条议如何。

十九日乙亥(10 月 27 日)　阴。上书二百十八字。

二十日丙子(10 月 28 日)　阴。上书二百二十一字。又琴、湘舟来。

二十一日丁丑(10 月 29 日)　晴。上书二百三十字。席甥家来报。夜雨。

二十二日戊寅（10 月 30 日）　雨。上书二百二十九字。

二十三日己卯（10 月 31 日）　雨。上书二百二十七字。

二十四日庚辰（11 月 1 日）　晴。上书二百十六字。

二十五日辛巳（11 月 2 日）　大风，雨。上书二百十七字。

二十六日壬午（11 月 3 日）　晴，寒。上书二百三十三字。

二十七日癸未（11 月 4 日）　晴。上书二百二十九字。友翘四十生朝，午后走祝，顺候赵韵茗，贺其郎入泮之喜。归家，仪庭在座。

二十八日甲申（11 月 5 日）　晴。上书二百二十一字。夜记《尔雅》毕。

二十九日乙酉（11 月 6 日）　晴。上书二百二十五字。夜记读《仪礼节训》。

十　月

初一日丙戌（11 月 7 日）　晴。焚香。祭祀。午后至诒谷。

初二日丁亥（11 月 8 日）　晴，阴。上书二百二十三字。少庚来。

初三日戊子（11 月 9 日）　风，阴。上书二百十六字。

初四日己丑（11 月 10 日）　晴，风。上书二百二十二字。慎之母夫人冥庆往拜，扰素面。

初五日庚寅（11 月 11 日）　风，阴。上书二百二十字。仪庭来。

初六日辛卯（11 月 12 日）　风，阴。上书二百十八字。慎之来谢。

初七日壬辰（11 月 13 日）　阴，晴。上书二百二十八字。

初八日癸巳（11 月 14 日）　阴。上书二百二十一字。

初九日甲午（11 月 15 日）　晴。上书二百二十七字。

初十日乙未（11 月 16 日）　晴。祭先。上书二百二十六字。

十一日丙申（11 月 17 日）　晴。上书二百二十一字。

十二日丁酉（11 月 18 日）　晴。上书二百三十五字。瑶卿来。

十三日戊戌（11 月 19 日）　晴。上书二百二十四字。

十四日己亥（11 月 20 日）　晴。上书二百十七字。送入学分。

十五日庚子（11 月 21 日）　晴。焚香。上书二百十八字。传砚宋氏先嫂七十冥庆，挈儿往拜，温书、夜记俱辍。余又至李幼梅斋道喜。王子兰新选昆山学博，自都中回，以名柬来候，知改名芝年矣，部凭未到，尚须守候，现寓十洲家。

十六日辛丑（11 月 22 日）　晴。上书二百三十一字。午后走答子兰，不值。

十七日壬寅（11 月 23 日）　晴。上书二百三十三字。是日开仓，星岩为予襄理。

十八日癸卯（11 月 24 日）　晴。上书二百二十四字。

十九日甲辰（11 月 25 日）　晴，寒。上书二百二十八字。

二十日乙巳（11 月 26 日）　晴，寒。旧疾有发势，勉起上书二百三十二字，功课毕后即卧，彻夜呀呷不休。

二十一日丙午（11 月 27 日）　晴，寒。肺气喘促，不能起，遂辍课。

二十二日丁未（11 月 28 日）　晴。痰粘如胶，咯吐不出，动辄气剧。上书二百二十七字。

二十三日戊申（11 月 29 日）　晴。上书二百十一字，《下经》毕，计三十二首，共七千一百六十八字。

二十四日己酉（11 月 30 日）　晴。气分仍未舒适。上书二百十六字。服药。

二十五日庚戌（12 月 1 日）　晴。上书二百十七字。服药，痰渐通利。仪庭来。

二十六日辛亥（12 月 2 日）　晴，阴。上书二百十五字。剃头。

二十七日壬子（12 月 3 日）　阴，午晴。上书二百十七字。

二十八日癸丑（12 月 4 日）　晴，寒。上书二百三十八字。慎之来。少庚来。

二十九日甲寅(**12 月 5 日**)　晴。上书二百五十九字。

三十日乙卯(**12 月 6 日**)　晴,暖。上书二百四十一字。

十一月

初一日丙辰(**12 月 7 日**)　晴,阴。焚香。上书二百二十五字。仪庭以入学来谒。

初二日丁巳(**12 月 8 日**)　晴。上书二百二十八字。少庚来。

初三日戊午(**12 月 9 日**)　晴。上书二百二十一字。抄《采芹录》共五百四十五名。

初四日己未(**12 月 10 日**)　晴。上书二百三十一字。

初五日庚申(**12 月 11 日**)　晴。上书二百四十三字。

初六日辛酉(**12 月 12 日**)　晴。上书二百三十字。剃头。

初七日壬戌(**12 月 13 日**)　晴。新生入学,彩旗八拍颇盛。至诒谷道喜,饭后归。

初八日癸亥(**12 月 14 日**)　晴。上书二百五十五字。

初九日甲子(**12 月 15 日**)　晴,阴,大风。上书二百二十五字。幼梅来谢。慎之来。

初十日乙丑(**12 月 16 日**)　阴,晴。上书二百三十七字。

十一日丙寅(**12 月 17 日**)　阴。上书二百三十二字。

十二日丁卯(**12 月 18 日**)　晴。上书二百二十五字。又琴来,言诹吉是月二十九日入赘胡氏,欲假吾家厅事行聘。

十三日戊辰(**12 月 19 日**)　晴。上书二百二十三字。

十四日己巳(**12 月 20 日**)　晴。上书二百十九字。

十五日庚午(**12 月 21 日**)　晴。上书二百十六字,余课辍。少庚来。冬至夜祭祀。又琴来。至诒谷。

十六日辛未(**12 月 22 日**)　晴。上书二百二十七字。王子兰、姚壮之来。

十七日壬申(**12 月 23 日**)　晴。上书二百四十字。

十八日癸酉(12 月 24 日)　晴。上书二百三十五字。大姊来。

十九日甲戌(12 月 25 日)　阴。上书二百十八字,温书、夜课辍。又琴行聘设酌。

二十日乙亥(12 月 26 日)　阴,晴。上书二百三十二字。慎之得孙女,邀会汤饼,偕魁卿、雨公往赴。晤壮之、少庚,席散后又至传砚。

二十一日丙子(12 月 27 日)　晴。上书二百四十九字。

二十二日丁丑(12 月 28 日)　阴,晴。上书二百三十字。

二十三日戊寅(12 月 29 日)　阴,晴。上书二百二十九字。慎之来。耕心来。仪庭来。

二十四日己卯(12 月 30 日)　晴,暖。上书二百二十三字,《系辞》至《杂卦》计三十首,六千八百九十五字,通计《周易》九十五首,二万一千三百四十九字。

二十五日庚辰(12 月 31 日)　晴,和暖如春。开读《礼记》,上二百四十一字。连月晴旸,土脉燥裂,春花豆麦皆不发。

二十六日辛巳(1867 年 1 月 1 日)　阴,大西北风。上书二百三十二字。少庚、又琴来。

二十七日壬午(1 月 2 日)　晴,阴,大风。上书二百二十八字。又琴来。

二十八日癸未(1 月 3 日)　晴,寒。上书二百二十六字。大姊来。

二十九日甲申(1 月 4 日)　晴,寒。上书二百四十一字。又琴入赘胡氏,由我家前往。

三十日乙酉(1 月 5 日)　晴,阴。上书二百二十一字。

十二月

初一日丙戌(1 月 6 日)　阴,寒,大西北风,颇有雪意。上书二百二十九字。

初二日丁亥(1月7日) 晴,风。上书二百二十六字。又琴甥妇回门,新舅上宅,因乡间僻隘,假我家厅事行礼,侵晚大姊率新妇回赵家庵。

初三日戊子(1月8日) 晴,风。上书二百三十五字。慎之来。少庚来。

初四日己丑(1月9日) 晴。上书二百二十字。又琴来谢。

初五日庚寅(1月10日) 晴。上书二百二十四字。今日县中开仓,闻米色者要半米半折,加头亦折色,干色者定价四千二百八十文。

初六日辛卯(1月11日) 晴,阴。上书二百三十一字。夜半微雨。

初七日壬辰(1月12日) 雨。上书二百三十四字。

初八日癸巳(1月13日) 晴。上书二百五十三字。又琴来。星岩赴仓下粮数。

初九日甲午(1月14日) 阴,细雨如尘。上书二百二十六字。

初十日乙未(1月15日) 东北大风,雨,雪。上书二百二十四字。

十一日丙申(1月16日) 晴,寒,午后阴。上书二百二十八字。

十二日丁酉(1月17日) 晴,大寒,滴水成冰。上书二百十五字。

十三日戊戌(1月18日) 晴,阴,严寒不解。上书二百三十二字。

十四日己亥(1月19日) 晴,阴。余肺病作,辍课。

十五日庚子(1月20日) 阴。病小愈,起为雷儿温年书,竟《诗经》。

十六日辛丑(1月21日) 晴,阴。温《学》《庸》,至《子罕》止。

十七日壬寅(1月22日) 晴,阴。温《先进》至《滕文公》。

十八日癸卯(1月23日) 阴,细雨。《孟子》温毕,接温《虞》

《夏》《商书》。夜雨。

十九日甲辰(**1月24日**)　雨。温《周书》《易经》《周礼》《尔雅》《孝经》《诗品》《五经赞》。

二十日乙巳(**1月25日**)　雨,阴。温唐诗、《仪礼》,计温书已全,再令其以次背诵一过,是日至《公冶长》。昨日星岩到仓取串未全。

二十一日丙午(**1月26日**)　阴,晴。是日自《述而》温,竟《书经》。

二十二日丁未(**1月27日**)　晴。少庚来。仪庭来。雷儿温书两次毕,放学。

二十三日戊申(**1月28日**)　晴,阴。祀灶。

二十四日己酉(**1月29日**)　雨。作灶。友翘来。

二十五日庚戌(**1月30日**)　晴,阴。

二十六日辛亥(**1月31日**)　晴。

二十七日壬子(**2月1日**)　阴,晴。

二十八日癸丑(**2月2日**)　晴,阴。献神。仪庭来。耕心来。

二十九日甲寅(**2月3日**)　雨。祀先。

三十日乙卯(**2月4日**)　晴。仪庭来。星岩进城取串仍未全。挂先像。遂养太夫人未时寿终,夜饭后来报,明日未时成殓,即备楮锭送之。

同治六年(1867)岁次丁卯正月壬寅

初一日丙辰(**2月5日**)　晴。拜天香。又于神佛堂厨先像前行礼。武帝前占流年,得七十二签,复坐对喜神题红迓福联曰:"老来差健如尝蔗,懒到无聊且守株。"家人贺节,随出门至传砚、长春、诒谷贺年。即至遂养送丧。

初二日丁巳(**2月6日**)　雨。慎之、壮之来晤。又琴来。

初三日戊午(**2月7日**)　晴。焚香。大姊率新妇来,大姊以天晚止宿。七妹来。是日客来甚多,余不及出门,仅至壮之、耕心处,令雷儿至慎之、少庚、友翘家贺节。

初四日己未(2月8日) 晴,南风颇暖。四妹来。

初五日庚申(2月9日) 雨,阴。

初六日辛酉(2月10日) 东北大风,阴。杉甫、湘舟来。新甥女来。

初七日壬戌(2月11日) 阴,寒。平之、兰芝来。午后至少庚、友翘、允明处贺节,归后雨雪。

初八日癸亥(2月12日) 阴,消雪。阅《日下旧闻考》。

初九日甲子(2月13日) 阴,晴。焚香。是日为入学日,令雷儿温书。友翘来,请舜媛庚帖。少庚、慎之先后来,留共小酌。

初十日乙丑(2月14日) 雨。仪庭来。

十一日丙寅(2月15日) 阴,寒。仁甫来。

十二日丁卯(2月16日) 雨。又琴来嘱写望客帖。

十三日戊辰(2月17日) 晴,阴。慎之邀吃一品菜,因泥涂坐舆而往,与沈桐秋、谢敬亭、壮之、仪庭、魁卿、履之、彝仲同叙。

十四日己巳(2月18日) 阴,寒,大风。明日礼斗,茹素。顾子宪来。

十五日庚午(2月19日) 阴,寒,酿雪。是日集宏先友六人礼斗一日,又琴、仪庭、斐如三甥来看。仪庭邀十七日陪伴三先生。

十六日辛未(2月20日) 阴,晴,寒威未解。祀先收像。剃头。温书毕。

十七日壬申(2月21日) 晴朗。上书二百五十五字。封筱溪来。生书读毕,余即至传砚答子宪及筱溪,遂赴仪庭之招,伴三不至,与沈诚斋、慎之、友翘、魁卿、履之同叙。仪庭将有吴门之行,嘱其购竹机数事。

十八日癸酉(2月22日) 晴,阴。上书二百十六字。

十九日甲戌(2月23日) 晴。上书二百十字。至壮之斋。顾韦人世丈来。

二十日乙亥(2月24日)　晴。上书二百十三字。走晤慎之。

二十一日丙子(2月25日)　雨。祀先。上书二百二十二字。

二十二日丁丑(2月26日)　雨。上书二百字,《曲礼》凡二十五首,五千六百八十二字。

二十三日戊寅(2月27日)　阴,放霁。上书二百二十八字。上年壮之所请季声贤媛庚帖乃丙辰十一月初十日子时,前嘱慎修推算,据万年书作癸亥日,慎修谓满盘水局,不取。昨倩瞽者推算,谓是甲子日,大可用得。因取余丙辰年日记查阅,果系甲子日,逐月核对,乃知十月大、十一月小,万年书误刻十月小、十一月大耳。

二十四日己卯(2月28日)　雨。上书二百五十三字。

二十五日庚辰(3月1日)　雨,阴。上书二百四十二字。

二十六日辛巳(3月2日)　晴。上书二百四十九字。

二十七日壬午(3月3日)　阴,细雨。上书二百三十四字。

二十八日癸未(3月4日)　晴。上书二百十六字。剃头。

二十九日甲申(3月5日)　晴,风。仪庭来。上书二百十二字。

二月癸卯

初一日乙酉(3月6日)　晴。焚香。上书二百二十一字。是日李公祠社期,舆往拈香,即归。

初二日丙戌(3月7日)　晴。上书二百二十六字。

初三日丁亥(3月8日)　雨。上书二百二十八字。王子兰伯母张氏,即壮之姨母是日入节孝祠,在壮之家设位,晨往一拜。

初四日戊子(3月9日)　细雨。上书二百三十九字。节孝祠春祭,因雨不赴。

初五日己丑(3月10日)　阴。上书二百十四字。慎之来。

初六日庚寅(3月11日)　晴,东南风。上书二百二十二字。星岩进城算粮帐。

初七日辛卯(**3 月 12 日**)　晴,大东南风。上书二百二十五字。

初八日壬辰(**3 月 13 日**)　阴。上书二百二十七字。蓼洲来,以母夫人所作《灵芸室诗稿》嘱选,并欲作序。走晤季声。

初九日癸巳(**3 月 14 日**)　晴。上书二百四十五字。

初十日甲午(**3 月 15 日**)　晴。上书二百四十九字。书院课,星岩进城。剃头。

十一日乙未(**3 月 16 日**)　晴。上书二百四十五字。黄啸琴来访星岩。至慎之家。

十二日丙申(**3 月 17 日**)　晴。上书二百四十三字。慎之来,寄上薗白米。

十三日丁酉(**3 月 18 日**)　晴,风。上书二百三十九字。访季声不值。

十四日戊戌(**3 月 19 日**)　晴。上书二百四十九字。星岩往昆山看种树。

十五日己亥(**3 月 20 日**)　晴。焚香。上书二百二十七字。履之来。

十六日庚子(**3 月 21 日**)　晴,风。上书二百三十字。啸琴来。

十七日辛丑(**3 月 22 日**)　晴,暖,雷雨。上书二百四十五字。

十八日壬寅(**3 月 23 日**)　晴。上书二百三十九字。

十九日癸卯(**3 月 24 日**)　晴。上书二百三十二字。

二十日甲辰(**3 月 25 日**)　晴,大东南风。上书二百五十九字。遂养太夫人开丧往拜。

二十一日乙巳(**3 月 26 日**)　风,雨。上书二百五十八字。

二十二日丙午(**3 月 27 日**)　晴。上书二百二十五字。

二十三日丁未(**3 月 28 日**)　晴。上书二百三十三字。剃头。耕心来。

二十四日戊申(**3 月 29 日**)　阴,晴。上书二百五十六字。杨生来。

二十五日己酉(**3月30日**)　阴，晴。祀先。上书二百六十七字。

二十六日庚戌(**3月31日**)　晴，风。上书二百四十二字。接仪庭上洋来信，知已入龙门书院肄业。慎之来，嘱写帖子，为四甥女已受黄氏之聘。

二十七日辛亥(**4月1日**)　风，阴。上书二百三十七字。

二十八日壬子(**4月2日**)　晴，风。上书二百十三字。夜雨。

二十九日癸丑(**4月3日**)　雨。上书二百十八字，《檀弓》毕，凡三十六首，八千四百八十七字。

三十日甲寅(**4月4日**)　阴。晨起至传砚春祭，宗人咸集，奉行于抱独轩中。归访壮之，晤菊舫。

三　月

初一日乙卯(**4月5日**)　阴，雨。焚香。清明节祭祀。

初二日丙辰(**4月6日**)　阴，雨。上《王制》二百七十八字。

初三日丁巳(**4月7日**)　晴，阴。上书二百五十二字。

初四日戊午(**4月8日**)　晴。黎明起，挈儿子赴昆山扫墓，俟潮上始得出港，到家已上灯矣。慎修附舟去，仍附舟回。

初五日己未(**4月9日**)　晴。上书二百四十八字。蓼舟来取《灵芸室诗稿》。季声来。

初六日庚申(**4月10日**)　晴。上书二百四十三字。剃头。

初七日辛酉(**4月11日**)　晴。上书二百二十七字。刘玉延入都廷试，来辞行。

初八日壬戌(**4月12日**)　晴。上书二百五十七字。书舲来。

初九日癸亥(**4月13日**)　晴。上书二百三十七字。走送玉延，不值，晤仲恂。

初十日甲子(**4月14日**)　微雨即晴。上书二百四十八字。

十一日乙丑(**4月15日**)　阴，微雨。上书二百二十七字。

十二日丙寅(4 月 16 日)　晴。上书二百七十二字。接古酝溧阳来信,由龚姓眷船带来者,随于灯下作复一函,明日封寄。听松三倮女瘵疾势危,多说鬼话。

十三日丁卯(4 月 17 日)　阴,雨。上书二百三十四字。封溧阳信,仍交原船带去。

十四日戊辰(4 月 18 日)　晴,阴。上书二百四十八字。少庚来。

十五日己巳(4 月 19 日)　晴,阴。上书二百三十二字。

十六日庚午(4 月 20 日)　晴,阴。三倮女于昨晚子正病故,即于未刻成敛,载至小昆山埋葬。慎之来。

十七日辛未(4 月 21 日)　阴,雨。上书二百四十八字。

十八日壬申(4 月 22 日)　晴。上书二百三十七字。四妹来即去。仪庭自上洋回,来晤,知龙门书院课程颇密。至传砚。

十九日癸酉(4 月 23 日)　晴。上书二百四十二字。

二十日甲戌(4 月 24 日)　晴。上书二百三十八字。少庚来。

二十一日乙亥(4 月 25 日)　晴。上书二百二十五字。

二十二日丙子(4 月 26 日)　晴,热。上书二百三十四字。少庚来。

二十三日丁丑(4 月 27 日)　晴。上书二百三十二字。陈雅三葬期,因往一拜。昨接仪庭来字,言金韵楼自盐城来。余欲访嘉轩表兄近况,走晤之,悉其宦累颇重,而官声大好,有清廉慈祥之称。韵楼系仪庭叔云士之戚,云士现在盐城署办钱谷,故知之详悉也。韵楼约四月中赴盐城,许为余带信致嘉轩。

二十四日戊寅(4 月 28 日)　晴。和尚(儿)头疼不适,邀芝珊诊,服药后又呕吐。

二十五日己卯(4 月 29 日)　雨。和儿倦怠懒食,仍辍读。

二十六日庚辰(4 月 30 日)　阴,晴。枝珊来诊和儿。上书二百二十字。大姊挈森观来止宿。杨生来辞行,将入都捐郎中。闻达甫暴亡之信。

二十七日辛巳(5 月 1 日)　晴。上书二百三十字。午后和儿同森观往东看财神赛会。走送杨生，不值。

二十八日壬午(5 月 2 日)　阴，晚雨。上书二百二十一字。午后和儿、森观往传砚看会。

二十九日癸未(5 月 3 日)　晴。祀先。上书二百十三字。

四　月

初一日甲申(5 月 4 日)　晴。上书二百十四字。邀枝珊诊阿和。大姊回去。

初二日乙酉(5 月 5 日)　晴。上书二百十一字。仪庭来。

初三日丙戌(5 月 6 日)　晴。阿和昨夜又发寒热，仍邀枝珊诊。写致盐城陈嘉轩表兄信，托仪庭寄苏，交金韵楼带往。剃头。

初四日丁亥(5 月 7 日)　晴。上书二百二十五字，因病未全愈，不温书。

初五日戊子(5 月 8 日)　阴。上书二百十四字。慎之来。

初六日己丑(5 月 9 日)　晴。上书二百二十字。至天香。

初七日庚寅(5 月 10 日)　晴，风，阴。上书二百二十三之。壮之、慎之先后来，午后至慎之处，同慎之到壮之馆中。少庚来。

初八日辛卯(5 月 11 日)　晴。上书二百十二字。

初九日壬辰(5 月 12 日)　晴，阴，寒。上书二百二十字。又琴来。夜雨。

初十日癸巳(5 月 13 日)　晨雨，阴，晚晴。上书二百二十七字。友翘来。至诒谷。

十一日甲午(5 月 14 日)　晴。上书二百三十字。又琴来。

十二日乙未(5 月 15 日)　晴。上书二百六字。课毕，和儿至诒谷，余至育婴堂访王蓼洲不值，晤胡竹亭。

十三日丙申(5 月 16 日)　晴。上书二百零九字。蓼洲来。

十四日丁酉(5月17日) 晨细雨,阴,晴。上书二百十二字,《王制》《月令》共三十七首,《王制》四千八字,《月令》四千五百五十八字。吕祖诞焚香。冯树卿来,为姚衡堂先生令孙关说亲事,即前友翘所请舜媛庚帖也。课后和儿至传砚,余走晤慎之及壮之。新方伯丁公莅任,整饬吏治,崇俭黜奢,极为风厉。

十五日戊戌(5月18日) 晨雨,晚晴。侄孙作谈缔姻王梅君之媛,褚养榆作媒,是日余往求亲。上《曾子问》二百五十四字。慎之来。大姊挈森观来。

十六日己亥(5月19日) 晴。上书二百四十八字。至耕心斋,知往杭州明之署中。

十七日庚子(5月20日) 阴,雨。上书二百四十七字,《曾子问》三首,七百四十九字。季声来。

十八日辛丑(5月21日) 晴。上《文王世子》二百四十字。祭江亭痘神,赛会极盛,午后放学,森官、和儿皆往传砚,余至诒谷看四妹,又至长春看会,又至传砚。

十九日壬寅(5月22日) 阴,晴。上书二百三十八字。耕心来。

二十日癸卯(5月23日) 雨。上书二百五十五字。四妹来,舜媛亦回。

二十一日甲辰(5月24日) 晴。上书二百四十六字。慎之来。

二十二日乙巳(5月25日) 晴。上书二百二十六字。锡恭锡雷改名十龄生朝,天香弟妇、大玉侄女来,弟妇留伴四妹。唐如山请石泉令媛庚帖来十三岁。

二十三日丙午(5月26日) 晴,风。上书二百二十二字。四妹肝风愈甚,书舲来诊,蔼如亦来诊。天香弟妇回去,新小姐来伴其母。作札寄仪庭。树卿来。

二十四日丁未(5月27日) 雨。上书二百四十五字。章姬腹痛,大有小产之势,邀蔼如诊,未服药胎已堕。四妹肝风稍息,传砚娘娘来看望。

二十五日戊申(5 月 28 日) 阴,晴。上书二百二十九字。书舲来诊四妹。仪庭自上洋回。新甥女归夫家,四甥女来作伴。

二十六日己酉(5 月 29 日) 晴。上书二百三十三字。仪庭自上洋回。

二十七日庚戌(5 月 30 日) 阴。上书二百五十二字。剃头。

二十八日辛亥(5 月 31 日) 阴,晴。上书二百五十字。蔼如来诊章姬。

二十九日壬子(6 月 1 日) 晴。上书二百二十五字。少庚来。四妹语言不伦,夜忽迷闷。

五 月

初一日癸丑(6 月 2 日) 阴,晴。焚香。上书二百三十二字。书舲、轶材俱来诊四妹。一用祛风化痰,一用养心平肝。是日仍有时迷闷。蔼如来诊章姬。

初二日甲寅(6 月 3 日) 阴,晴。上书二百三十五字。慎之来。

初三日乙卯(6 月 4 日) 阴,晚雨。上书二百三十四字。轶才来诊四妹。黄莘甫来。

初四日丙辰(6 月 5 日) 阴,午霁。上书二百三十九字。恭儿患寒热。斐如来。

初五日丁巳(6 月 6 日) 晴。恭儿热退,余觉身热不快。慎之、友翘来。许药客来,合蝉酥丸。

初六日戊午(6 月 7 日) 晴。汗出退凉。上书二百四十四字。友翘来。轶材来诊四妹。少庚来。

初七日己未(6 月 8 日) 晴。上书二百四十八字。友翘、树卿来关说姚氏姻事,商之姊妹,以为可许,遂许之。

初八日庚申(6 月 9 日) 晴。上书二百四十四字。剃头。韦人丈来。仪庭为母病邀洪瞽者卜卦。

初九日辛酉(**6 月 10 日**)　晴，晚雨。上书二百十六字，《文王世子》《礼运》计二十首，《文王世子》二千七十五字，《礼运》二千六百七十八字。友翘来，关说六月初四日姚氏来求亲应用帖式。轶材来诊四妹。

初十日壬戌(**6 月 11 日**)　雨。上《礼器》二百四十六字。

十一日癸亥(**6 月 12 日**)　晴。上书二百四十九字。履之来。

十二日甲子(**6 月 13 日**)　晴，晚雨。上书二百五十一字。仪庭邀苏州李渔村来诊其母，谓肝风挟痰，以致神魂不安，以养血熄化为主。

十三日乙丑(**6 月 14 日**)　雨，晚晴。武帝前焚香。上书二百五十四字。

十四日丙寅(**6 月 15 日**)　阴。上书二百五十六字。慎之来。四妹肝风又作，邀轶材诊。至壮之斋。

十五日丁卯(**6 月 16 日**)　晴。焚香。上书二百四十三字。季声来。四妹回去。天香弟妇来。

十六日戊辰(**6 月 17 日**)　早雨，阴。上书二百四十七字。蓼洲来。至诒谷看四妹心疾，仍未痊，又至长春。

十七日己巳(**6 月 18 日**)　阴，晴，热。上书二百四十一字。耕心以上海新闻纸付观，颇书近事，如刘松岩方伯果于上年十二月二十日病故，捻匪近窜黄州，疫死甚多，又详记火轮车形制，颇奇。大姊回去。

十八日庚午(**6 月 19 日**)　晴，热。上书二百三十六字。剃头。

十九日辛未(**6 月 20 日**)　晴，热。上书二百三十字。仪庭来。叶怡亭来诊章姬。

二十日壬申(**6 月 21 日**)　大雨，凉。上书二百三十字。献灶。

二十一日癸酉(**6 月 22 日**)　雨，晚晴。夏至节祭祀。又琴来。

二十二日甲戌(**6 月 23 日**)　晴。上书二百四十二字。怡亭来复诊。

二十三日乙亥(**6 月 24 日**)　　阴。上书二百三十五字。少庚来，夜饭去。

二十四日丙子(**6 月 25 日**)　　晴。上书二百三十二字。幼梅来。至季声斋。

二十五日丁丑(**6 月 26 日**)　　阴，夜雨。上书二百三十一字。

二十六日戊寅(**6 月 27 日**)　　雨。上书二百四十四字。

二十七日己卯(**6 月 28 日**)　　雨。上书二百三十六字。

二十八日庚辰(**6 月 29 日**)　　阴。上书二百二十一字。

二十九日辛巳(**6 月 30 日**)　　细雨，阴，晚霁。上书二百二十四字。

三十日壬午(**7 月 1 日**)　　晴。上书二百四十四字。夜大雷雨。大桥上有一桃树，有食其实而病愈者，众以为仙，每日走祷者不绝，枝叶已尽，渐及本根，然食者亦未见灵验也。剃头。

六　月

初一日癸未(**7 月 2 日**)　　晴。焚香。上书二百三十四字。至诒谷探四妹病，仍未愈。

初二日甲申(**7 月 3 日**)　　阴。上书二百十字，《礼器》《郊特牲》共二十二首，《礼器》二千三百十一字，《郊特牲》二千九百二十六字。仪庭来。又琴来夜饭。夜雨。

初三日乙酉(**7 月 4 日**)　　雨。上《内则》二百二十七字。叶怡亭来诊。写帖子。

初四日丙戌(**7 月 5 日**)　　晴。上书二百四十五字。次女受姚氏聘，是日衡堂先生来求吉，蓁妹受朱氏聘，亦于是日求吉。夜有雷，小雨。

初五日丁亥(**7 月 6 日**)　　晴，热。上书二百四十八字。傍晚至天香，见雨阵起即归。小雨。

初六日戊子(**7 月 7 日**)　　晴，凉。上书二百五十二字。夜雷雨。

初七日己丑(7月8日)　晴,午后大雷雨。上书二百二十三字。雨势颇盛,无处不漏,前月杪雷雨,闻练塘为龙风拔木摧屋,人多被伤。

初八日庚寅(7月9日)　晴。上书二百二十字。慎之来。下午又雨,昨日大风,东岳庙枯树折断,他处屋树亦有倒损者。

初九日辛卯(7月10日)　阴,细雨如尘。上书二百三十一字。邀蔼如诊姑娘。

初十日壬辰(7月11日)　晴。上书二百三十三字。祠堂西面因韩氏无屋可傍,日渐向西,拟用长木撑住,邀金式如来看,因太岁在西方,不便举行。剃头。课毕,挈儿至诒谷。

十一日癸巳(7月12日)　阴,时有微雨。上书二百五十字。慎之来。蔼如来诊。

十二日甲午(7月13日)　雨。上书二百三十七字。

十三日乙未(7月14日)　雨,凉气袭人,夹衣不暖。上书二百四十八字,计《内则》十一首,二千六百十四字。

十四日丙申(7月15日)　雨。上《玉藻》二百四十一字。蔼如来诊。雨势沈沈,入夜又甚,北路乡田禾不免淹没之虑。

十五日丁酉(7月16日)　雨,仍竟日。焚香。上书二百二十八字。恭儿夜记自《仪礼节训》后接读《夏小正》《践阼记》《尚书大传》《韩诗外传》,从《经余必读》中抄出者,现已读毕,因将《家语》节读。友翘来。

十六日戊戌(7月17日)　细雨如丝,旋有晴色。上书二百二十二字。

十七日己亥(7月18日)　晴。上书二百四十一字。蔼如来诊。

十八日庚子(7月19日)　晴。上书二百二十九字。夜雨。

十九日辛丑(7月20日)　晴。上书二百三十七字。少庚来饭。

二十日壬寅(7月21日)　晴。上书二百三十一字。晨往诒谷晤尹小莘。

二十一日癸卯(**7 月 22 日**)　晴,风。上书二百三十一字。蔼如来诊。苞如甥来。

二十二日甲辰(**7 月 23 日**)　晴,大东南风。上书二百四十二字。

二十三日乙巳(**7 月 24 日**)　晴,大西南风。武圣前焚香。上书二百三十八字。

二十四日丙午(**7 月 25 日**)　晴,大西南风。上书二百三十三字。仪庭来。

二十五日丁未(**7 月 26 日**)　晴,风少缓。上书二百四十九字。

二十六日戊申(**7 月 27 日**)　晴,热。上书二百四十三字。

二十七日己酉(**7 月 28 日**)　晴,热。上书二百四十三字。瑶卿来。

二十八日庚戌(**7 月 29 日**)　晴,热。上书二百四十九字,《玉藻》《明堂位》十五首,三千五百五十七字。

二十九日辛亥(**7 月 30 日**)　晴,热。上书二百四十字。

夬斋诗集

夬斋诗集序

邹福保序

士固有错居数百里之间，闻声相思，积月累年而不获一倾盖者。及循览著述，悠然识其力学之所得，与其志向之所存，则又不禁流连慨慕，而仿佛其为人。若娄之闻远张君，非诗人所谓葭苍露白、溯洄宛在者与？一日吾友曹君君直自松归，手一编视余曰："此闻远尊人夬斋先生遗稿也。"受而读之，其诗境窈然以深，皭然以莹，渊然蔼然，见其性之正而情之平。絜量古人，殆香山、放翁之亚，非蝉蜕尘滓之外，而妙解天𤹇者能如是邪？至于履险涉屯，躬撄世变，下笔不能无憔悴忧伤之概。嗟夫！士君子苟居游盛世，鼓吹太平，亦何乐乎舍欢愉而就危苦哉？惟有生以后，逢此百罹，往往不自觉其言之悲悱而辞之沈痛，庾子山哀江南、杜少陵辛苦贼中奔赴行在，岂好为是凄苦变徵之音哉？时迫之也。先生丁道咸之乱，伤心惨目，浮家泛宅，风雨漂摇，短咏长谣，情况恻恻，与兰成、浣花将毋同。虽然，世变有大小，感触亦有深浅，设先生生于此时，蒿目沧桑，横览今代人物，不知中怀忧愤，又将何如？然则当日所遇，虽云浩劫，旋复澄清，殆犹不幸中之幸者已。先生生平劬书嗜学，著作等身，枕经葄史，丹黄一日不去手，固学人非诗人也，诗不过鳞爪耳。宜乎闻远仰承堂构，精研故训，洽孰经传，潜心数十寒暑，所著朴属微至，粹然有儒者气象，东南人士之言礼教者,咸啧啧推重之。君子有谷诒孙子,先生盖善于诒者也。闻远力厚而气沈,治所学于举世不治之日,士之子恒为士,闻远盖得其恒者也。余谫陋无术,近且衰病颓唐矣,顾每闻一善,则向往之心犹若饥渴然。异日者或操一筇焉,或泛一舟焉,啸咏徜徉于九峰三泖间,寻访素心,相与为岁寒之谭,未可知也。书此以复君直,幸为我一语之。

甲寅二月中浣吴郡巢隐邹福保。

马其昶序

娄县张符瑞先生讳尔耆,早岁受诗古文法于姚春木先生,文宗欧阳、曾氏,诗喜韦、孟,自署其燕居之室曰夬斋。既没,其令子闻远孝廉衷辑所著诗七卷,文一卷,刊之曰《夬斋集》。先生生吴会,盛文藻,又承乾嘉后,经史多勘定本。年十九补博士弟子,即弃科举业,求诸家手校秘籍,手钞盈十数箧,燔于寇乱。今存者《九经注疏》、《书》、《诗》、三礼、三传,《尔雅》则用惠氏栋本,《周易》用嘉善浦氏镗本、金山沈氏大成本;《晋书》则钱氏大昕本,而杭氏世骏点识;横云山人《明史稿》则移录于《明史》。尤喜《全唐诗》,用丹黄紫墨别识之,暨他杂史子集犹可数箧。平生笃行谊,本生父置义田未就,推己所应受者卒成之。后从子某私售义田偿博进,族人欲讼之官,复倾资赎之归,家以中落。先生有子锡恭,传其学,即闻远孝廉也,尽发箧取遗书读之,通三礼,尤精丧服,人谓先生弃产卒,其所以为后嗣计,留者孰为多。光绪末诏开礼学馆,大臣聘闻远为纂修官,后与其昶遇京师,出先集请序其首。余惟汉经师往往家世传业,以闻见切,材易范,学易染也,先生博览而通,而闻远遂为《礼经》专家,辞貌朴讷,每与闻远接,疑不类今世人,因益追想先生风概,恍如睹焉,不辞而序之。桐城马其昶。

省愚诗草

新正四日大雪即事同梅宾赋

阴阳气冱寒，风雪势交作。枯条戛戛鸣，败絮霏霏落。阶平生玉光，树重缀花萼。屋棱溜便凝，山坳步欲却。高低路莫寻，远近色相若。樵径迟刀镰，钓滩没略彴。冰坚稳潜鱼，柯高凛孤鹤。古柏折虬枝，野竹陨凤箨。植木支危庐，贮瓮抵凉药。呼童扫不开，问客践何约。是夕，迟嘉轩不至。兽炭暖添炉，铜环幽闭阁。抖衣倾酒杯，掬水入茶杓。梅宾醉后，以雪代茶。宝相塑弥陀，巧样印馎饦。被冷绵憎轻，窗明缟炉薄。卧起拥毡裘，群居挂木屐。埋头争牙筹，龟手数金错。茧烛心未灰，开轩面如削。灯炧怯读书，夜静凄击柝。汍澜慎脱冠，皲瘃苦冻脚。纵谈欺夏虫，僻径罗寒雀。芦管屈支离，梅英饱馋嚼。谢赋妙形容，欧诗禁糟粕。分笺摅秘妍，呵笔吐廉锷。造化本无言，天清气寥廓。

南埭草堂探梅以两三点春供老枝分韵得春字

逋翁构屋孤山邻，梅花结伴见性真。功甫玉照三百本，清癯骨格无纤尘。袁丰七株白傅六，东阁一枝诗思新。春风同此吹嘘力，花枝繁简何足论。兹园之梅计十数，自逢水厄都沈沦。独有九梅犹挺立，清标瘦干殊嶙峋。或仰而拄拂衡宇，或俯而瞰临池濒。或向或背或偃卧，各具意态同精神。春光明媚花信早，时款园扉问主人。主人爱客揖客入，芳亭顷刻罗罍樽。客至看花花正发，千朵万朵缀璘彬。中有一株灿若锦，纷纷郁郁红云屯。园有红梅一树。花前踯躅不忍去，贺花得主花含嚬。一杯清茗为花寿，名花名士两相因。主人顾客欣然喜，分付诗牌检点匀。大巫乃令小巫见，宫商杂奏嗈韶钧。忆昔西湖曾小住，追随杖履栖湖滨。景贤祠畔留先泽，至今游屐徒逡巡。先大夫守杭时,重修金沙港景贤祠,种梅三百本,与孤山相埒,闻近日久不修葺,树多枯死。揭来探梅动清兴,林间好鸟声柔驯。我欲携榼饮花下,陶然共醉罗浮春。

集陶题卝卿弟听松图

方宅十余亩,洪柯百万寻。青松冠岩列,中夏贮清阴。浊酒聊自适,藜羹常乏斟。清风脱然至,回飙开我襟。

自植孤生松,不知几何年。遥瞻皆奇绝,履运增慨然。靡靡秋已夕,亭亭月将圆。素心正如此,百世谁当传。

阶除旷游迹,倾耳无希声。于今甚可爱,持此欲何成。厉响思清远,夜景湛虚明。坐止高荫下,缅焉起深情。

去岁家南里,绕屋树扶疏。园田日梦想,精爽今何如。时余居传砚。此中有真意,时还读我书。及时当勉励,胡事乃踌躇。

早秋舟行

林雾霏微放棹迟,苍葭红蓼早秋时。树头老叶浓于墨,石上新苔滑似脂。水与天连波影阔,帆随岸转日光移。前村隐隐孤烟起,正是农家报午炊。

刚逢潮上出前汀,当面芙蓉分外青。几处村庄临水住,何人箫管倚楼听。荷锄田老醉欹笠,晒网渔人闲涤瓶。忽听暮蝉鸣未已,斜阳一路送归舲。

冯渔珊世守清贫图遗照代叔父

铃阁谈宾契巨公,莲花幕里溯家风。归来莫笑行装简,赢得斜阳一担红。

豫山浙水两苍茫,旧事重提辄黯伤。犹忆联床风雨夜,梦中刺刺话家常。

娄东法乳接薪传,一脉渊源待后贤。余家传画学,迄今三世,一线之传,能无望于后之继起者？珍重百年留故物,何妨世世守青毡。

送渭卿秋试

万里江涛汩汩掀,原来变化待灵鲲。是科因考棚积水,展期九月。四围碧屿迎孤艇,几处青帘出远村。为检图书灯屡剔,剧怜絮语酒重温。多情只有天边月,一路随君到白门。

布帆十幅驶中流,破浪乘风此壮游。雨洗山光明似画,云连水影碧于油。喜君腾达从兹起,魔我功名只自休。始信读书原有福,何时再舣秣陵舟。余自乙未后,每科俱以病阻。

中秋对月寄怀冠甫

空碧渺无际,闲庭寄此身。谁怜今夜月,却照一愁人。露冷苔痕净,霜浓树色新。清凉山下路,把酒莫逡巡。

记得尊前话,清光眼底收。峰峦饶对岸,丝竹引归舟。嗟我频年病,输君第一筹。何时尝橘井,也赋广寒游。

李春桥挽词

横峰驻层云,昆冈积片玉。云暗玉销沉,机云渺孤独。东南人文薮,山川灵气毓。去去会波村,邈然企遗躅。虚堂清樾荫,寒斋映雪读。畸人间世生,百年谁继续。李子静者流,简澹厌繁缛。少小识之无,及年入家塾。朝夕手一编,出语惊耆宿。下笔有神助,试辄冠邦族。菜色念苍生,宗工亦刮目。君试《菜花赋》,有"从此民无菜色"之语,文宗极为击赏。自应享文名,岂遽填鬼录。何期噩梦来,竟似昙花速。白雪堕纸灰,悲风凄桦烛。长吉赴玉楼,贾生悼赋鵩。哀哉命不辰,才高因折福。人生本幻泡,沧桑往而复。轮回何足言,大觉悟西竺。婉娈山空青,潇涟水余绿。吊今并怀古,千载同声哭。

盆　鱼

河水温和井水寒,鱼经我也用心殚。偶牵碧藻穿山石,为唼残英近画栏。濠濮尽容随意乐,泳游已觉此身宽。笑他空负文如锦,枉却珊瑚作钓竿。

秋海棠

冷香冷色自成丛,开向庭除白又红。竟夜蝶魂吹不到,可怜无语对秋风。

鸡冠花

昂首窗前幻亦真,陵霜伴月更精神。终宵底事悄然立,却恐惊醒起舞人。

九日舟过横云山怀应试友人

丹桂飘香菊吐英,偶乘一叶看云横。风传落帽成高会,雨为催诗送急声。时风雨。算我心情真潦草,问君得失可分明。此时满志踌躇处,肯忆吟秋太瘦生。

闻应试友人抵家

咏罢霓裳月正圆,骊珠在握便言旋。风帆得意催层浪,云岫无心起暮烟。烛剪西窗温旧话,梦回南浦恋新缘。借君掬取长江水,洗我胸中块垒填。

瘦石歌为宗人瘦石明经作

我家东海翁,砥砺秉廉节。陵霄一片石,至今见风烈。百年埋没重迁徙,一朝濯淖污泥里。东海公庆云山庄有陵霄石,年远久湮,今为杨君闲庵谈经处物色得之,绘图征诗,一时传为佳话。天风吹上百尺台,日为驻兮云为开。可知英物在天地,精神呵护久不敝。延津之剑生宝光,蓝田之玉成佳器。胡为此石落图中,嵚崎磊落嵌玲珑。屹然不动峭然立,气势直欲吞长虹。长虹昨夜入怀抱,岩姿峻骨肯终老。是何意态清且癯,区区点缀奚足道。君不见,东海边,帝女衔将怨恨填。又不见,苍苍天,娲皇补后缺陷全。功用俨与造化埒,文章经济何有焉。而况石渠杰阁罗今古,石笈宝书辨鱼虎。下笔金石有殊声,活人药石岂小补。即今位置真清旷,储为他年柱石望。令我摩挲心神怡,石交敢与古人抗。交情欲耐久,作歌报我友。石兮石兮,生公说法非钝根,君颠头兮我俯首。

陈军门殉节诗

陈公本奇人,一代功名树。尘俗涸闽峤,奋发归部伍。晚节秉忠贞,壮志励刚武。偏裨历将军,遇战亲桴鼓。乱贼曾有言,畏公不归虎。年已七十余,余勇犹可贾。何物英圭黎,五万里驶橹。自粤及浙闽,军事日旁午。帝命公南来,国家尚光辅。莅任未旬日,沿海事防堵。投醪饮士卒,自奉甘刻苦。令严济法平,仁育兼义抚。下以慰苍生,上以报圣主。壬寅五月八,鲸鲵集淞浒。火攻习技器,熊罴且栗股。飓风势助虐,将星芒不吐。从容就大义,身僵目犹努。海外逞干戈,江左亡门户。十一上海城,白日鬼子舞。艨艟驾火轮,十二春申浦。大涨泾要冲,枪炮集风雨。十四三泖湖,来往谁与伍。万家空烟火,一郡飞尘土。市罢绝價买,业弃荒园圃。老妇抱雏孙,幼子扶病父。居民争遁逃,何处是乐土。数金赁一舟,千钱役一竖。乘隙肆强梁,御人多掠卤。而我亦避地,不忍闻与睹。乃思扞御才,三载难悉数。痛定始知痛,如无父何怙。锡典自天申,报功臣礼普。私祭配武乡,再拜荐清酤。

题王充泉照

不侈园林结构奇,琴书半榻寄幽思。酒能养性逢酣止,棋任忘机算劫迟。花事秋来偏冷淡，吟身老去莫支离。指君序末云云。谁言逸少风情减，深浅眉痕也入时。君善诙谐。

又和韵代晓卿弟作

城南小隐占清奇，曲径疏篱系我思。送酒人来秋色老，检书客去篆烟迟。匡诗妙解宜风雅，谢墅征歌自陆离。若使驻颜真有术，不愁颊上着毫时。

和姚明之追悼赵琴山原韵兼勖槐熊甥

修文去后感何深，剩有楹书足信今。犹记旧时双燕垒，读诗增我不平心。春藻堂住宅已废。

幸依绛帐得名师，从此沈潜苦莫辞。无限春风嘘植意，只凭小草寸心知。槐熊甥时受业于明之。

题李梅宾岁寒怀旧图

草堂昔日缔诗盟，樽酒重论感慨生。一自修文天上去，林间猿鹤不成声。谓棕桥先生。

莫嫌旧事等浮沤，剩有青毡世泽留。竹自清高梅自韵，须知城市即蓬洲。君兄字竹村。

披图更见性情真，世事循环秋又春。况复孙枝阶下茁，他年认取化龙身。君有子曰松郎。

拟颜延年五君咏

阮步兵

旷观渺天地，登高发长啸。官厨有贮酒，何弗从所好。礼节不我羁，途穷辄自吊。遐思竹林游，千古孰同调。

嵇中散

中散隐者流，采药山中去。喜愠不撄心，琴锻足澄虑。众人贵修饰,之子独贞素。我读养生篇,静言起遐慕。

刘参军

建威寡交接,入林心神怡。乘车偶过市,荷锸相追随。浊醪有至理,流俗曷能知。妇言不可听,斯语庶类推。

阮始平

宠荣愚夫惊,贫约庸臣耻。何为大布衣,随俗复尔尔。达怀企痴叔,高情薄余子。治效贵清净,臣心本如水。

向常侍

矫矫向子期,夙抱山林志。沈酣性所耽,感旧情何挚。入洛有声名,高才岂憔悴。从知箕颍风,未达求贤意。

拟杜甫观打鱼歌

郫江江水清而腴,中有窟穴鱼所居。波平似镜水天阔,游鱼出没濠梁如。忽睹渔师移艇入,卷䈼拨藻穿菰蒲。清晨乘日期溉釜,薄晚载月足当垆。打鱼未打先鸣榔,榔鸣鱼惊奔窜忙。大鱼鳞鳞小戢戢,四围网合乌能藏。小鱼漏网幸逃免,大鱼奋鬣犹展转。君不见暴腮点额水成丹,修鬐尽属龙门选。

又观打鱼

东津观鱼日已旰,孤舟又傍兼葭岸。罾船网户环江漘,渔师打鱼夜初半。柳阴深处鱼聚多,网密江清水花乱。一鱼入网群鱼惊,撒掠银刀向空窜。鲙砧日日斫霜丝,呼朋饱饫鲜鳞肥。年丰谷贱鱼价贵,积金满瓮无忧饥。得鱼换酒且行乐,风蓑雨笠前村归。陶然醉醒鼓枻去,一江明月芦花飞。

和东坡自金山放船至焦山原韵

金山见寺不见山,山根横截江北南。焦山见山不见寺,寺门绿绕竹两三。我从金山放舟至,孤篷蜷局如僵蚕。乱峰荒岛任弃置,疏懒徒对山灵惭。钟声隐隐出谷底，蛟龙潜伏千尺潭。帆樯林杪纷上下，攀藤倚柱兴自酣。波涛嵌空露危石，天地别造纵雄谈。琉璃万顷涌朝日，海门晃朗连赭龛。置身此间得静观，石床一枕梦亦甘。老僧扫苔作经席，坐令眼饱不厌贪。举手云外招黄鹤，两山来往力足堪。鹤兮鹤兮胡不返，空留铭字在草庵。

梅　影

青灯伴我夜黄昏，拨尽炉灰帐未温。却爱一枝横扫壁，是谁泼墨写冰魂。

蔡渭卿三十

凤负元龙百尺楼，飞扬意气冠同侪。那知海外相思物，却使人间汗漫游。君习鸦片烟。珠玉丰神休自弃，鲲鹏变化尚堪酬。十年一庆今能几，笑对堂前两白头。

居家俚言示晓卿弟

早起开门洒扫清，各攻所事不闲行。少年筋骨须磨炼，莫任蹉跎百不成。

先人遗业有良田，慎守还虞水旱年。若复豪情图快举，妻儿待哺仗谁怜。

遗书懒读学钞书，借此收心也不虚。万事总须心应口，有头无尾更何如。

连年世事苦艰难，恰似煎油势渐干。一粟一丝来不易，布衣腐饭最相安。

论交难得已堪师，正语庄言味耐思。更有旁观惟冷笑，此中损益要心知。

为人却与置棋通，一着差池满局空。算到劫余嗟已晚，可知慎始要图终。

题松声入梦图

竺岭寻幽忆往年,秋声又到枕函边。寒涛谡谡风生籁,静夜泠泠月上弦。落叶敲阶僧入定,懒云宿坞客游仙。醒来振袖一长啸,惊起枝头黄鹤眠。

味道轩诗钞 钱仲文有"味道能忘病"句,余苦病久,取以名轩。

呈樗寮先生

坠绪茫茫志欲恢,扶宗立教此公才。多方诱掖平心论,触处纷披至理该。旧本不嫌千卷勘,新诗常对一樽开。莫言小草吹无力,也费春风妙剪裁。

病中有感

弹指光阴叹逝川,那堪后顾尚茫然。西河有泪悲成病,东海无波恨不填。落叶敲阶添寂寞,寒花照壁枉婵娟。如何人事难推测,搔首频频欲问天。

戊申岁朝

消息寒梅早,春风昨夜来。除夕立春。冰融人迹少,花暖鸟声催。我辈情何已,今生志欲灰。那堪回首忆,潦倒对椒杯。珍重青毡物,楹书万卷遗。丹铅原夙好,鱼豕总成疑。殖落心难粪,年侵鬓欲丝。嗟余闻道晚,徒负故人期。

至晓卿弟斋见所作岁朝诗喜而和之

爆竹声中万象新,韶光莫负九旬春。天池岂许鱼龙困,我屋欣看乌鹊驯。蕉白砚留应世守,我家所传天然蕉白砚,现藏弟处。汗青书富不忧贫。惭余块垒胸难尽，赖尔陶镕气渐伸。余亦有岁朝诗，多作悲慨语，今见弟诗，不觉怡然自释。

鲥　鱼

春江漾绿波，桃浪三尺起。河豚鲦如丝，斑鳜晚喧市。家居江湖间，不数鲦鲑鲤。更有四月鲥，风味俊尤旨。当鮥《尔雅》征，三鳘广南侈。鲠多梳齿排，鳞鲜玉华玼。渔子归提壶，鳜生快染指。登盘罗饾饤，下着洁潇灏。配以笋苨菹，可与莼鲈似。回思游泳时，波涛几千里。银鳞三百六，顾惜独专美。倘使触伏机，扬鬐更掉尾。何难漏网罗，无乃毁其体。从知炫才者，爱己实累己。即此禽虫微，遭逢已如此。我闻弹铗歌，悠然悟至理。

云卧轩雨中赏牡丹

看花有约放花迟，分付东风好护持。富贵应思天泽厚，文章未许俗人知。会联真率都先辈，调奏清平此妙辞。犹忆洛阳红似锦，望云徒切梦中期。

题芦雁画册

两岸芦花起暮烟，归鸿一一狎沙眠。笛声莫作秋闺怨，画到双飞顾影怜。

喜缪甥鹄臣至

十八滩头一叶身，七千里外喜相亲。北堂萱草欣犹健，西国甘棠幸未泯。旧事细论频进酒，新钞珍重付传薪。滋云姊丈前惠书寄问，误以手钞唐宋诗缄寄，今归鹄臣藏之。文章政事无穷业，堂构留贻待后人。

送鹄臣赴京兆试

江云蜀栈两萦思，乍见何堪又别离。万里乘风从此起，半窗话雨更何时。诗惟妥帖情能胜,文到清真境自奇。以诗文见示。寄语南来一行雁,泥金早报故乡知。

樗寮先生惠秋兰一枝率赋二绝

空谷知音少,幽兰香意长。善人居室迩,相对不能忘。琴声待月迟,佩影和烟瘦。傥被君子风,清芬满襟袖。

素心兰呈樗寮先生

珍重清芬出艺林,丰标玉立涤烦襟。幽寻空谷谁为伍,淡到忘言契始深。湘水微波留皓质,灵均有志托孤吟。胸怀洒落超尘俗,许傍庭阶结素心。

陈丈绮如重游泮水并贺其孙入学

无恙青衫六十年,圜桥此际更留连。泮池碧涨搴新藻,艺圃香熏守旧毡。洛社画图看笔妙,江乡文献喜珠联。是岁重游者,尚有华亭宋君。孙枝共睹重荣日,衣钵徒教一砚传。先大夫亦于前癸丑入泮,今岁锡端侄幸亦游庠。

忏疾篇

秋风夜怒号,落叶敲苔磴。寒蛩断续吟,饥鼯时出侦。揽衣不得眠,独对孤灯檠。意绪纷如麻,忧怀日恽恽。我生天地间,同禀阴阳性。造化何太苦,婴此幽忧病。筋骨柔未坚,精神疲不胜。看花怯露浓,击楫嫌风劲。瑟缩一室居,如虎落陷阱。豪气顿消除,有志成未竟。人生贵适意,到此复何兴。生乐死毋悲,我亦能安命。苍苍我何辜,身世遭蹭蹬。门外忽发啸,似有人声应。谓子告无罪,我言子试听。名教伦常重,影直表先正。兰膳洁南陔,无乃缺温清。棠棣花交柯,无乃分畦径。雅谊共车裘,何以尽投赠。闺仪贵肃穆,何以修家政。见义可勇为,闻善可生敬。起居失节宣,名利争趋竞。声色侈耳

目，嗜欲弗能净。滋味极口腹，腊毒弗能捋。数者足致疾，清夜当自
镜。没世忧无闻，奚事忧瘝癏。我闻嗒然丧，恍若梦初醒。检身倍惭
惕，一一矢戒儆。棒喝幸当头，钟鸣类扣胫。心静神始怡，愁消气乃
定。推枕起徘徊，凉月当窗映。

独　坐

　　独坐有静趣，浮云终日忙。碧条谢衰柳，绿筱抽新篁。凉月淡流
影，稻花晚送香。惭无泉石癖，也觉中膏肓。

和姚明之消夏八咏

竹　帘
　　小阁饶幽致，湘帘一带低。花香红到槛，草色绿沈蹊。度月流萤
火，迎风落燕泥。凉波凝作雨，卷向暮山西。

松　棚
　　长松势天矫，蟠曲结凉棚。龙爪拏云上，鲸涛望月生。幕天张翠
幄，和药拾青英。为念豆花下，劳劳课雨晴。

藤　枕
　　黄粱犹未熟，一枕梦清凉。蕉雨冰纹簟，荷风花屿床。中虚心抱
月，节劲鬓欺霜。醒后无余事，醰醰书味长。

纱　厨
　　夏屋何须广，纱厨斗角成。锁窗烟软碧，网户縠通明。屏误围云
母，帘应却水精。此中足养静，蚊蚋息无声。

纸　窗
　　砑得银光纸，轩窗辟暑氛。密阴移竹影，薄润积苔纹。晕碧穿微
月，拖蓝浣片云。梅花如入梦，何日不思君。

蕲　簟
　　八尺琉璃簟，方床位置宜。桃笙香印臂，笛竹汗融肌。浪卷龙须
滑，风生麈尾迟。井梧犹未落，凉意已先知。

蕉　扇

蕉叶题新扇,清飙腕底来。倚阑规月晕,缘锦带云裁。白羽挥何迅,轻纨制莫猜。凭君怀袖里,秋思漫相催。

棕　拂

三尺棕榈拂,龙髯蜕故林。纤尘飞不到,万缕乱相侵。王谢清谈尚,老庄妙理深。青绳纷鼓翼,莫作止樊吟。

予因病止酒意不能忘偶读香山何处难忘酒篇辄仿其体

何处难忘酒,宾筵笑语哗。帘开香卷雾,烛剪灿生霞。夺彩骰盘捷,传花羯鼓挝。此时无一盏,未免向隅嗟。

何处难忘酒,春来兴不穷。马盘芳草外,莺语绿阴中。折柳逢江使,探梅访远公。此时无一盏,惆怅对东风。

何处难忘酒,湖亭面面开。瓜销青玉案,荷展碧筒杯。北牖投闲卧,南皮选胜陪。此时无一盏,谁遣纳凉台。

何处难忘酒,秋声下碧梧。夜深虫语冷,香满月轮孤。索句题红叶,登高插紫萸。此时无一盏,枉却白衣奴。

何处难忘酒,消寒客款扉。朔风吹雁急,暮雪带乌飞。负曝黄棉暖,围炉紫蟹肥。此时无一盏,何计御冬威。

何处难忘酒,芙蓉九点青。携筇黄叶路,吹笛白云亭。远塔明萧寺,孤帆入画屏。此时无一盏,恐亦笑山灵。

何处难忘酒,扁舟三泖行。芦花明月岸,清磬晚潮声。波净鱼游镜,林开鸟弄晴。此时无一盏,叉手少诗情。

何处难忘酒,江乡水味多。螯持鹦嘴俊,鳖荐马蹄和。菰米寒沈玉,莼丝翠贴波。此时无一盏,争耐老饕何。

题宋砺斋中规图

悠悠千载下,坠绪几人传。君独承家学,微言契圣贤。君尊人易箦时,以"居处恭,执事敬,与人忠"三语为训,君奉为家规,因作是图。韦经留异日,孔鼎勒当年。愧我青箱业,终朝守砚田。

矫首云间鹤,披图识性真。波澜息人事,樽酒话天伦。族人有以细故涉讼者,君置酒解之。高谊薄霄汉,虚怀抱月轮。闻风如感起,应见俗还淳。

寿诗代人祝雷秀才四十

剑气长虹指斗牛,次宗才调世难俦。吟边风月搜麟管,腕底文章造凤楼。翠盖玉盘承晓露,碧梧金井入初秋。群仙蓬岛成高会,芳酝千杯不厌酬。

吴亦愚西窗话旧图

写出诗中画,离怀对短檠。云山名士笔,风雨故人情。蕉叶连天绿,梧阴匝地清。一樽如共话,应亦泪双倾。亦愚兄晓村与先孟子宜同受业于潘蔚亭先生之门,两人先后逝世,抚今追昔,能无怆然。

葛编修篝灯课读图

母教还兼父与师,卅年辛苦未舒眉。金莲烛映宫袍绣,犹记篝灯课读时。

松柏青青爱日长,一时贤母说欧阳。图中纵有生花管,难写当年九转肠。

题王小岩窗月伴吟图

轩窗面面敞琉璃,静对荷香竹翠时。赢得诗情清似水,夜深只许素娥知。

乌丝斜界衍波笺,索句挥毫思邈然。绝爱水晶帘外月,清光常到墨池编。

题顾小野母夫人寿册

检字惜阴

绿字丹文焕,零缣断简珍。那堪轻敝帚,竟自溷同尘。画荻期无忝,焚灰检必亲。惭余五色线,花样也翻新。余山栖时,偶见村女学绣,都以残帙弄针黹,因制花样本易之,惟未能历久不渝也。

放生修净

净域皈依者,斋心学问禅。如何功及物,到处善随缘。黄雀衔环日,灵龟锡玉年。好生生不已,一念格苍天。

讲史闲家

大义通诸史,闺门尽肃雍。从知家有政,不愧女称宗。截发车常满,缄衣线密缝。何当列贤行,训俗管昭彤。

莳花弄孙

娱老辟花圃,清幽无不宜。凭阑春昼永,倚杖晓风迟。兰畹培佳植,荷筒佐寿卮。北堂开笑口,绕膝喜含饴。

题劝禁印字纸钱文后 代冠甫

史皇制文字,睢盱鬼夜哭。既泄造化奇,更睹光芒烛。奈何作俑者,妄借生刍束。居然神可通,岂果罪能赎。吾乡东洞庭,此风几比屋。剪纸印成钱,嗺经文刻木。贯穿废女红,积累盛巫祝。墙垣残迹埋,藩溷飞灰逐。瞽海沈沦多,狂澜挽回孰。王君经世才,惕然警心目。立说辟愚蒙,不惮再三渎。塞流必清源,丈连造钱纸名禁入鬻。浇风幸少息,乐善信弥笃。我亦誓宏愿,惜字先维俗。小说千百家,逞才实流毒。何如付一炬,宇宙廓清淑。此志未竟成,对君转惭恧。同心非无人,作舍道旁筑。会当发猛省,步趋缅芳躅。众口任铄金,一心庶式玉。邪说杜横行,嘉言罔收伏。千秋名山藏,云霞炳丹绿。

题徐古春海上卖药图

朝餐碧城霞，暮饮瑶池酒。从知肱折三，不待丹成九。君昔采药来，声名动溮右。一帆渡海壖，千金悬肘后。长房聊市隐，一壶挟之走。扁鹊善随俗，青囊无不有。操术权死生，下笔执休咎。方今需人才，隐沦固非偶。闾阎况疮痏，起视多疾首。倘怀利济心，盍试医国手。

题李少白钓鱼小照

浮家泛宅元真子，春草凉波甫里翁。如此闲情足消受，半江新绿夕阳红。

我家也向泖湖边，蟹舍渔庄构一椽。万斛俗尘消不得，几时濠濮解忘筌。

题吴毓峰先世两图合册——毓峰曾祖池上携孙图，一毓峰祖课孙图

珍重贻谋远，清芬两世传。春池动天籁，官阁肃琴弦。风骨矜先辈，文章启后贤。只今留范砚，回首郁松阡。曾大父以蕉白砚授先大夫，故敝祠以传砚名堂。

题陈佩珊女史哭夫词后

俯仰无依满目愁，肠回百转泪难收。凄凉听到哀鸣雁，一夜芦花白尽头。

黄鹄歌成冰雪词，此生谁解藁砧悲。纵教精卫能填恨，难慰孤灯泣墨时。

夬斋近稿

夬斋铭

刚为天德,需乃事贼。消长之机,其理不忒。事有两端,孰失孰得。执中无权,举一废百。人有歧品,害淑害慝。识见不真,以黑乱白。吾性粹然,天空宇碧。吾心昭然,冰融雪涤。圣狂界限,只争一息。旦气初明,转念斯惑。易有夬象,取诸决择。阳健内贞,柔和外泽。譬彼学者,策励诱掖。主宰独持,私欲自克。义当剖陈,何庸缄默。义当勇为,何庸退抑。虽曰达心,尤资定力。危厉而安,终身可宅。全正化偏,要非刚愎。乾体始纯,与道大适。吾病膏肓,赖兹药石。取以名斋,庶几永则。

对 雪

黄云冻无色,凛冽朔风大。似碾白玉台,空际霏霏籁。酒樽北海倾,梅萼南枝破。围炉不觉寒,深居辟尘堁。谁知穷巷中,块然叹坎坷。举世尽悠悠,高歌复谁和。请回俗士车,无扰袁安卧。

饥乌下田间,翻啄豆根食。群犬逐之飞,高翔又无力。严飙折枯枝,危巢势倾侧。羽毛非不丰,霜雪颇畏逼。仰视松柏姿,苍苍独劲直。有鹤栖其颠,陵霄振双翼。朝游苍梧南,暮宿昆仑北。乾坤廓有容,俯仰聊自得。四顾何茫茫,山川一洗色。

送姚明之赴陕西中丞叔幕

朵云五色下,青鸟衔书来。闻君秦中行,道阻劳溯洄。隆冬十二月,万里寒飙催。萧瑟振林木,霜雪白皑皑。江岸沙鸟绝,山谷啼猿哀。游子独行役,触目伤蒿莱。海内方勤兵,壁垒环城隈。戍楼画角动,铙鼓杂喧豗。边烽幸稍息,驿骑交相驰。风吹马毛缩,夜月愁孤

羁。间关道河洛,旧游良可思。尊甫子枢先生任卢氏时,君曾随侍。太华
远若接,翠色压双眉。岩峣望空际,雄关峙崔巍。两崖拔地起,万仞
倚天危。征蹄陟石磴,俯瞰群峰堆。仰天一长啸,揽辔思悠哉。吾家
侍郎叔,静镇西北陲。君今入莲幕,浩气层霄开。况兹用武际,廊庙
需贤才。山川识险要,投笔事退恢。安能困一室,终日理毛锥。儒冠
岂云误,黄金今筑台。鸿鹄假羽翼,奋飞临天逵。遭逢何足道,庶展
平生期。高堂喜康健,俊弟日追随。别离当不久,且举紫霞杯。去去
长安道,望云首重回。男儿弧矢志,莫作歧途悲。

明之西行不果与令弟壮之皆以
和韵诗见投仍依前韵酬答

园林感今夕,忧念从中来。亭沼郁就荒,秋水空潆洄。蛟龙坐困
厄,翘首云雨催。泥沙陷鳞爪,云气犹皑皑。猵獭顾之笑,穷途谁见
哀。神物自难致,宫阙望蓬莱。光景不可即,回风引江隈。屈伸会有
待,众喙漫哗豗。人生几瞬息,日月疾于驰。乾坤固浩荡,百年终如
羁。感子负米情,起我呻吟思。立身苦不早,愁绝难扬眉。人情逐冷
暖,世路成崔巍。念彼立谈客,纵横扶时危。黄金艳万镒,锦绣束千
堆。声名动闾里,至今安在哉。君家老行役,勋德耀边陲。谓方伯公。
文章足千古,到处讲堂开。谓先师樗寮先生。归云有至乐,洵非百里
才。尊甫子枢先生自卢氏忧归不复出山,归云,君家堂名。庖丁解全牛,余
地游恢恢。何如善刀藏,勿为脱颖锥。二难今竞爽,珊树交玉台。高
怀属霄汉,云路阻长逵。山水喜同调,何必逢钟期。言寻白石庄,耕
钓希天随。白石山庄,君家别墅,在佘山。浊醪有至理,围炉且衔杯。读
书贵乐道,岂厌数百回。不闻箪瓢子,陋巷吞声悲。

和壮之岁暮感怀原韵

海上频闻风鹤惊,那堪病里减心情。严霜惯听催箛鼓,时雨应教
洗甲兵。枥马号鸣思自骋,江鸿辛苦息长征。青毡共守传家物,愧我

蹉跎百不成。

兴来得句写新诗，任有催租不废思。三泖渔歌怀鲁望，五湖轻舸
羡鸱夷。豪情已让后生畏，拙性犹怜前辈知。毕竟故园耕读好，杜门
莫说乱离时。

民　力

民力东南尽，天心雨露偏。海帆转仓粟，南漕悉由海运。炉火溢
金钱。增铸当十当百大钱。采矿寻山脉，搜珍竭水泉。秋豪争析利，沟
壑仗谁怜。

鸣　琴

欲识鸣琴化，何妨改旧弦。求金周失礼，输粟汉防边。租税征常
数，鱼盐利自然。要知经国本，藏富在民廛。

貂　蝉

剑佩雍容地，貂蝉满座夸。鸣雷晨奏鼓，坐雨夜量沙。食肉飞何
捷，衔枚走不哗。北来逢雁使，消息问京华。时闻北路大捷。

和子枢叔东佘唱和诗追忆先师樗寮先生
即依原用昌黎寒食日出游诗韵

忆师论文中时病，吐辞高下气由盛。师言学文宗韩欧，万丈光芒
后先映。苏家门户森开张，南丰临川笔力竞。后有作者推震川，望溪
抗衡耐寻咏。瓣香独拜惜抱翁，刊落浮华范清正。陶镕经籍羽翼道，
闻风兴起亲炙更。丹黄满案手为疲，爱书成癖真如命。摩研编削不
辞劳，予夺直持万古柄。终南山馆真本出，关中人士交相庆。先师所
辑《国朝文录》，族叔诗舲中丞锓板陕西。茫乎畔岸若无际，瞠目敛手肃生
敬。国家文献二百年，一室搜罗尽遐复。词章考据集大成，奥义微言
绍前圣。珍重缥缃什袭藏，临风开卷悲欢并。《文录》刻成后，寄归二十

部,耆得其一。公今示我东佘诗,一字一泪发天性。游子楚南归未得,朗伯游楚无音。豺虎江淮肆凶横。感时抚事恨填胸,唾壶愤击碎星迸。叹息师门盛桃李,于今得失孰从镜。幸公岿然有道存,家庭肃穆是为政。佘峰苍翠秋墅深,松柏葱郁虬枝劲。空山冒雪老梅健,白战约取听号令。时微雪。

题子枢叔卢氏誓神文后仍依前韵

草茅伏诵究利病,蒿目时艰异全盛。先生捧檄洛安时,策马山城翠光映。下车之始斥供帐,与民约法息争竞。作诗为报故乡知,一时耆旧盛题咏。公赴任有诗,和者甚众,先大夫亦有和章。尔来又读誓神文,浩然词义兼严正。伊洛士风素纤俭,诈伪相习轻生更。先生恻念悯蠢愚,沥血蠲诚为请命。惟神聪直佑一方,彰瘅隐驭死生柄。太阳临照群阴藏,渗沴潜消衍余庆。巷犬无声夜安席,维桑与梓必恭敬。仁风洋溢格猛虎,负子渡河遁迹复。境有虎患,公为文牒神,患遂绝。休征历历功不贪,惟神效灵天子圣。异绩他年载史笔,循吏儒林自合并。方今吏治尚严健,催科烦扰习成性。磨牙吮血虎而冠,十室九空势尤横。安得先生数百辈,玉壶清澈水华迸。分理天下与休息,吏行冰上人在镜。雅化谁知邈难觏,朝廷空布宽大政。斯文光气烛日月,风疾因知草柔劲。题诗纪实非贡谀,世人应识强项令。

癸丑除夕

尘海茫茫里,今宵岁次终。光阴成转烛,心绪叹飞蓬。腊酒斟余绿,炉灰拨尚红。幸闻宽大诏,莫漫笑狙公。时因上海被兵,邻邑恩免三分。

甲寅元旦

甲坼春将动,寅宾日未升。诗题新岁月,座少旧亲朋。镜里催人老,尊前让世能。不知淮蔡将,此夜可先登。是夕雪。

人日立春

椒花试笔颂宜春，又睹辛盘处处陈。万物昭苏逢洗甲，一门吉庆兆生寅。风融桃胜双钗缀，唐张继《人日立春》诗云："遥知双彩胜，并在一金钗。"雪压黄阶七叶新。莫误窗前人日鸟，更调异味荐芳辰。余多畜驯鸽，客欲烹食，余却止之。

素贞行 并序

　　烈女素贞，上海人，失其姓，少被掠至郡城。有陆阿多者，里中无赖子也，妻故倡，色衰，思继其业。见女而艳之，购归，阳为己女。及长，导以淫，女不从，棰挞备毒，卒不改其志。复节缩其衣食，使执贱役，女蓬首垢面无怨容，而志愈烈。陆知不可夺，益挫辱之。雪夜褫其衣，植立庭下，冻且死。邻人哀而救之，得苏。女自念无生理，一夕赴秀野桥下死，明日尸出，面如生。咸丰甲寅正月事也。先是，陆尝买一幼女充使令，妻虐遇之，不胜搒掠而死。陆素横，乡里侧目视，无敢言者。今女之死烈，尤昭昭在人耳目，徒以陆暴横，故湮没不彰，是可哀也。昔欧阳公著《五代史》，序《冯道传》入王凝妻李氏断臂事以讥道。夫道以保位固荣，更事四姓，曾不以易代屑意，犹著书以自述其乐，而当世士大夫率奉为元老，称誉之不置，廉耻道丧，至此极矣。然则临难不苟免，责之士大夫犹难之，不意一女子竟能舍生取义，视死如归，闻其风者，不重可愧耶？沈君菊庐先有诗以述其事，同人多和之者，其事不详，余故表而出之，复系之以歌，歌曰：

有女有女名素贞，雪肤花貌冰心清。自罹寇乱去乡里，辗转掠卖来茸城。城西黠侩市中虎，不惜倾囊买歌舞。薄命徒深歧路悲，伤心乃谓他人父。入门操作甘贫贱，皲瘃辛酸志莫变。侵晨汲水敲冰寒，向夜挑灯数钱倦。冶容鸨母工海淫，倚门博取缠头金。百计胁诱誓不辱，手指天日明素心。自言本是良家子，何忍偷生蒙垢耻。浮萍飘泊虽无根,古井波澜永不起。膏沐却御首飞蓬,低眉终日敛笑容。早拼白首填沟壑,肯向花枝逐蝶蜂。秀州塘下水清澈,投波一去世长诀。石鲸鳞动风怒号,杜鹃泪滴夜啼血。尔时天气常阴霾,凄云惨雨惊迅雷。东海谁伸冤妇狱,西山待筑怀清台。此事喧传万人口,道旁叹息无敢剖。可怜倩女竟离魂,何物奸奴合授首。呜呼一死真须臾,草间求活非丈夫。岂知灵气钟巾帼,青磷夜夜光有无。

和子枢叔戊戌春仲慧日寺探梅原韵时
有重游之约因雨不果

孤山载酒吊诗魂,一舸金沙出晚村。剩有画梁双燕子,东风寂寂掩重门。先大夫守杭时,葺金沙港景贤祠,种梅甚多,花时游赏不绝,近闻祠宇倾圮,梅亦凋零矣。

古寺寻梅兴欲狂,壁留题句吐光芒。小池昨夜添新绿,负却青山劝引觞。

和顾丈韦人花朝日过饮小斋口占见赠原韵

清风拂槛篆烟飘,佳会欣逢扑蝶朝。听雨客停花下屐,沽春香老杖头瓢。麈谈恰似霏珠玉,觞政无须博雉枭。酒到半醺诗思涌,挥毫不觉烛痕销。

交河孔菊农大令父子死难

旌头夜指蓟云端,骤听金鼙振地寒。慷慨登陴躬贯甲,艰劬调食士忘餐。衔须难报君恩重,饮血应怜臣力殚。剩有孤城一片月,千秋照取寸心丹。

纷纷鼠辈复何论,忠孝由来萃一门。叠荷荣襃歆俎豆,殉难处谕建专祠,从死者并附祀。长留正气满乾坤。鼙连鲛鳄河流乱,运蹇龙蛇雨势昏。料得九京衔隐恨,忍从子舍赋招魂。太夫人犹在堂。

韦人丈以余四十生朝手题伪本斜川集及楹联寄赐怆然感作

　　南风吹浦云，故人滞不至。贻我琳琅篇，感君殷勤谊。悠悠小斜川，三虎怒尤肆。元遗山诗注云："苏氏三虎，叔党最怒。"同名窜龙洲，时行本乃龙洲道人刘过诗。昂直牟蝇利。《香祖笔记》载，有书贾携《斜川集》二册索价二百余金。流传欺士夫，钞写竞家置。曝书老眼花，插架新章识。是册有曝书亭藏书图印。青阳一浏览，谓是赝鼎厕。坡老漫称引，词语更不类。卷首有先大父跋，云集中诗语多不类叔党生平，至若"坡老已仙谁杰作"等语，尤属显然。匡庐还旧观，金匮出中秘。苟非搜罗勤，孰辨真与伪。乾隆中好古者从《永乐大典》中录得真本，钱唐鲍氏刻入《知不足斋丛书》。君从文字饮，得之耆旧界。是册向藏外祖复斋先生家，君昔假馆赵氏外祖，取以赠君。手泽念师门，辱赠有深意。忆自百花朝，文鹓偶停翅。坐雨听清宵，论诗斗新致。烛灺酒未酣，兴来笔屡试。花朝日君过饮小斋口占见贻，并录旧作相示。我爱长康书，朴茂兼渊懿。君兄松寮丈善书，索之未得。君言阁笔久，求之良不易。尔今年四十，当有诗章遗。吟成丐挥毫，一举两美备。昨日枉太丘，卷帙远相寄。所赐书联从兰如师寄下。盥手发縢缄，焚芸拜重赐。顾读楹联词，佗傺丛愁思。百年半蹉跎，龌龊笑捉鼻。东野赋杏殇，春风转憔悴。君赐联云"百年未半方强仕，二月将终正好春"，读之怃然。光景欠佳色，骨体又不媚。尫羸病未瘳，孤陋道谁议。惟此蟫蠹余，虽伪不敢弃。况复题简端，始末叙其事。荏苒卅五年，低回廿八字。君既书得书之由，又题七言绝句于简首。山阳厌闻笛，宿草徒浇泪。动我相宅悲，启我述德志。春藻就荒芜，春藻，外氏堂名，今已废为菜圃。巾箱恐失坠。先大父收藏书画，近亦散佚。区区抱残心，毫末何足异。羡君湖海豪，浮槎任所次。君自号浮海诗翁。举樽招月明，拂袖纳山翠。谈笑谐朋俦，翰墨托游戏。荷钱出水新，榴火蒸云炽。瓮藏春酿熟，手摘莼丝腻。何日平原游，陶然一忘醉。

秀水杨利叔自楚北军营归偕壮之过访赋此奉赠

　　黄梅作雨杜门久，病骨支床药春臼。门前有客款扉来，开扉惊起喜握手。杨君年少文章雄，胸罗星宿才八斗。虹霓吐气摩空高，绮罗成段盈寸厚。利叔年未三十，诗文已衰然成集。忽然投笔去从戎，男儿岂甘老户牖。手提三尺入荆襄，足茧万山历岣嵝。雨洗旌旗鹅鹳喧，风鸣金鼓鲸龙吼。大帅无援数太奇，书生失路时不偶。利叔奉江明樵中丞檄援庐州，中丞徇节，乃谢事归。俯仰尘俗谁与谋，琴剑飘零事南亩。我乍知之心胆慑，今见君颜更抖擞。恍闻仗下杀贼声，病魔辟易应却走。座中南八气亦豪，南八，壮之别字。输君独侈谈兵口。俊鹘难藏精悍色，困蛟终奋荆榛薮。咫尺师门踪迹疏，形骸两忘叹已后。要令奇陈出纵横，不嫌羸师先逆诱。

次前韵答明之壮之

　　火云当昼郁蒸久，汲取井泉瀹茶臼。故人示我冰雪词，一剂清凉敌国手。尔来文字屈指多，载可尽车量尽斗。弋取虚名剽窃工，流露不光积非厚。吾师振起挽颓波，百尺龙门许窥牖。高文健笔摩韩欧，奇字名山辨岣嵝。同门杨子年最少，词源滚滚风涛吼。横刀杀贼功不居，磨盾挥毫才莫偶。惟君伯仲相颉颃，独守荒园池半亩。白莲承露泻空明，绿竹迎风舞抖擞。抱璞徒为韫椟藏，勒铭恪守循墙走。浩气时充天地间，流言应杜愚夫口。尊翁子枢先生座右署一楹帖云："流言止于智者，刚气养我浩然。"愧我钻研故纸中，如彼蠹鱼窟书数。雕虫小技何足夸，四十无闻悔已后。安得成连移我情，援琴蓬岛一开诱。

江明樵中丞挽诗同明之作

　　八千楚子弟，肝胆属何人。中丞所带练勇悉自募。韬略嗤余子，封疆误荩臣。中丞有将材，以杀贼见知于上，今以孤城无援，力竭徇难，能无慨然。巢云埋骨冷，肥水鼓涛瞋。纵有哀荣典，难忘百战身。

次韵酬杨古酝

瑶华拂拭一开襟，洗我胸中鄙吝深。秋水兼葭欣倚玉，幼妹许字君。春风桃李怆披金。君屡欲登樗寮先生之门，因事辄阻，今先生已归道山，能无增慨。酒逢阮籍施青眼，诗许陶潜结素心。待取琼箫吹凤下，好从空谷听鼪音。

钟庚山姚明之同以七月十八日诞生今岁适合
百龄同人集南塊草堂即席用明之赠诗原韵

数到梅花一榼携，草堂春酒喜同跻。春初，子枢世叔举梅花会，选两人合百岁者各携一肴饮于花下。已知连袂亲情洽，庚山、明之为济阳僚婿。况是悬弧此日齐。妙笔钟繇云鹤舞，庚山工书。新诗姚合露毫题。明之工诗。礼经早著十年长，庚山长明之十岁。易道应从五位稽。庚山年五十五，明之年四十五。鬓映湖光烟锁柳，东坡五十五岁在杭州浚西湖筑堤，庚山美鬓，故云。醉吟鬓色雪侵梨。乐天有四十五诗云："行年四十五，两鬓半苍苍。"乐天自号醉吟先生。婿乡快卜乘龙愿，庚山郎君为余婿。邻树阴分宿鸟栖。明之与余家卜邻已数世矣。丹阙拜恩欣释褐，庚山以覃恩入成均，就职州别驾。紫霄得路便登梯。羡君莱彩成欢处，争睹文星聚壁奎。

闰七夕

碧汉青霄淡不收，人间天上两绸缪。衣裁云锦翻新样，节驻星轺忆旧游。暑退荷池残盖雨，凉生梧井别枝秋。支机自是无双品，争许重来犯女牛。

乞巧前番巧不多，今宵得巧复如何。蛛留玉盒应添网，鹊驾银桥惯渡河。笑度鸳针搜故箧，闲拈凤管按新歌。十年容易逢秋闰，莫惜行云一再过。癸卯年亦闰七月。

汤雨生都督挽诗用绝命词韵同明之作

有天不共戴，肯老故园秋。沥血鲜长策，攻心谁伐谋。月沈瓜步暗，云惨海门收。一夜悲风起，江声咽石尤。

横刀一掷笔，数字凛千秋。祖父幸无忝，都督三世皆没于王事。身家何暇谋。丹心淘浪净，侠骨带香收。半壁留遗恨，偷生忍效尤。

送云舲叔赴选入都即用留别原韵

紫凤书衔天上春，肯容泉石作闲身。三年薄宦非嫌冷，两世高科不疗贫。贡禹弹冠欣遇合，长卿乘传慰交亲。故乡遽听弦歌化，好咏桑鸠上下均。

福星一路颂声传，共道臣心似水泉。民有疮痍情易感，任当盘错力弥坚。荒鸡舞月惊残梦，伏骥嘶风奋往年。应是澄清怀素抱，不辞辛苦去朝天。

江楚频年烽火多，驱驰戎马控关河。巢倾粤峤山留藁，帆转津沽海息波。投笔壮怀增慷慨，鸣琴雅化惜蹉跎。而今得遂请缨愿，不负床头宝剑磨。

离怀最易感年华，公独庭闱乐事加。春草有诗应入梦，时诗舲叔以少宰督学畿辅。客车就馆似回家。莲生弟以考取教习留京。瀚云出岫为霖溥，寒月盈樽对菊斜。指取一弯阶下绿，相随直接凤城霞。

四时仕女图

桃花如火柳如烟，隔院啼莺揽午眠。似醉情怀非中酒，厌厌风日困人天。

碧罗衫子碧罗裙，水阁招凉日已曛。最爱蕉阴深处坐，珠兰斜颤鬓边云。

嫩凉天气晚妆初，露似真珠月似梳。清瑟任歌纨扇恨，不题红叶付沟渠。

芳梅消息盼江干，织锦诗成欲寄难。争似围炉闲索句，满庭风雪不知寒。

古龢集吾家故事作书画见贻赋谢

笔致钟王着意摹，更将旧事谱新图。举杯为问生花管，写得投怀玉燕无。

谷阳门外水东流，四目张仙石像留。底事读书真种子，眉山犹待露香求。时余无子，故及之。

官军收复上海

征鼙一夜振如雷，喜听铙歌入耳来。风扫枯枝全盛力，烟消焦土劫余灰。鲸鲵手戮申天讨，鹅鹳声喧忆将材。戎帐论功争献馘，城边白骨积成堆。

刻期翦灭耆天威，爆竹声中奏凯归。迭奉严旨以岁朝日入城。入釜游魂鱼共烂，良民有罹害者。倾巢危卵鸟高飞。贼首潘小镜子尚未弋获。捷传羽檄驰江甸，寒咽城笳对夕晖。差喜海隅借休息，也教泚笔咏无衣。

题大别吟秋图

橐笔经行处，秋风引梦长。车尘消岁月，诗境入苍凉。颍水归帆暗，山城落叶黄。登临无限思，收拾付吟囊。

方秋厓先生七十寿言

读书贵明理，是非纷不淆。学医能会通，审察坚不挠。先生真长者，程器耻斗筲。文坛擅时誉，一试冠其曹。先生以府学第一名入泮。儒冠恐贻误，敝弃如弁髦。术以活人用，方向宣公钞。兰台窥奥典，灵枢溯元苞。芒芴歧伯喻，铢两雷敩炮。质味别乌吻，文脚笺秦艽。座抽王马席，帜拔朱张旓。盛名日鹊起，到处闻人劋。千里走书币，驱车齐鲁郊。先生尝应吴霁峰河帅之聘。黄河波浩浩，泰岱峰礚礚。放眸天际回，挥手云边捎。投辖每倾座，入幕非代庖。随俗善为变，更生幸论交。归来息游驾，左右罗琴匏。小筑安乐窝，杯水澄堂坳。益怀利济溥，不厌门庭嚣。俗学苦缪戾，嗛闪矜清剿。阴阳眩反侧，得失竞烋然。讼若经师聚，痒少麻姑抓。先生抉突窟，破的鸣飞髇。膏肓冀可砭，聋瞽翻腾螯。听然一笑遣，枝叶芟辒轇。死生争呼吸，议论穷纤毫。其心发可擢，厥胆身可包。璆琳快先睹，梨枣犹待铇。先生所著《霍乱辑要》已梓行，其余未付剞劂。忆我大父门，广植李与桃。先生出先大父之门。二姚相继没，子寿、子枢两先生。诗酒谁称豪。蔡黻斋母舅顾伯寮、韦人两丈及宗老春泉叔，笔砚同时操。老辈偻指数，落落晨星高。先生喜健在，矍铄足自谹。近习辟谷法，言寻赤松邀。须眉清且古，步履捷能跑。行年今七十，揽揆却酒肴。百花共献寿，红紫吐枝梢。诞辰为花朝日。登堂羡彩舞，绕膝含饴胶。鞠胎敬陈词，四座静无呶。良相救时切，良医治病劳。二者功并立，先哲语非嘲。能仁斯能智，同体皆同胞。矧余婴痼疾，调匕几回遭。全家司命视，百岁引年教。此言虽不文，聊以写郁陶。

送古酝游幕武康和刘鸿甫先生韵

橐笔掉头去，问君何所期。浮云渺无定，落月动相思。苕水投纶处，春山品茗时。归装好检点，添得一囊诗。

王蓼洲园林怀旧图

东风十里吹花市，步出城南拾红紫。珺湖人去湖水干，父老歔欷话遗址。相门鼎盛闻不详，太史风流也擅场。谓史亭先生。磨崖好泐平泉记，对月时开绿野堂。一时裙屐浮云散，沧海桑田重回叹。插架图书脉望仙，参天竹木鼪鼯窜。文坛蹭蹬老明经，白头犹着故衫青。谓秋泉先生。春盎轩中勤课子，天香楼里醉倾瓶。忆昔琴樽侍湖上，姚合杨凭共酬唱。幞被身眠方丈云，题名墨洒千重嶂。先大夫守杭时,秋泉先生与姚樗寮先师、杨闲庵先生居停郡署,春秋佳日,载酒游湖,余亦得追随杖履。孤山放鹤鹤不归,柳港金沙送夕晖。剩有梅花三百树,晴烟香雪留人衣。先大父在杭修葺金沙港景贤祠,种梅三百本,与孤山相埒,闻今亦荒废矣。年来忍听山阳笛,舞席歌尘久岑寂。名区胜境且如斯,何况君家旧园宅。君少孤露能读书,经训世宝真菑畲。宝训,君家堂名。芹藻余芬那足道,科名有草莫漫除。一椽卜取南村近,往事重论发幽愤。酒酣索我题图诗,半幅剡藤写难尽。读君记事何缠绵,丈夫意气徒自怜。吟成阁笔一长啸,搔首四顾心茫然。

七夕访古酬归舟有作

情话不嫌久,浑忘长昼阑。古书随意展,名笔拂尘观。得见所藏书画。桃熟融冰润,瓜浮汲井寒。银河停望处,凉意袭轻纨。

偶作乘槎客,篷窗面面开。云随残霭尽,雨带暮潮来。睡鸭青莎稳,鸣蝉碧树催。我行有定准,好望雁行回。

陆越州深山补读图

平原旷世绍先型,况此名山依旧青。吹杖应登刘向阁,问奇还筑子云亭。孤窗夜雨灯如豆,半榻斜阳画作屏。我也楹书遗万卷,十年悔不早心经。

又代作

陈编充栋宇,糟魄复何如。始信名山业,当求有用书。四时都乐景,万卷富吾庐。若展补天手,琅环愿不虚。

送王子兰赴礼部试用留别诗韵

黄钟寂寂釜鸣时,正赋宾筵呦鹿诗。君秋捷时,适重申冒籍禁令,以改归原籍,停试一科。鹏阻风程终奋翮,骥驰云路也施羁。泛江到处浮萍合,流水多情弱柳垂。最是离怀消不得,灵萱健护北堂枝。

廿载京华乍洗尘,君居都中久。依依无那别慈亲。穷途阮籍淹车辙,谐俗林宗垫角巾。梦到池塘诗思苦,话从风雨酒怀新。天涯负米寻常事,漫笑征鸿来往频。

桃花千尺碧波深,世上汪伦何处寻。治装颇不易。客去挑灯犹苦读,兴来把剑一高吟。桐音入听焦留尾,蕉绪抽思绿展心。闻说长安居不易,可堪蔺脍酒常斟。

春风一舸向晨开,多少烟峦入眼来。瘦骞乱迷云外树,孤篷愁折雨中梅。霓裳好会群仙咏,海屿从教万里催。愧我病来成懒拙,蓬蒿封径绿侵苔。

次韵答韦人丈贺生子

努力千钧一发余,中年敢冀大门闾。砚田矧我荒芜甚,剩守藏楹两世书。

珍重芳兰隔岁开,赏花人遇踏歌来。一尊为报添丁喜,遑问他年才不才。

题明之游蜀草即用其过鸡头关韵

秦关连蜀栈,履险若夷平。笔走千夫退,诗成山鬼惊。心胸开万古,戎马老书生。闻说联吟苦,难禁磨盾情。时在四川吴仲云制军幕中。

藤寮初稿

粤贼连陷江宁镇江扬州下流告警避居小昆山丙舍有作

泖湖昔睹火轮飞,珠里曾经款客扉。人世十年多变故,东南半壁重欷歔。壬寅年唉夷滋事,余奉本生母、嗣母及家人避地珠家角,今两母已弃养,室人先亦殁故。龙蟠虎踞城何恃,豕突狼奔扇不挥。百万苍生犹引领,早传旌节渡江归。陆制军闻九江之警,即撤江防兵回江宁城。

昆阴婉娈占幽姿,葱郁松楸念在兹。瓮有宿舂聊慰藉,家无长物易迁移。风帆十里催潮急,花鸟三春出谷迟。却喜邻翁携榼至,不辞深夜尽余厄。

舟　行

月落晓星高,轻风送远舻。蔚蓝同一色,软碧涨三篙。岸曲窥深柳,篱疏间小桃。春来思雨露,力疾敢云劳。时值清明大祭。

山中早行

林薄钟声彻,行行过涧溪。山花迎面笑,野鸟向人啼。雾重衣犹湿,烟空路不迷。田夫勤慰问,何事日栖栖。

翠　鸟

弱羽翩翩掠水飞,衔鱼端为哺雏归。巢从珠树舒红喙,窥向湘帘刷碧衣。岸草丛中浑不见,堤杨深处好相依。虞人莫漫施罗网,身在天南早见机。

荡湾谒夏忠节公墓

微风吹我舟,引入荡湾口。蒲菰青沉沉,千条万条柳。维舟步晴皋,阡墓在道右。残碑卧荒草,拂拭始知某。有明夏考功,姓氏篆碑首。公当明祚终,厄数值阳九。毁家募义旅,仗剑南北走。有志事不成,下结汨罗友。清泚松塘水,呜咽鲸龙吼。松塘公殉节处。公子禀忠孝,年少才名负。从容就网罗,至死不分剖。节愍公坐陈忠裕公狱株死。清风满天壤,浩气贯牛斗。桥潭问古初,画图出名手。年年古招提,俎豆荐春酒。冯少眉先生绘《桥潭问古图》记公殉节事,郡郊直指禅院岁祀公及陈忠裕公。我公归田时,访公知无后。树碣表墓道,正界思永久。樵采禁勿扰,牛羊戒勿蹂。卜兆近邻乡,相望冀相守。荏苒二十年,零落竟否否。我今揖公墓,内顾增惭忸。裴回感往事,晚烟起陇亩。空山鸟乱鸣，原草碧拖绶。沙滩日夕涨，溪梁挂鱼笱。日落纸钱飞，公墓独无有。惟有青芙蓉，伴公长不朽。

生　女

往年有二子，眉目画明姿。阿淦甫学走，牵衣索枣梨。阿燕岁未周，哑哑笑又啼。岂知婴暴疾，一子罔留遗。西河痛泪尽，伥伥何所之。幸读良友箴，冠甫贻书规我。使我心开迷。投杖蹶然起，满引数巨卮。余素戒酒，以丧子故狂饮数日。昙华偶示现，旧事不重提。今年芳信动，又见发荄黄。花枝姣婀娜，风雨愁离披。矧值烽烟逼，城郭都迁移。内顾心彷徨，小憩昆山祠。但愿大吉利，曷计罴与蛇。征兰固无兆，奈此门祚衰。弄瓦今三咏，未必荣门楣。有客款我扉，手携陶令诗。坐我碧桃下，一读一解颐。弱女良足慰，谁云非我儿。靖节和刘柴桑诗云："弱女虽非男，慰情良胜无。"本为无聊之词，余实其意而用之。诗言若先导，掩卷耐长思。惠风穿林来，花落满人衣。客起袖诗去，夕阳下迟迟。忽闻灶下鸡，咻咻引雏归。老媪见之喜，道雏尽皆雌。

闻布谷

桑阴如盖柳如丝，布谷声声绕树枝。正是麦黄葚熟后，看蚕天气插秧时。

小雨浟溦土脉和，春泥碧草积横坡。水田耙得平如镜，记取今年下种多。

见老牛运水车

黄梅不雨晴风干，老牛盘旋下沙滩。滩头潮上水车动，龙鳞片片翻波澜。老牛运水声轧轧，桔槔圆转春泥滑。剖竹还将两眼遮，错牙早睹四蹄跋。青青杨柳绿苗齐，茅蒲襏襫扶锄犁。饷田妇子桑阴坐，但听陌上春鸠啼。春鸠唤雨遍田畴，归来闲卧草根愁。今年南亩辞轮轴，明岁西山换健牛。古来患难易同功，安乐几人保始终。君不见风吹穈秠黄云熟,又见屠门卖牛肉。

杨柳桥

　　杨柳依然绿,丝丝引客愁。片云山雨集,曲港水云浮。仲蔚蓬蒿宅,襄阳书画舟。此中容我隐,何事羡沙鸥。

郡境九峰昆山称首游者以山童石顽下等部娄辄赋斯篇为山灵吐气

　　峨峨九峰青,发源自天目。昆山接支脉,蜿蜒势起伏。圆形类盂盎,童然鲜竹木。邱垄千百堆,牛羊散游牧。萧寺钟磬寂,草深断碑覆。游屐一探眺,兴尽辄停躅。豹雾窥一斑,徒贻山灵辱。吾从山之阴,偶出东西麓。石壁削顽巉,下临绝涧谷。坡陀隐亏蔽,岩磴萦叠复。斑驳苔藓古,雨后滋生绿。儿童竞采取,登盘充野蔌。新晴云气静,丹崖煊晨旭。倏忽万状变,向背互寒燠。策杖登山椒,迤逦纵遐瞩。淀泖白如练,环峰列屏轴。田塍从横错,林树翳茅屋。极望川途长,洲渚杳纡曲。到此心神怡,何事歧途哭。宇宙大文章,元气浑然足。峻整见骨力,简淡耐寻复。造设竞华丽,无乃伤繁缛。幸兹太古风,起予私心淑。世人贵耳学,惊奇炫流俗。黄金埋沙中,抱璞弃良玉。置身白云间,俯仰渺幽独。何处读书台,悠悠思二陆。

书金陵述略后

　　穷兽延残喘,烽传瘴海边。贼起广西,据永安州城,大兵久围不下,窜出势复炽。杨花乱舞地,洪水又滔天。贼首洪秀全、杨秀青最猖獗。西北雄兵集,征川陕索伦兵会剿。东南正赋捐。应解各饷率皆截充军需。长江弃不守,此恨石难填。陆制军撤兵先回。

　　将军百战死,祥将军力战徇节。竖子竟成名。陆制军遇贼被杀。痛哭无长策,流离说太平。贼伪号太平王。狼心贪不足,虎口脱余生。泪尽还流血,空怀北望情。向军门未至。

枭獍心叵测，妖言到处扬。绮罗成小队，贼掠妇女廿五人，以一人统之。兄弟尽他乡。贼随处裹胁，呼为新兄弟，其自广西来者谓之老兄弟。改服阴谋险，贼伪称明后，改易服色。穿窬故技长。善穴地道。独怜愚蠢辈，延颈伏王章。

草泽争雄长，纷纷窃国侯。舳舻江岸蔽，烽火客心愁。明月怜瓜步，悲风起石头。戴天身莫寄，那禁杞人忧。

避地昆山笼二鸽纵之去余归三月鸽亦还巢感而赋此

闻说兵氛急，乡园日杜门。扁舟移古岸，孤月下山村。双鸟凌空去，他乡托迹存。那知三月后，旧梦又重温。

健翮摩霄上，盘空近太清。眼迷青嶂合，身入白云轻。露宿知何处，山栖梦不惊。故巢无恙在，犹恋主人情。

昔作传书使，吾家故事留。艰难毛羽长，辛苦稻粱谋。四海家何在，三霄志未酬。青云无足羡，安稳度春秋。

朱评茶骑尉挽歌死九江之难代作

瘴海扬波楚氛恶，滨江风浪掀天作。大帅征兵羽箭驰，男儿有志腰弓跃。朱君少读韬钤书，细柳营开习阵图。壮怀直欲鹏抟海，小丑那堪虎负嵎。昨朝捧檄躬擐甲，掉头出门剑腾匣。孤帆直指彭蠡湖，偏师独扼老鼠峡。莲花幕下肃刁斗，漫论功人与功狗。酾酒临江握槊歌，椎牛飨士驱山走。烽燧惊传鼙鼓来，城楼画角吹喧豗。飞胯贯石掣流电，巨炮连珠轰怒雷。靴刀缚袴奋然起，誓扫欃枪灭蜂蚁。此身许国折不回，众志成城屹如峙。短刀长戟纷支撑，指挥貔虎竭力并。报道旌麾渡江去，阵云顷刻齐颓倾。陆制军遽返金陵，兵遂大溃。君独持军止不返，枕戈犹待旄头选。周处无援竟慨慷，孙恩据岛稽诛殄。江干月黑霜华飞，正是将军毕命归。空怜蹀躞嘶风马，剩有模糊渍血衣。衙兵骑卒同声恸，报国何分贱与贵。一时从死十六人，凛烈英风有生气。麾下死者十六人。呜呼自古皆有死，矧兹大节炳青史。

草间求活真庸才，敝革裹尸乃常理。堂堂幕府传文檄，始晓君身膏锋镝。节钺徒惭陆伯言，须眉枉说杨无敌。我读诔词犹动悲，何况高堂涕泪垂。英魂毅魄今何在，流水高山系所思。乘云渺渺归乡土，灵风飒爽若可睹。焚椒今日酹一卮，华衮他年永千古。

闻向军门援兵至

天堑失雄险，将军倍道行。四郊多战垒，万里恃长城。金鼓晓风震，征笳夜月鸣。将材不易得，何日大功成。

官军退屯丹阳

散发乘凉夜，金鼙动地来。举鞭千骑走，挥扇一帆回。蜂虿留余毒，鹳鹅付劫灰。可怜京口月，犹照雨花台。

从军乐

五陵少年任游侠，臂鹰走狗夜围猎。弹筝楚女举金樽，倚门齐客歌长铗。军书昨夜到边城，忽闻腰下吴钩鸣。玉靶角弓白羽箭，珠勒汗马黄金缨。百金装鞭千金鞍，行厨食料支大官。但看纸上空谈易，不识临几决胜难。昔日玉门怨行役，今时珠履建奇策。朝廷显爵论武功，郡国小侯拜恩泽。霜笳吹落月轮秋，鹿巾貂帽鹴鹴裘。博取头衔荣妻子，黄沙白骨无人收。

藤寮续草

上海寇警

櫐枪犹未灭，江宁诸城尚未克复。烽火又相惊。横海谁飞渡，临江空结营。人情偏好动，天道恶方盈。日暮鸣笳起，旌麾早入城。太守潜夜回城。

养虎自贻患，萧墙祸忽生。闻谋逆者即所练建广义勇。袁丝悲失策，明府袁公被害。吴玠枉知兵。观察吴公自刎不殊，为夷人救免。星落剑花迸，云昏雷火明。申江潮汐至，呜咽不成声。

再徙昆山宗祠

鹤唳风声不自由，惯携家具泛扁舟。弟兄幸作天伦聚，时叔父及弟辈皆居祠中。堂构当思先泽留。"规模朴属承先泽，堂构留贻待后贤"，宗祠中堂楹帖也。远岫连天晴入画，空阶落叶晚惊秋。嗟余独抱文园病，无限新愁并旧愁。

山　居

山居绝尘迹，澄怀观古今。干戈肃民志，礼乐范人心。世风趋愈下，江河不可寻。孰知义利辨，判然分人禽。此理或未息，吾力非所任。何如归山中，白云深复深。田夫结侣至，稚子提壶临。肥硗察土脉，秔稻绿沈沈。理乱口不道，纷纭事莫侵。瓮有宿春粮，聊且开我襟。古书随意读，浊酒时复斟。无为羡越鸟，乃始发吴吟。

采　药

采药循山麓，山草正繁芜。携筐拾松叶，荷锸劚云肤。二苓不易得，双术矧本无。邻山有土参，团玉润而腴。园中何首乌，藤蔓交岩株。下有千年形，支干同儿躯。郁郁冬青树，结子累如珠。时珍阐其蕴，金玉品不殊。我病因沈顿，对此良自娱。服饵苦无术，聊用充山厨。橘蠹犹存核，莲残不弃须。此中有消息，何必求丹壶。

病　叹

羸卧空山里，无言心转伤。少年意气尽，渐已鬓毛苍。秋至先嫌冷，风侵不待狂。壶公今不作，徒自羡长房。

雨后眺横云诸峰

霁景初开敛夕烟,山光掩映列窗前。千重空翠云容净,一径斜阳石骨妍。岭树影遮帆布暗,瀑泉声溅水珠圆。碧崖丹嶂都成画,愧少鹅溪墨妙传。

寻乞花场

荒径少人迹,种花人不归。才多身足累,事与愿相违。云杖迷青霭,霜钟下翠微。萧萧白杨树,日夜看乌飞。

中秋夜雨无月

广寒宫阙闭重门,烟树迷离雨气昏。满目山河风景改,那堪烽火照江村。是夕贼陷青浦。

官军收复青浦

城头夜夜鸱枭鸣,凄风苦雨月不明。中秋日贼乘雨陷青浦。鼙鼓喧阗声动地,官衙一夕衣冠异。贼取优人衣冠为服饰。闻道将军天上来,兽奔鸟逸城门开。将军赳赳真威武,舸船潜入由拳浦。火箭纷驰屋瓦飞,霜刀戛击阵云舞。赤龙吐珠紫电宵,飞廉助威烛霄汉。枯树枝摧巢鸟倾,濠池水涸窟鱼烂。声言追贼贼去久,搜括民家更何有。淮右无须百战功,咸阳不惜一坏朽。梦魂惊越心胆寒,哭声直上青云端。耶娘妻子不相顾,忍把婴儿弃旁路。路逢军士横刀瞋,半出闉阇半化尘。可怜烂额焦头客,尽是耕田凿井人。君不见,贼如鼠,兵如虎。贼来愁,兵来苦。昨朝避贼去浮查,今日避兵天之涯。浮查尚有回头岸,天涯一去归无家。

野　眺

向晚野弥旷,浮云自往还。柳堤初谢翠,菱溆尚含殷。宿鸟投林疾，归牛饮涧闲。南村同此景，只少一房山。

庭中四桂开落自如今岁居山始见其盛

丘壑投闲处，庭花任自开。螭窗尘结网，鸳瓦绣生苔。招隐青山去，寻香翠羽来。料知歌舞地，岁岁酝芳醅。

小山留我住，况此钓游乡。露重湿秋影，风清生暗香。寒蝉衣褪绿，冷蝶翅舒黄。寂寞幽庭下，无人也自芳。

重阳日大祭敬纪

汤沐圭田广睦姻，杭州府君置义庄祭田以赡宗族供祭祀。菊樽萸酒荐明禋。百年俎豆重阳节，三叶云礽十五人。叔父而下与祭者凡十五人。碑记从知勤述德，杭州府君撰《传砚堂记》泐于壁。乐章何日谱迎神。余欲作迎送神曲未果。环阶妇孺观瞻肃，两度亲搴南涧蘋。清明节亦以警报避地于此。

辉煌庭燎耀西隅，秋露春霜志不殊。时雨空蒙兰砌润，灵风飒爽桂旗扶。参天古柏披璎珞，满室名香爇鹧鸪。肴核备陈昭穆序，一堂饮福任欢呼。

庭桂又花叠前韵

攀折情未已，秋风报又开。高怀仍薄汉，小坐更侵苔。金粟前身是，琼林几度来。似因招胜侣，不惜发新醅。

昔日散花客，重来仙子乡。热风蒸不散，吹落月中香。蒻叶云犹绿，簪鬘额半黄。只应捣药兔，长此伴芬芳。

藤寮杂咏

水榭三楹敞，山房一带深。阑干围录曲，花木助幽森。春日香生玉，秋风粟缀金。虽无济胜具，聊作卧游吟。

门对南山秀，床联北阁凉。烟云曾供养，筱田府君染翰之所。榆柳自成行。杭州府君广栽树木。柏叶参天翠,菱花出水香。言寻钓游地,遗泽不能忘。

小筑云林景,无多结构奇。编篱通曲径,垒石肖圆池。山鸟声相合,野花名不知。悠然心契处,田水正溅溅。

林曙晓钟动,晴光霭碧空。霜桥人迹少,烟渚水波融。棹发蘋摇白,窗明蓼映红。西来山气爽,旭日正瞳昽。

舍北溪流绕,村南略彴通。岚光收薄雾,云气抱长虹。香送门前稻,秋肥雨后菘。扁舟残照里,疑在画图中。

樵叟穿云去,山僧踏月归。种蕉留大荫,艺竹引清晖。水落岸花密,泥融畦菜肥。虎溪人不至,一笑掩双扉。

米舫书盈几,周庭草弄烟。凫嬉张翅湿,蛛稳抱丝圆。远塔倚峰侧,孤帆指日边。小园谁作赋,秋水待成篇。

画意传摩诘,闲情托志和。丹青自游戏,蓑笠听讴歌。蓬卿弟伸纸作画,晓卿弟结网取鱼。鹊噪晴枝起,蝉鸣晚树多。墙东花影舞,纤月挂松萝。

黄叶下山路,萧萧满径秋。南荣喧负背,东墅月当头。卷幔花香入,凭栏袖影浮。一声长笛起,何处倚高楼。弟辈弄丝竹。

鸡黍留宾话,桑麻与俗谐。要知为善乐,余以《善恶因果图》黏于壁。始信读书佳。"为善最乐,读书便佳",湖亭门帖也。水荇丝牵带,岩松翠拾钗。乡风清淑好,此处即无怀。

有所思

咫尺云山别,相思两地心。所思不可见,不见思转深。烽火愁天地,交情感古今。空余锦上字,何以慰知音。

钓　鱼

我学钓鱼来鱼乡,小鱼千万不可量。且留濠濮乐徜徉,忍令溉釜充馋肠。东海之滨水洋洋,大鱼丑类窟其旁。喷风鼓浪贻灾殃,杀之庶足靖一方。譬如擒贼当擒王，狐狸不问问豺狼。安得持斧入箃筜，斫取琅玕百尺强。镔铁镕作钩逆铓，上组五色彩丝长。下设百味甘饵香，耸身云外投苍茫。絪缊万丈腾光芒，鳅鳄窜死鲸鳌僵。蛟螭伏息潜远扬，天吴灭没魍像藏。骊龙稳抱珠夜光，海风恬静波不扬。

五舍兵船

炮声东南来，烟气散林薄。云是浙江兵，路经沪沙泊。腰刀争咤叱，弓矢尽成橐。登岸入市门，虪虪不受约。虪，天口切；虪，郎斗切。兵夺人物。十钱买斤肉，鸡鸭随手攫。村民皆赤子，积愤那敢作。国家二百年，养军古莫若。诏糈制名粮，武功拜勋爵。开边数千里，画象紫光阁。孤寒奋迹起，建牙媲褒鄂。当其行军时，纪律严剽掠。闻命戒征途，戴星启行幕。岂作壁上观，欲前步反却。吾思邯郸城，晋鄙真可斫。

咏　史

矫矫狄武襄，材略不世出。昆仑夜独关，智高应时灭。杀人乱如麻，沙场积战血。中有金龙衣，疑是智高骨。诸将效首功，争欲奏丹阙。武襄持不可，未审虚与实。厥后函首至，乃知死蛮穴。向非识见远，贻诮千古笔。纯臣公明心，日月昭若揭。愿受无功诛，不敢诬圣哲。

东　溪

偶放东溪棹，微波生晚秋。石桥篱下路，田水屋旁流。老树蟠危岸，寒潮束浅舟。碧云天际净，回望月如钩。

官兵围上海

王师无战兵，四海示无外。蠢兹么麽丑，奋臂当车轪。燕幕恃危巢，虎岈抗征斾。桓桓大中丞，韬略时称最。中丞许信臣先生著有《乡守事宜》。剖符下郡国，江汉雄师会。征粮鲜饥色，募饷任司会。枪矛耀日星，艨艟蔽尘壒。绳梯入云高，炮石激雷磕。士气百倍生，攻具无不载。开府辟贤豪，高冈凤羽翱。赠策笑绕朝，塞井夸范句。朝献万言书，夜上分条对。议论多无功，鄙哉肉食辈。譬如筑室然，道谋成不溃。枯鱼游釜鬵，狡兔肆诈狯。无异井底蛙，取之可不蔡。顿兵非上策，旷日生玩愒。所当一鼓气，锐进勿懦退。何事逍遥游，坐令夜郎大。

疟　疾

金天德衰惑巫史，有鬼俶扰乱时纪。阴阳反覆构炎凉，不才谬托高阳子。我仁遇之心忡忡，绳床僵卧如寒虫。有时口咽冰雪水，有时身落洪炉中。手足拳局齿牙战，玉楼起粟银海眩。忽然汗气云雾蒸，头角涔涔意弥倦。人生顷刻备四时，寒热往来有定期。南方瘴湿无足怪，北人不识多忧危。安得终南进士守门户，拔剑四击婆娑舞。驱除天下虚耗鬼，洗甲休兵颂时雨。

闻　雁

寥天群籁息，征雁一声哀。孤月湖中白，寒云塞北来。吹笳惊陈散，隔浦寄书回。今夜乡心切，归魂几度催。

田　家

侵晨趋南亩，禾穗日滋长。晴陇屯黄云，风吹镰刀响。老翁携稚子，曝背柴扉敞。少妇下织机，馌饷自来往。鸡犬散墟落，鸟雀纷喧攘。疏篱插野花，荒山拾栗橡。三时力不违，数口家能养。终年自勤动，篝车祝丰穰。租输吏无扰，酒熟朋借作朋友之朋。斯飧。衣食生计足，超然绝尘网。日暮牧童归，苍茫歌击壤。

归　阻

晴碧澄千顷,呼舟欲问津。云山偶延眺,霜叶自精神。病鹤低垂翅,潜鱼懒纵鳞。孤灯照寒壁,愁绝苦吟身。

别山中父老

明月留人住,山中不独看。隔溪闪渔火,故老劝鸡餐。新酒红泥熟,寒灯绿焰残。扁舟来日去,目断钓鱼滩。

暂别还当见,相思一水通。吾生如寄舍,世事尽飘蓬。惊鸟飞无定,浮云望不穷。海波犹未息,转自惜匆匆。

山　港

石齿棱棱出,轻装过碧溪。岸回村树失,潮上市桥低。山色青相送,蒲秧绿不齐。归舟催浪急,风雨任凄迷。

徐村塘

击楫豪情减,中流也自波。朔风吹雨至,归棹逆潮过。到岸浪花散,连村露积多。推篷烟水阔,隔浦起渔歌。

归家用再徙昆山韵

逃名漫道学巢由,归去心同不系舟。驯鸟有知迎面起,闲云无意劝人留。长松雨洗参天翠,残菊霜侵满径秋。闻说催科今正急,旧愁未了又新愁。

围城不下

寰宇承平久,潢池敢弄兵。溃堤防蚁孔,浇海息萤明。星指旄头落,雷闻霹雳惊。鼓声犹未竭,队后早鸣钲。

将军不好战,坚壁复深沟。天子劳南顾,苍生切隐忧。海城孤月小,浦树暮云愁。借问登坛者,伊谁国士酬。

男儿身许国,慷慨赴同仇。浪战固非策,顿兵谁伐谋。文渊还裹革,马千总阵亡。越石啸登楼。刘松岩明府攻剿屡胜。壮志成虚愿,徒令羡海鸥。

一炬怜焦土,三军大合围。火飞肃慎矢,声震佛郎机。朔吹传刁斗,寒霜透甲衣。捷书何日至,极目盼征骓。

苍鹰行

黄沙百草秋郊寒,苍鹰陵厉长风搏。金眸铁距剑翩劲,翱翔下视云漫漫。欸如掣电掠空际,攫取飞鸟园田间。翻腾直上不知处,风毛雨血纷斓斑。我闻丹穴之山有老凤,身栖梧树餐琅玕。文彩九苞备五德,左列孔雀右鸂鸾。鹦鹉前歌鹤后舞,族类何至相摧残。可知仁暴禀殊性,万物并育分灵顽。枭子食母乌反哺,非独此鹰难例观。豪门少年臂韝出,纵横搏击矜霜翰。那知饥附饱飏去,空令注目发嗟叹。安得猛士挟弓矢,控弦射落青云端。觜爪快利竟何用,一鸟既死百鸟安。呜呼!一鸟既死百鸟安,乡村自此无后患。

客述金陵近事

姑山烽火接钟山,枉说东南第一关。暮雨白衣乘鹢首,秋风赤壁失螺鬟。玉桥明月人何在,铁瓮孤舟去不还。剩有江头一片土,可怜无泪洒潺潺。

将军向宠夙称能,建节江南倚股肱。部曲临淮遗法在,向军门为杨侯部将。艨艟横海习流乘。风声猎猎旌旗壮,雨势沉沉金鼓增。却道贼人惊破胆,几回揽辔说威棱。

海上杂感

频年海内苦劳师,又启封狼狡兔思。闽广匪徒乘粤贼据金陵而起。干羽未孚虞乐舞,衣冠妄拟汉官仪。贼蓄发取伶人衣冠为饰。万家烟火

留空壁,五色云霞立画旗。叹息袁崧身许国,徒闻遗垒叫枭鸥。明府
袁公被害。

吴淞江绕故关雄,羽檄飞驰西复东。时川沙、南汇、青浦、嘉定土匪
乘间滋事,攻陷城邑。入海孙恩犹抗命,和戎刘敬耻论功。帆樯出浦收
残雨,箫鼓连营咽朔风。日暮行人望云树,伤心不独是途穷。

龙华重镇拥貔貅,满眼尘沙战未休。黄浦暗添潮汐恨,白头怕说
乱离秋。弹丸直用靴尖倒,带水何难鞭策投。独叹当年通岛市,至今
贻患海城陬。每接仗,为嗖夷所持,故无功。

翻因投笔事戎骖,千里兵机帷幄参。良马已经空冀北,征鸿何事
过江南。筹边漫诩攻心策,入幕徒矜抵掌谈。荒草离离缠白骨,那知
虎帐酒方酣。

练　勇

棨戟高牙判兵食,一人虚占两人籍。官符火到募健儿,里胥督促
争奔驰。市佣白徒奋臂起,乱书年状投名纸。少林拳法杨家枪,长矟
短叉尽呈技。日博青蚨二百钱,妻儿衣食毋忧煎。但愿贼艘不渡浦,
夜图酣醉昼常眠。狂风一夕波浪作,徒有群鸟集空幕。

浮家小草

寇警日近移居小昆山

虎林刚说贼锋销,又道胥台一炬焦。溃散竟同唐节度,勋名谁勒
汉嫖姚。莺迁幽谷云封径,兔走平原电逐轺。独有老农了无虑,烟蓑
雨笠插新苗。

问谁揽辔志澄清,涉世方知路险平。敬业才疏婴利刃,睢阳力竭
倒长城。五千里外遗残孽,二十年中几被兵。燕子堂空人又去,青山
展笑似相迎。

庚申纪事诗

　　歌功奏雅,既乏清才,磨盾挥毫,又无健笔。山居戢影,随事敷辞,不暇求工,聊取纪实。后有作者,或俯采焉。咸丰十年九日。

　　将军向宠失长城,正赖张侯只手擎。何事计臣偏掣肘,土崩瓦解势如倾。向帅没后,幸张殿臣提军为苏松保障,乃以粮饷不继,诸营溃散,贼遂下窜。

　　玉峰烟焰接青龙,贼骑长驱疾似风。广济桥头水呜咽,阵云顷刻满城红。五月十二日贼陷青浦,十三日贼逼郡城,大桥兵溃,城遂陷。

　　天马山厓圆智寺,人行如蚁帜如林。护珠塔下烛龙起,夜半冬冬更鼓音。五月十二日贼蚁聚干山,夜于浮屠前树巨木,悬一缸,中置油絮,焚以为号,彻夜鼓声不绝。

　　杨家坟院接张坟,渡口无人路不分。最是夕阳无限好,荒山咫尺万重云。贼至杨家坟,又至受书坟,屋去昆山仅半里许,至夜不出。

　　斩将搴旗胆气雄,援兵不至命途穷。江东下令真男子,俎豆千秋地半弓。贼初至时,娄令卞公获持蠹悍,贼戮之,营弁逗遛不出,遂遇害。

　　闻道红巾过大桥,长衢短巷涌如潮。刀环响处双扉破,但听声声呼杀妖。警报一至,遍地皆贼,贼呼官为妖,常呼杀妖以助势。

　　雉堞巍然空在望,西林瞥见义旗收。豺狼不幸逢当道,元宝花边任意搜。贼入城毫无堵御,西林寺团练局尽散,贼遇人辄索银洋。

　　局信传钞探不真,诡词贻误彼都人。绕篱榛莽蔷薇刺,恨煞昂藏六尺身。青浦失守,县令禀府称出城堵御,后乃知为借词遁避也。

　　巢湖巨舰泊吴江,空作梅花碍水桩。载得一船帆脚重,高歌尽谱二簧腔。巢湖船为贼先导,所至辄满载而去,跨塘桥外梅花桩不能遏其出入,唱二簧调自鸣得意。

　　门窗毁尽穴垣墙,胠箧倾箱更负囊。叱咤一声惊破胆,两三结辫似驱羊。贼掠人负物必连辫发而行。

　　立马横刀怒目瞋,肩挑背负受艰辛。官场到此真儿戏,进馆还须谒大人。贼所居曰馆子，头目曰大人。

入门尽属新兄弟，口号惟传老友朋。毕竟读书犹得体，先生两字是尊称。贼掠人口曰新兄弟，通文墨者曰先生，每夜有口号传于各馆。

红裙绿袄美人装，博取当筵笑一场。白粲青钱狼藉甚，半和腥血半泥浆。贼掠艳衣演扮以为笑乐。

正朔颁行讫四夷，那容域内反参差。耶稣余孽蔓延毒，也颂生天赞美辞。贼日辰与宪书不符，奉天主教，又与西洋不合。

三教同时遭浩劫，天愁地惨日无光。千年古迹归空界，剩有浮图倚夕阳。文庙古铜器多击碎，神佛象设颠倒弃置，兴圣寺钟楼毁于火。

乡村日日遍搜罗，草稔花其一刹那。霍霍磨刀声未已，黄鸡白鸭又肥鹅。贼掠乡村，凡猪羊鸡鸭掳掠殆尽，去时焚柴屋为号。

搜寻金玉共珠玑，书帙掀翻落叶飞。却有三般真出色，栰工舟子与裁衣。贼弃书籍污秽中，每掠成衣栰工，为冒做官兵号衣，及剃发逃生计，又不谙水道，多掠舟人。

木筏编成誓渡河，灯光千百稿人多。竹签插水锅悬堞，螳臂居然奋斧柯。贼联门作筏，缚草象人，意欲入浦，又削竹插濠中，碎锅排城上，为固守计。

对人不讳道长毛，此辈原非命世豪。为鹳为鹅浑莫辨，横行恰似蟹双螯。贼自称亦曰长毛，行兵出两路曰蟹螯阵。

忽传伪示到乡村，进贡还教造册存。底事奸民通线索，满船鸦片又鸡豚。贼劫乡人造册进贡，凡进贡者给钱购买烟土食物，故奸民乐为之用。

民团有勇且知方，七宝声名到处扬。可奈前茅无后劲，养兵徒费大官粮。七宝民团杀贼多名，后以官兵不力，贼得乘间而入。

沪渎江边牧马班，肉林酒海米成山。如何六十洋枪手，逼向通波去不还。贼初犯上海，适夷兵登郡城，贼闻洋枪声不绝，遂惊疑而遁。

长毛去后短毛来，画栋雕梁付劫灰。不道纵横泖强盗，顿教贼势一时摧。郡西屋宇半为土匪所焚，贼呼土匪为泖强盗，二十七日夜遁，见城西人众，乃折而北。

鸟困樊笼马絷维，高飞远引再生期。南人柔弱偏轻滑，野渡舟横竟不知。贼遁，被掳者多逸出，贼谓松人易掳亦易去。

兽奔鸟逸作逋逃，剺发披衣弃佩刀。尽道可怜不足惜，纵宽天网付洪涛。郡城收复时，贼四窜乡村，沿途擒戮甚多，昆山亦获二贼沈诸河。

誓师克日剚鲸鲵，白鸟红毛练勇齐。谁料倒戈成反噬，又教烽火达城西。夷兵攻青浦城将克，白鸟船阴与贼合，反为所袭，贼遂窜郡城。

花衣绣帽孩儿队，文面雕题伪籍编。见说杀人如草芥，纷纷犹署太平天。贼掠幼男，装饰尽美，又有一股，所掠人口面上额间或涅刺"太平"两字，或"太平天国"四字。

仙人自昔好楼居，丛桂堂中话不虚。斧钺未加先夺魄，雷霆风雨暗驱除。试院相传有狐仙，贼入城不安，以为狐仙所扰，其实天夺之魄耳。

三泖楼船白布帆，标旗队队列官衔。谁知入市抽刀起，红线盘头窄袖衫。水勇通贼，装束无异。

联艘直达富华塘，滨泖横行势莫当。几处悲风吹浪起，招魂何日命巫阳。贼从富华塘掳掠，各村投水死者甚众。

茫茫出走丧家狗，碌碌因人涸辙鱼。妻子耶娘不相顾，天涯何处是安居。警报迭闻，处处迁避。

短衣草屦走长途，腰脚居然类壮夫。记否水亭消夏日，青山绿树唤提壶。避贼时虽文弱辈亦狂奔尽气，不避酷暑。

干山迤逦又横山，蒲荡芦洲几曲湾。我也乘槎浮宅去，月明自在水云间。村人皆以船为家，避于干山、横山两处。

登高日日试遐观，去迹来踪约略看。回首山椒人屹立，且图弭节作朝餐。泊舟远处，以山头瞭望为向背。

号旗一展胆先销，三五成群隔水招。惊起闲鸥眠不稳，浪花飞处血花飘。贼至裕庄，隔水不得渡，有伏息田塍者，贼见之斫断两手。

篷窗坐雨压眉低，欲问桃源去又迷。禽鸟无知先得气，荒鸡最怕二更啼。《两广纪略》载，遇二更鸡啼辄被寇，今春郡中鸡亦有二更啼者。

慕膻逐臭有余情，歇浦徒夸带水横。慷慨登陴刘越石，悲笳吹散八千兵。贼水陆两路再犯上海，邑侯刘松岩先生拒却之。

阿咸一去杳无音，萱阁兰闱泪满襟。悟到浮生原梦幻，逃禅莫是入山深。成之侄被掳无信，渠曾有披剃之誓。

朝歌暮舞博欢娱，多少贞闱不惜躯。难得从容全大义，几时绰楔表天衢。族嫂沈氏及女闻贼将至，作两缳梁间，其甥李俊卿劝之去，氏指示曰："我早办一死所矣。"贼至，俱投缳死。

吾家杨仆借用。素忠戆，黄渡归来命若丝。三寸柳棺一抔土，九原依旧效驱驰。旧仆杨顺为贼掳至黄渡，脱归病死，余为殡葬于昆山之麓。

天恩祖德幸全侥，四壁虽空土未焦。草绿阶除生意足，花开寂寂雨萧萧。韩绿卿家火，幸未延及。

门庭古径认依稀，老柏苍苍挂夕晖。走马楼空双燕去，只留冷蝶傍人飞。传砚堂门楼及房楼皆废于火。

城门燎火及池鱼，秀野东西一烬余。纵使砚田无恶岁，更谁夏屋赋渠渠。府署前、城濠左右、秀野桥东西屋宇多被焚毁。

昔年堂构经营苦，今日儿孙庇荫多。更喜德星占小聚，柴门开处对青螺。余家避居昆山丙舍，亲友之迁于邻近者时得过从。

菜根滋味咬还长，齑粥生涯贫士常。漫道米珠薪似桂，幽栖未破买山囊。乡居百物昂贵，凡赁屋者多出重酬。

年年社鼓赛神祠，此日家家扶醉归。自是旅人添酒思，秋风榆荚满山飞。郡人寓乡者，村人集资结社，酿饮募钱者，以秋风为辞。

握筇持筹心计多，万间广厦奈人何。我经寇乱发深省，心愈平时气愈和。有平日严于课租者，避地时佃家多不纳。

病骨支离瘦不禁，御寒无计转沈吟。毡裘过分原非福，座右应书勤俭箴。余有宿疾，冬必重裘，今荡然矣。

乡居何事祷苍天，淡饭清茶安稳眠。岂料高阳不才子，朝来暮去苦流连。迁乡者多患疟疾。

向晚蚊声水草边，山村野烧火初然。逢人莫漫惊相问，节过清明不禁烟。远村蚊烟四起，见者必登山探眺。

负嵎虎视势眈眈，又听金鼙过浦南。帷幄应知筹胜算，莫教纸上作空谈。华、娄、金、青四邑绅士有请兵剿贼之议。

闻说天津已解兵，火轮市舶共输诚。勋名倘比汾阳令，香火何妨续旧盟。西夷通市助兵剿贼。

练塘珠里久垂涎，敢道人间别有天。挹注难盈溪壑量，处堂燕雀不知颠。贼于珠家阁、章练塘设伪局，需索无厌。

人心涣散非朝夕，名教陵夷忆老成。手把干将三尺剑，霜锋时作不平鸣。干山有庠生从贼，家中遍帖伪示，恬不知耻。老成指张省三，张平日虽未孚舆论，然能骂贼死，其忠义有可表见者。

长虹横断练公堤，忽复连樯振鼓鼙。潮信远来天地外，涨痕不辨水东西。吕冈泾坝为横潦人开通，阻贼陆路，后贼掳舟由水路入，近浦诸村悉被蹂躏，坝开潮信渐转。

羽檄星驰夜举烽，长船八桨矫如龙。不知何处连珠炮，旅客村人尽宿舂。节帅调长龙船往来泖上，沿村惊疑夜起。

郁葱松柏作燔柴，横潦泾前雁翅排。共道行军严纪律，独令千载忆临淮。长龙船泊横潦泾一带，伐坟树作爨。

室中鬼瞰幕巢乌，官舫还疑乌化凫。仿佛鸱夷归隐日，五湖好写泛舟图。衙署不可居，官寓城外，备有随舟。

东南民力久凋敝，况复干戈未肯休。盼到云帆转辽海，戴天曷禁杞人忧。上年全漕截留充饷。

瓣香久已奉南丰，推毂三吴壁垒雄。小丑何当申挞伐，好听露布满寰中。曾涤生侍郎来节制两江，统兵剿贼。

韩绿卿中翰挽诗

天阴欲雨风怒号，怪枭烈烈鸣林皋。故人惠我书尺素，读罢不觉首屡搔。余得冠甫书，始知君凶耗。韩君世代有隐德，善举难罄中山毫。贤父之后难为子，君独继誉擅凤毛。鹗路秋风早腾逴，鹓池春日迟回翔。君爱藏书富卷轴，传楹我亦珍琳瑯。同时大雅推姚合，异书快读

浮醇醪。姚樗寮先生家藏书甚富，且多钞本。三家鼎立望衡住，互相借校
不辞劳。君尤好奇广罗致，宋元善本搜邺曹。绛云残烬宝片羽，滂喜
墨迹辨牛牦。君见绛云楼藏本，虽断简残编必购置之，凡有黄尧圃先生题跋
者亦无不收藏。其他金石术数学，穷源竟委心丝缫。防湖空画济时
策，君有防湖三策。敌忾还推战士袍。军兴时君举知名士数人，时不能用。
忆自青龙逼烽燧，四郊多垒心煎熬。出门那复干净土，当途谁阻虎狼
嗥。我走昆山君渡浦，不避风日冲波涛。故乡烟树不可见，火云乱掣
金鳞鳌。跳梁小丑志方逞，登楼老子兴偏豪。嗣闻贼退急回视，门庭
隐约埋蓬蒿。君家瓦砾如山积，板扉支拄亟索绹。君顾夷然不屑意，
图书几榻安陶陶。如此襟怀绝高旷，那知疾病中肓膏。天心今犹未
厌乱，厄运一月几逢遭。扁舟从此去不返，东流江水终滔滔。我欲从
君君往矣，黄泉碧落形神逃。鲁鱼亥豕谁共辨，徒令兀坐如酕醄。人
生奄忽直寄舍，招魂何日荐溪茅。既伤逝者行自念，掷笔仰视霜
天高。

移家渡浦有作

　　荆棘丛中幸暂生，匆匆也作浦南行。雪鸿偶印他乡迹，风鹤犹从
呓梦惊。山色青迷烟霭远，波光红映夕阳晴。海门一线银涛涌，似带
千军万马声。

　　登高日盼息烽烟，不道妖氛又蔓延。兄弟十人惟我独，同产兄弟
见在者惟晓卿，今又被掳，危矣哉！妻孥数口仗谁怜。飘蓬身世无余地，
潦草心情未定天。念到生还见几早，者番毕竟着鞭先。亲友迁山者惟
古酝，已南行，不与此难，古酝先被杭州之乱。

　　火燎昆冈玉石残，避秦遑顾夜漫漫。穷愁杜老成诗史，痛哭长沙
策治安。书帙藏山焚砚久，篷窗坐月怯衣单。可怜桥下招魂处，碧血
模糊不忍看。蓬卿遇害。

　　何处征尘照福星，人生聚散本如萍。酒酣剑气横江白，吟苦衫痕
泪洒青。霜满鸭栏溪雾湿，风吹鱼市海潮腥。此行赖有同心友，不患

迷途问已经。时与慎之同行。

世局纷纭类置棋，此中得失问谁知。岂同狡兔营三窟，聊作鹪鹩借一枝。来日大难心转觳，秋风容易鬓生丝。海滨何日铙歌唱，重睹耕田凿井时。

渡浦后闻南路戒严感作

巷启乌衣弛担簦，时寓居王秋涛先生家。一波未息一波兴。泖桥门户兵云集，新埭烽烟市土崩。入穴徒夸擒乳虎，倾巢何惜养饥鹰。松楸葱郁幸无恙，梦绕家山最上层。闻昆山一带近颇安静。

灯火荧荧曙色微，忽闻喧语叩重扉。乘桴浮海人高蹈，避月惊弓鸟远飞。铁罄六州谁铸错，棋争一着在知几。天涯芳草依然绿，可道明年归不归。余有北返之意。

续纪事诗

高克逍遥，兵无斗志，黄巢扰攘，民不聊生，志切同仇，情殷望岁。一帆渡浦，三月栖枝，偶拾见闻，续成篇什。庚申除夕书于南梁寓舍。

隔江望断五云麾，开府东南半壁支。闻说救兵如救火，那堪师老饷空糜。曾制军杳无来信，薛中丞驻节上海，调集援兵。

夷舶由来捷似飞，却愁水草陷胶泥。诸君莫笑秦无策，桥断龙安舟没堤。贼焚龙安桥并沈巨舟阻路。

农夫苦雨日愁嗟，禾未登场穗发芽。升斗且圆馆粥计，夜深杵臼响家家。淫雨兼旬，乡农不克刈获，皆舂谷而食。

鹊噪新晴天气高，村农纳稼不辞劳。忽闻贼过尤墩庙，抛却镰刀理竹篙。贼至干山，乡农正在收刈，闻警皆舍业而逃。

乘锐临城勇敢夸，谁知运蹇厄龙蛇。行间应自娴韬略，筹局如何一着差。向副戎奎素称勇敢，初到锐意攻城，一经蹉跌，遂尔不振。

淮蔡能成雪夜功，昆阳助战借狂风。兵行神速不嫌诈，坐失机宜一月中。久雨后青浦城垣颓坏,贼坐困无固志,官军不进,势复振。

白鸟横行惊甫定,长龙肆掠气尤骄。堂堂正正犹如此,话到兵来胆已销。八桨船沿泖骚扰,村民苦之。

纪律群推虎将严,樵苏不禁突烟炎。暮鸦点点归何处,望断前村老树尖。虎游击部下尚能守法,惟樵采不禁,冲途树木戕伐殆尽。

战鼓三挝锐气销,官军退舍华阳桥。贼来如鼠兵如虎,烟雾空蒙锁丽谯。十月初五日贼犯广富林,大营官军溃退,肆掠城厢,与贼无异。

上方寺院压雄风,法界诸天色相空。雾鬓烟鬟浑莫辨,山僧担月过桥东。贼纵火焚干山寺,寺僧避居昆山九峰寺。

连墙间道出盘龙,瞬息回帆历九峰。向晚村人勤问讯,脱离虎口幸生逢。大营溃散后,贼不复入城,径至泗泾焚掠,折回青浦,是日行舟多被掳者。

林昏月落路歧多,欲渡无舟可奈何。满地黄云遮不住,最伤心处黑旗过。山前渡船早收,不能远避,伏稻田中,有被贼搜出者,黑旗贼杀人尤酷。

火云照耀树林红,几处村庄一炬同。寒粟侵肌人拥膝,唏嘘都作可怜虫。初五夜半连村火起,蜷局小舟,渡泖远避。

戴月披星处泖行,老农鸡黍倍多情。相逢漫说流离苦,听取家家打谷声。初六晚避居长漊民家,是村颇富庶。

池塘春草梦天涯,一旦生离与子偕。辛苦贼中归不易,空闺夜夜卜金钗。晓卿弟父子被掳。

挑灯搦管坐更长,催起征人尽束装。一阵悲风波面起,天边惊雁不成行。蓬卿弟于山前桥下被害。

贼艅满载返孤城,又听兵船笳鼓鸣。此际惊魂犹未定,杀毛声误杀妖声。贼去后,八桨船假追贼名掠取弃余,口称杀毛,人多误听云。

情同枭獍性贪饕,刉复奸民一奏刀。妄说前朝兴废事,椎牛屠狗也英豪。贼掠物初不及耕牛,有杀牛售于贼者,贼遂四出掠食,村牛几为之空。

东阡西陌马牛风,零落野花泪雨中。隐语传闻打水泡,可知幻影尽成空。贼奸淫妇女,谓之打水泡。

满眼干戈扑面尘,天涯几辈哭朋亲。锦衣美食干儿子,道是鱼龙百戏陈。贼掠童子,呼小把戏,美者养为义子。

无端栗主出神龛,得砚图开古锦函。血脉高曾应贯注,千钧一发系谁堪。贼入宗祠,友竹府君神位置神橱外,《得砚图》,友竹府君小像散弃地上。晓卿、蓬卿皆友竹府君曾孙。

枝凋叶落雪霜侵,痛定回思痛愈深。濡笔欲书年月日,凄然展卷自寒心。余重录家谱,自贼陷郡后,族中男女大小已丧十人。

牵衣儿女共啼饥,巧妇难为无米炊。人到穷途嗟失策,亡羊刚悔补牢迟。村中米尽为贼掠,初八日回山,无门告籴,迁乡者始谋他徙。

落梅遍地乱纷纷,雪扫门前界限分。可叹村氓贪口腹,忍看觳觫运刀斤。贼掠弃地上者,谓之落地梅,取之不禁,他村有牛逸于山后,众杀而食之。

按户征粮伪局开,狡焉思逞毒如虺。养成毛羽思冲举,熟读奇书第一才。贼于干山、沈港、富华塘各处设局收粮,有自贼中逃出者,言伪军师常以《三国演义》自随。

赍粮借口受牢笼,比户冬春积似墉。谁料一声江北调,满船得意打先锋。沈港有伪局,村人恃以无恐,贼入忽大掠,人船多失,贼谓掳物为打先锋。

知交落落数晨星,姚合相将问驿亭。我独低徊不忍去,窗前难忘数峰青。时唐梧苏、石泉、周友翘俱南迁,余与姚慎之同行。

芦荻萧萧浦树愁,中流击楫志难酬。斜阳一抹波千顷,恰听渔人唱晚舟。晚潮渡浦。

击柝声传静掩扉,故乡风景是耶非。邻船问答不知曙,月满孤篷霜满衣。夜过叶榭闻柝锣声。

寒潮乘夜送轻船,竞道南梁别有天。容我一枝聊小隐,人生何处不因缘。定寓南桥。

相逢破涕翻成笑,第一楼中茶话长。利市庙前翘首望,乡书可达夜来航。郡人侨寓者时集于第一楼茶室。利市庙,航船停泊之所。

泖桥坚壁军心固,新埭麈兵贼焰收。仓卒谁为东道主,可怜举世尽悠悠。官兵在泖桥接仗屡胜,贼焚新埭,东路戒严,幸即退走,人心乃定。

一旅分屯落照湾,严防俨似设重关。汨罗千古衔遗恨,风雨飘摇丹旐还。吴江田明府在洙泾堵御颇力,舟覆被溺,民甚伤之。

兵行失道入城闉,认取腰牌信不虚。薏苡犹遭身后谤,苏台一炬况前车。马总戎统兵赴郡,有三卒误入青村城,城中惊徙,因闻苏州之陷,由马镇部下先入焚掠故耳。

虎符海道调雄师,猿臂将军数不奇。壁垒一新传号令,欲图杀贼且增陴。李中营莅任整饬城守。

同是衣租食税人,偏逢庚癸唤频频。老农灯下骄妻子,室有余粮瓮酝春。佃户以贼据青浦,不肯输租。

糈台筹饷费踟蹰,计亩均收自乐输。愚鲁罔知关大局,顿看一叶赤流乌。郡中设亩捐局,委员赴新桥劝捐,坐船被焚。

警跸传呼幸木兰,我朝家法岂容刊。行宫莫谱淋铃曲,不是明皇蜀道难。西夷在天津要求和市,上幸木兰行秋狝礼。

通市和亲两不侔,汉唐旧事岂良谋。侧闻天子虚怀听,南顾犹劳宵旰忧。闻西夷和议成,仍有反复。

今年度岁在南梁,闲看他人昼夜忙。漫笑阿兄无个事,一樽相对话家常。时与四妹、七妹同寓。

消寒四咏

糜　粥

屑米为糜粥,晨昏馋腹贪。不须调腊八,聊以度冬三。适口宜瓢饮,撋髭助麈谈。断荤安我素,风味永醰醰。

药　酒

止酒年来惯,今冬时复中。缝囊怜有女,饵药渐成翁。瓷盎春浮绿,铜炉火不红。百年真一瞬,何敢梦周公。余所得药酒方名周公百岁酒。

椒　油

乞得秦椒种,离离小摘时。煎油融碧蒂,作脍切红丝。气烈能通鼻,香清最沁脾。只愁素病肺,调味恐乖宜。

酱　姜

欲作祛寒计,山姜佐膳羞。辛盘常不彻,酱齐恰宜秋。葱渫宾筵设,藜羹野老酬。莫嫌性太辣,药石借相投。

庚申除夕

旅馆凄凉强自宽,灯前儿女话团栾。春来浦上梅先放,岁尽宵中烛未残。愁绪暗随潮信长,闲情赢得酒杯干。祭诗莫笑余疏拙,头脑冬烘骨相寒。

昔年沪渎殄么麿,爆竹声中奏凯歌。癸丑潘小镜子陷上海,乙卯岁朝克复。灯夕昆仑歼穴虎,雪宵淮蔡乱池鹅。击壶喜听军容壮,伏枕愁添药债多。搦笔欲书春帖子,好将吉语颂时和。

辛酉岁朝

晓来乾鹊噪庭前,气象更新景物妍。冰释砚池烘旭日,香生茶鼎袅晴烟。芳梅旧岁春光漏,嫩柳他乡别绪牵。盼到捷书成画饼,徒令北望眼将穿。是日闻青浦克复,既而不果。

世事浮沈那复论,平安两字即天恩。闲题筠管新年胜,慢拨炉灰隔夜温。抚剑每怀金作砺,乞浆偏得酒盈樽。自知衰病伤迟暮,扫地焚香昼掩门。

可　叹

可叹人生水上沤,蟪蛄原不辨春秋。风摧杜曲几茅屋,月冷吴江一钓舟。窃食狸奴窥暗壁,寻巢燕子掠空楼。倘知缔造经营苦,应念高曾规矩留。

可叹楹书万卷传,生平结习未忘缘。祖龙爇火初逃厄,脉望余膏竟化仙。忍令丹铅抛手泽，空怀翰墨养心田。从今悟彻东来指，尘障原由文字禅。

可叹文园久病身，终年斗室避嚣尘。拙于生计且从俭，除却残书谁馈贫。未许云梯移寸步，祷武圣前，灵签有"寸步如登万里程"之句。转思宝筏问迷津。衰慵恰似无名指，涉世何妨屈不伸。

官军剿贼获胜

将军简锐策征骓，棋布星罗大合围。水郭村庄闻野哭，山城魑魅慑兵威。鼎鱼暂假游魂息，嵎虎休教插翼飞。北望云天齐鼓舞，先声遥震佛郎机。

忽闻蛇豕窜东隅，贼窜盘龙，窥伺上海。幕府飞传白虎符。何日天心方厌乱，可怜民命未全苏。连山烽火收余烬，天马山一带贼去后，为八桨兵船搜括靡遗。隔浦旌旗又戒途。抽调大营兵防堵上海。倘使坚城成众志，岂容妖孽久稽诛。贼所设伪局旋被蹂躏，各村始有团练之议。

归　计

人生饮啄原前定，食力何如四体勤。剩有残书供簏载，恨无慧剑截丝梦。思家懒对床前月，忆弟愁看日暮云。纵许青春容作伴，那堪飞絮白纷纷。

留别王丈秋涛

相逢漫道识荆初，五月深叨宇下居。寒士何须求广厦，穷途难得此蘧庐。传经伏胜公真健，丈训蒙数十年，门下士极盛。赁庑梁鸿我不如。折柳门前屡回首，南风时惠数行书。

返棹昆山途中感作

来时荆棘去波澜，海澨山陬何处安。税及鱼盐搜利孔，兵皆草木揭长竿。时奉贤乡民闹漕聚众，束草绳为号。阳城下考催科拙，道济中军调食难。岂尽愚民生反侧，要知疮痏久成瘢。

城狐社鼠势依凭，牙爪纷拏借法绳。蜃气幻成楼百尺，鲸波惯鼓浪千层。穷檐无奈呼天诉，乐土偏教避地惩。谁似道州元刺史，至今悽恻诵春陵。

云树千重天一方，班荆都半是同乡。五茸城里埋春草，三女冈头话夕阳。鸡肋生涯何足惜，菜根滋味自如常。衔芦好似南征雁，泽国回翔课稻粱。

伯劳飞燕逐西东，踪迹年来似转蓬。书画自随行李简，烟波欲老钓台空。潮平远岸添新绿，花绕疏篱露浅红。最喜维舟柳阴下，多情慰问有邻翁。

题姚壮之记其继配吴孺人割股疗亲事略后

妖氛逼城郭，游骑日充斥。鼙鼓动地来，烽火照山赤。西佘峰接东佘峰，贼人出没当其冲。白石山庄竹木浓，方伯祠墓郁葱茏。前村后舍无完户，庙貌依然若无睹。倘非神雾出松楸，定是慈云覆庭宇。山中父老道勿喧，咄咄奇事听我言。官军未集贼信近，村民一昔尽逃奔。独此祠中两女子，相约待死声勿吞。抱儿昼夜危滩蹲，贼绕三匝不入门。我听未终肃生敬，询为君妇延陵姓。其一氏系虽未知，玉骨冰心两相映。从来正气满乾坤，何患恶声肆枭獍。读君割股疗亲篇，乃知一念禀天性。父死母病弟妹遗，祖母衰老谁扶持。刲肉一再竟不效，呼天抢地悲莫悲。事亲既乃尔，奉姑良可知。娶妇如此足慰藉，胡乃年寿止于斯。风萧森兮云苍茫，魂缥渺兮返帝乡。衾枕敛兮游子伤，贼烽又过辰山塘。连山野哭青磷隐，始叹全归志不泯。帝女魂来鹃夜啼，昙花子落月初陨。我栖昆阴苦风鹤，苟延旦夕甘藜藿。老屋摧残未赋归，浮家团聚差云乐。每闻时事辄掩耳，独聆嫩行如雀跃。劝君一语君休啼，盖棺乱世乃曰妻。矧兹孝德首百行，休风何意出深闺。已睹高文烛霄汉，安用凡笔漫挥题。

望九峰寺

古寺苍茫里，登临意若何。断碑埋碧草，颓壁挂青萝。野旷浮云散，山空得月多。惜无济胜具，徒此发清歌。

悲秋集

十月朔舟中感作

身世频年类转蓬，每逢令节泣途穷。夕阳红树青山外，孤客苍葭白露中。击楫豪情甘自弃，乘风夙愿早成空。茫茫终古天难问，流水无情日向东。

长堤蕉萃柳条黄，送我轻舠返故乡。举案孟光魂伴月，悲秋潘岳鬓成霜。蒹葭据石终遭困，桃李无蹊自不芳。妒煞败蒲残藻里，白鸥两两宿陂塘。

抵　家

失马福难再，亡羊谋未成。到门愁见客，行药为求生。明月岂长满，寒山空复情。吾心且任运，敢作不平鸣。

不　寐

老屋飘零兵火余，绳床偃仰足安舒。声凄细雨九头鸟，魂断秋江比目鱼。幽砌虫吟灯照壁，空梁鬼啸月穿疏。连宵不寐浑无睹，梦里相逢更子虚。

庭松为邻火所逼枯死

蛰龙蜕骨卧阶前，奋鬣扬髻近百年。山鹤未归空舞影，池鱼贻祸倏成仙。之而鳞甲全无势，颒洞风涛早了缘。叹息松楸尽摧伐，行人指点暮村烟。小昆山坟树为近村奸民通八桨船水勇戕伐殆尽。

病起坐夬斋为内子设灵之所感作

我病君犹视，君亡我未痊。人生一瞬息，此恨最难填。箧笥依然在，音容何处传。回看小儿女，莫掩泪如泉。

悼　亡

一再琴弦断，当年事不同。慈云藉余荫，内顾减哀衷。幸得闺中杰，居然林下风。悲凉今已矣，我亦早成翁。

岂料河鱼疾，难将药石凭。痛君长逝日，我病不能兴。君以患痢不起，余适病暑，不得抚棺一恸。搜箧余残绣，焚衣却故绫。床头儿觅乳，唤母有谁应。恭儿时未断乳，三日前始抱付老妪。

家事如棋局，安排赖尔才。一从仙去后，竟似劫余灰。青鸟飞还集，黄泉逝不回。木奴根又苗，犹记手亲栽。庭中橘树为内子手植，正月大雪枯死，今又生芽，而死者不复返矣，能不悲哉。

生死关头路，君心自了然。干戈嗟未息，簪珥久判捐。寇警后君每以得死为幸。崇俭愁珠桂，五月中贼扰后米价腾贵，饔飧几不给，君时以为忧。明禋洁豆笾。每逢祀事，肴馔必洁。岂因今论定，始识孟光贤。

十九年相伴，从知伉俪情。病来思往事，老去恋余生。夜雨凄敲枕，孤灯冷倚檠。寒砧犹在侧，无复捣衣声。

一炬嗟祠宇，栖迟意失平。宗祠享堂被焚，每语及辄不乐。昙花怜弱息，长女淑媛、三女粲媛相继夭殇。烽火忆贤兄。冠甫被掳。西泖乌巢借，五月中避寇出泖西行。南梁兔窟营。前年曾避地南桥。知君都愤懑，令我倍凄清。

敏达如君少，门楣好共持。深闺净有友，余每遇不平事，得君宽譬即解。后辈女堪师。昏月征巫鬼，愁云惨别离。眼枯无泪滴，徒写悼亡诗。

席甥仪庭大昏感怀冠甫

　　终宵枨触数更筹，忽忆天涯踪迹浮。此日北堂笙管奏，奉母命成婚。何时南国甲兵休。昌黎未必金丹误，太白终成碧海游。冠甫好道，有出世想。虎口脱生殊不易，那禁泪眼对江流。

　　吟馆联床溯昔曾，平时践履凛渊冰。经生训诂犹余技，君邃于经学。善事勤劳最上乘。力行善事。胶柱君忘难鼓瑟，检书我恨独挑灯。从今步入三鱼屋，感慨交并叹不胜。

壬戌除夕

　　一年弹指过，此夕益辛酸。病久门罗雀，神伤镜破鸾。检衣丝缕缕，蘖烛影姗姗。守岁人何在，方知免俗难。

癸亥元旦

　　记得闻风鹤，上年岁朝有寇警。一门团聚时。光阴何太速，零落不堪思。君恨归家晚，吾衰入梦迟。临风肠欲断，怕见素衣儿。

折枝白梅

　　姑射仙姿面目真，自怜沦落入风尘。枝斜留取横塘影，韵澹深藏小阁春。手汲寒泉瓶供养，烛摇素壁玉精神。清高骨格浑难忘，每到花时忆笑靥。

　　竹床纸帐梦还真，出世丰姿不染尘。独耐风霜标异卉，肯随桃李斗芳春。开从雪圃香成海，插向冰壶淡有神。莫怪今年花寂寞，看花翻欲锁眉靥。

即景口占

　　野草青连岸，梅花白似银。春风不到槛，夜月最撩人。酒向尊前尽，丝添镜里新。愁来中道绝，好合又何因。

夜 坐

百年聚散本无心,死别生离痛不禁。故剑难忘前日语,断琴无复昔时音。孤鸿警夜澄江静,饥鼠窥人拱穴深。我欲招魂歌楚些,凄风苦雨助哀吟。

落 花

千红万紫正纷披,一夕狂风下故枝。漫惜别离成小恨,须知开落也因时。漫天柳絮空穿牖,着雨桃花信入池。早道芳华消歇易,何如寂寞对荒篱。

春 社

晴光送暖到茅檐,社鼓声喧社酒甜。燕子重来春寂寂,谁抛红豆挂青帘。

清 明

清明墓祭纸钱飞,触我愁怀意惨悽。杯酒年年酹泉下,白杨风里乱鸟啼。

溪水潆流被绿莎,平芜一望接山坡。斜阳归路挥残泪,野哭今年到处多。

自 遣

岁月堂堂去似梭,炉香茗盏半消磨。青山不共人俱老,春草还同愁暗多。剩有回文衔旧恨,更无偕隐赏新歌。把杯且尽生前酒,涓滴如浇地下何。

病 起

病起身衰惝,悲余意快怏。曳杖步窗前,苔阶偶闲立。庭草绿未除,时有微风袭。忽睹双燕归,下上穿帘入。回头欲语人,掩面袖痕湿。

得冠甫消息感作

有客传消息,苏门萍水逢。自来旧游地,何意滞行踪。乡国仍烽火,关山历夏冬。双鱼终杳渺,难遣病余胸。

脱屣视妻子,原无身外谋。生成鸾鹤性,肯与虎狼侪。家世无穷恨,神仙未易求。徒令望云树,日暮动人愁。

几处寇氛恶,潜逃恐及身。如君嗟再误,今我忆三人。晓卿弟,成之、彝仲两侄。得信翻疑假,重逢始是真。何时窗烛下,文字话前尘。

记近事

甲仗鲜明一队屯,西夷火器耀军门。只图海岛长蛇计,罔识中朝五马尊。责义那能容秀实,酬庸终恐反怀恩。涓涓不息江河势,可奈贻痈后患存。

劲旅休夸西北曹,只须练习不辞劳。前朝曾出鸳鸯阵,大将应娴虎豹韬。红鬼兴波惟自利,绿营沿海岂无豪。犁庭扫穴寻常事,尚念纯皇武烈高。

蔡表侄耕心寓居南埭草堂大昏有日贺之以诗

笙歌丛里勿声喧,听我从容述旧言。两世一身惟有弟,半年千里未逢孙。耕心被掳数月,其祖母故时尚未旋里。胥台辛苦壶中杖,幸遇一老人引之获出。谷水迢遥浦外村。耕心回时先至小昆山,余已迁南梁。此日北堂春昼永,莫因兵燹念家门。珠树堂老屋已被兵火。

草堂闲敞对清池,梁孟何妨借一枝。新燕衔泥穿户入,晴鸠唤妇隔墙窥。园林觞咏兰亭会,昏期在三月三日。富贵芳华谷雨时。是日交谷雨节。愿尔诗书绳祖武,温经旧业乐怡怡。温经,老屋楼名。

忆　内

非关剩粉与零脂，门户艰难仗尔持。谁信蒙庄能任达，何嫌奉倩太情痴。双扉每借连环锁，一枕常缄无当厄。辗转欲眠眠不得，却教触绪动悲思。

明知生死今生隔，从此音容无处亲。茧烛偏疑魂有影，披帷不觉语含春。似闻环佩风前竹，忍看盘匜劫后尘。千古钟情汉武帝，精诚能致李夫人。

新妆初卸洁兰陔，犹记慈颜笑口开。半载尊嫜成永诀，廿年家事赖亲裁。贤能不愧前人笔，姚子枢先生撰先太孺人事略，称妇贤而能，君见之益自勉。明敏无如彼美才。姑妇夜台相见否，可能传语梦中来。

若使重泉人世同，九原聚首也融融。殇男阿淦、阿燕殇女阿昆魂应恋，营奠营斋色是空。一夜鹃啼停冷月，千年鹤化起悲风。闲愁几许都收拾，并入思君两泪中。

见内人所制故衣题五十字

珠玉非所好，故衣不能忘。衣阙补完善，人逝魂渺茫。手迹宛如昨，翻覆泪浪浪。旁观笑痴绝，焉知我衷肠。縢缄勿轻视，线短情自长。

扫墓杂作

寂寞墦间祭，吹箫客乍逢。分将残冷炙，慰彼乱离踪。老树摧薪木，墓树尽为兵船戕伐。新坟露草茸。扬舲情未已，回首白云峰。墓祭时遇一乞人，是南乡逃难者。

一水限南北，中流略彴通。当时康济意，今日补苴功。吹笛乌犍稳，巢泥紫燕工。卌年遗泽永，应亦念蚨蠓。道光癸未大水奇灾，郡中设康济局以振饥民，先大夫适居忧，乃创建祠宇，浚河筑桥，以工代振，桥即以康济名，近山数十村俱免流亡之患。今年久桥圮，修理始竣。

纸钱灰不断,吹作蝶魂飞。飘泊向何处,徘徊上我衣。浮云低欲合,孤鸟倦忘归。解识无弦意,凄然未忍挥。

柳暗花明路,愁人分外愁。春风双涕泪,细雨独归舟。烟暝岚光湿,潮来草色浮。稚儿也解事,频问见娘不。

厄闰杖

余病后不良,弱行,削黄杨木为杖,而铭之曰:"坚尔质,宝尔信,病后蹒跚惟尔从。"锡之类名曰厄闰,意有未尽,复系以诗:

半载苦沈绵,病起腰脚软。举足挟千钧,咫尺山河远。行年未五十,衰状已不免。蹒跚扶壁行,非杖步难展。忆自寇乱初,百物阻遐缅。天台绝古藤,青□光莫辨。仙人绿玉枝,世上无其选。念彼树黄杨,质坚干圆转。聊施斧凿功,便可支持勉。我闻黄杨木,遇闰厄偃蹇。而我逢闰秋,时运亦乖舛。两女先后亡,老妻悲无限。疾病积忧愁,医药少良善。淹缠一二旬,魂去竟不返。空庭叫杜鹃,落叶西风卷。萧萧助我哀,烛尽泪光炫。花落不上枝,蚕死空留茧。徒增内顾忧,如手左右断。逝者长已矣,我生复何遣。摇落同尔悲,出入效尔款。两厄命相依,更作几年伴。

画　眉

晓窗独坐睡痕新,细忆宵来梦未真。恨煞画眉啼不住,奁中黛管久生尘。

脱却布袴

廉纤春雨绿林深,时鸟钩辀弄好音。珍重压箱留布袴,当年灯下度鸳针。

题内遗像

绘声绘影即空灵,已觉仪容隔杳冥。何况图中虚想像,去世时未经传神，今取百像图摹拟得之。徒教笔下挹芳型。心应有恨眉如锁，口似难言眼转停。留取寸缣遗挂在，他年仿佛睹亲形。

传砚堂感怀

宦海浮沈急卸帆，酒痕犹染旧朝衫。家传范砚青花润，坐拥曹仓玉轴缄。松菊不嫌三径冷，蓬蒿未许一庭芟。无端忽起沧桑感，古柏颓垣夕照衔。

海棠吟馆富群编，海棠吟馆乃藏书之所。记取楹书卅载悬。睡醒春阴云亦懒，香飘秋夜月常圆。二语先公所撰楹帖，庭中海棠一桂一。一时真率联嘉会，前辈风流付短笺。花时觞咏颇盛。莫怪年来花不发，婆娑生意剧堪怜。

净几明窗向晓开，轩廊恰绕牡丹台。无心出岫枕云卧，云卧轩。得意寻诗呼月来。来月廊。壁扫龙蛇堂上锦，梦游山水掌中杯。壁书《昼锦堂记》兼画山水。一经回首都陈迹，风雨飘萧劫后灰。

几家华屋尽山邱，落日黄昏满眼愁。裁句难寻池草梦，谓晓卿弟。把杯谁共竹林游。成之、彝仲。画梁归燕春巢树，荒野哀鸿晚入楼。墙倒通衢，饥民时入栖止。行到州门犹洒泪，刭余俯仰念箕裘。

六月初五日

去年此日理轻舠，双袖凭阑笑语高。今岁一门归故舍，孤怀吊影独号咷。月凄锦瑟迷庄梦，露冷江蓠泣楚骚。叹息痴騃小儿女，争陈雪藕荐冰桃。

仪庭甥弱冠侑之以诗

昔我弱冠年，尔翁致祝辞。荏苒三十载，尔又弱冠时。顾我百无就，老大徒自悲。刭逢丧乱后，万事未可知。临觞一感喟，尔翁远别离。念彼骐骥质，岂甘受绁羁。云程渺无限，良会终有期。趋庭早闻教，服膺幸靡违。所愿绍家传，勿从薄俗嬉。读书贵明理，谈道无空

夬斋杂著

夬斋杂著卷上

坚壁清野论

天下之事有治法，无治人，法不见其善。有治人，而处非其地，法虽善，未必有效。故善言兵者，必考历代之沿革，险易之异形，攻守之异量，孰得孰失，了如指掌，斯能任天下之大权而措之裕如。坚壁清野之说，古人所以制流贼之命，其法甚善，然而行之西北则易，行之东南则难。西北多高山大陵，地势深险，民之储蓄多窖藏，且聚族而居，休戚相保，故其为守也易。若东南，地势洼下，民食多在场野乡村散置，无险要可扼，责以敛食自守，其势不能，故吾以为难。然则舍坚壁清野之法，将何术以制之？曰：东南之民，柔懦不习战，浮动易惑，要在一其志，奋其气，能如睢阳之死守弗去，则其志一矣。如奉天之诏，闻者皆感激涕泣，则其气奋矣。气奋志一，而后可以言守。是虽不行坚壁清野，其意实寓乎其中。兵法曰：百战百胜，不若不战而屈人之兵，胥是道也。

又

用兵之道，在审势，势在人则用奇破之势，在己则持坚守之。然而守之以城邑，不若守之以堡塞；屯军以卫民，不若民之人自为守。此坚壁清野之议所以可采也。夫贼乌合之徒耳，轻剽奔窜，无数日之施。束身范圭璧，处世中矩规。高堂乐泄泄，家室和怡怡。交游慎取与，日月惜如驰。创业固未易，守成谅能为。尔翁他日归，一笑酌千卮。我言虽不文，聊慰天涯思。

七　夕

淡云微雨碧河秋，辛苦灵禽渡女牛。莫道一年才一会，天长地久两绸缪。

年年瓜果拜双星，乞巧楼头酒未醒。今夕偏逢风露冷，独烧银烛迓仙靬。内人遗像装池甫竟。

怀冠甫

经说铿铿用力专，还从二氏悟真筌。欲逃家累翻身累，未解尘缘即道缘。茂叔爱莲胸洒落，子猷种竹意便娟。鸾翔凤舞云程远，可有群仙降九天。君笃信乩仙，精通内典。

讲坛高坐守先堂，堂为学道之所。底事墙阴桃李芳。少妇春闺愁折柳，穷黎夜纬慨倾囊。荆榛尽辟旁门误，块垒全消道味长。一笑相招挥手去，家园我恋米鱼乡。

内人周忌礼忏偶成

紫云幻化倏经年，老我愁怀更惘然。儿解弄书聊句读，女知拈线孰言传。病来伏枕思调匕，秋至添衣忆着绵。终岁芳魂曾未梦，岂真钗盒竟无缘。

经翻贝叶渡慈航，三日清斋一瓣香。净域原知无孽积，尘悰难遣黯神伤。穗帷长篝徒余恨，风马云车宛在旁。解识拈花不着相，枉将心事诉空王。

粮。使民皆筑堡卫居，声息联络，无事则尽力耕种，有事则敛堡自守。贼至进不得战，退不得食，虽有百万之众，不难坐而制之，安有所谓赍盗粮而资寇食者乎？议者辄曰："地利不同也，人力不齐也。"此未明乎形势之说也。夫犬牙相错，迁属靡常，山川险易，古今不易。一县数百里分而为乡镇，又分而为村堡，星罗棋布，必有一二要隘可以严出入而固藩蔽。倘能相度地势，设险置守，一村有警，村村相应，一镇有寇，镇镇相救，亦何患地利之不同哉？若夫人力之不齐固也，然而人情莫不爱妻子、宝金玉，及遇大乱，则妻子不相保，金玉不暇计，是何如于未乱时先为筹策也，故曰审乎势而后可以用兵。孟子井田之制曰："出入相友，守望相助。"管子参伍之法曰："守则同固，战则同强。"苟师其意而变通之，则三代之风可复见于今日矣。

《周易注疏》校本跋

抱经卢氏所校《周易注疏》依钱求赤影宋本，阮芸台相国重刊宋本注疏亦取资焉，谓在十行本之上。书中征引各种以考异同，如陆德明释文、李鼎祚集解，及他刻本曰宋、曰古、曰足利者，证诸《校勘记》中尚有遗漏。又有曰"沈者案"，即浦镗《十三经注疏正字》。几经校阅，颇称完善，惟中有曰"卢本"者，未知所指。疑此本已非抱经原书，或后人所增也。戊午夏日，从韩渌卿舍人借校，原本朱墨间出，莫辨先后，今悉用朱笔录之，或从《校勘记》中补入者，缀一"补"字。校毕书此，以志岁月云。长至后三日张尔耆识。

《尚书注疏》校本跋

元和惠氏九经校本最为精审，吾乡吴铭茶、确堂两先生从学子沈先生，受其书，独阙《尚书》未录。道光戊子，先大夫购得是书，因假姚子枢世丈旧录王史亭先生本补成之，亦红豆斋本也，于是惠氏九经始称完璧。尔耆少好铅椠，窃见先大夫得一未见书，爱玩不释，凡钞校善本，尤为宝贵，每欲录一副本以永先泽，而宿疾淹滞，因循未果。年来始读惠氏书,惠氏学宗汉儒,于宋儒之书不免诋斥过当,然其考订详核,自不可废。爰取汲古阁本依录一过,更以故相国阮文达公《校勘记》一一比较,觉原录本辗转传写,舛误犹多,乌得惠氏原书而正之。时粤匪南犯,避地昆山之藤寮,校《尚书》毕,记其始末如此。咸丰三年四月。

是书原录者纯用朱笔,尔耆所补校以墨笔别之,朱笔中有"某人云"及"校勘记云"云者,已非惠氏原文,大约子枢世丈所增录耳。

是书自《盘庚》中篇首叶以上有杜林者为之句读,用笔草率,且字多臆改,然观其点勘之处颇有条理,今姑存之,读者自能分别也。

此先大夫原校所识,尔耆曾另录一纸置于书中,旋失原书,为韩隶卿中翰所得,今从喆嗣阳生郎中借阅,谨录简端,以识岁月云。光绪己丑六月。

《周礼注疏》校本跋

红豆斋校《周礼注疏》,吾家所藏者为吴氏传校本,其原委芸阁先生记之矣。书中句读未甚分明,讹字错简未尽订正,每当披卷绅绎,窃以未睹原书为憾。去夏获见武英殿刊本,较他本为完善,爰取两本细为校勘,朱墨悉依原书。其依殿本校正者,即以朱笔注于板心之上。其义可两存、未敢遽易者,另签俟考。殿本每卷后有考证数条,足资发明者,亦另纸录出。校成阅时已八月矣,中间疾病淹滞,俗尘倥偬,并以燕儿夭殇,阁笔累月。岁月如驰,学业不进,良可慨也。道光己酉春二月。

是年三月更取校勘记覆校,以绿笔别之。

《仪礼注疏》校本跋

《仪礼》一书,讹谬相沿,较他经为尤甚。此本为红豆斋惠氏校本,篇中脱文衍句亦往往有之,其为传写者所误遗或原书本未订正,皆不可得而考矣。余校是书,朱墨仍惠氏本。其由武英殿本校正者,以朱笔识出,著其字于板心上下。音义有讹脱者,悉依释文补正,校毕更取阮芸台相国所著《校勘记》覆加核对,别以绿笔。大约经注以唐石经及宋严州单注本为主,疏则以宋单疏本及魏氏《要义》为主,或与他本有异同者,皆有识别。绿笔徐本即墨笔嘉靖本。前人诸说,义有可采者,条录于上,阮相国有言曰:"虽未克尽得郑贾面目,亦庶还唐宋之旧观。"余窃有取于是焉。己酉夏五。

《礼记注疏》校本跋

惠氏校《礼记注疏》,余家藏有二本,一为沈学子先生大成所录,一为朱秋崖先生邦衡所录。沈本较朱本为详,然辗转传写,亦不能无阙误处。己酉冬日依沈本校录一过,更取阮芸台相国所刊《校勘记》覆加补葺,而惠氏原本庶几完善。《校勘记》中多征引近人诸说,择其可采者别以绿笔书之。用知经学湛深,非淹贯博通,不得妄参臆说也。朱本录有惠氏跋及自述校书缘起,并录于右。

再跋《礼记》校本

韩渌卿舍人新获残宋本《礼记》郑注,为黄荛圃先生士礼居旧藏。荛圃先生后有跋,据《月令》"耒耕之上曲也"之"耕"字定为佳本。然讹字亦复不少,因假归,取前录惠校汲古阁本,用膳黄笔对勘一过。卷中旧有黄笔者,系附释音本,故此悉着"残"字以别之。其中太半订正,惟笔画间有异同,乃益知惠校之精密为可贵也。舍人与余比邻居,每遇书贾以善本至,辄招余共赏。自愧识见梼昧,无一知半解以献其愚,而舍人殷殷之意不可没也。舍人于宋本书行款字数无不详谨记载,近欲编辑刻书人姓名以资考证,是书若成,或亦鉴论宋本书之一助欤。

残宋本《礼记》跋

韩舍人渌卿笃好宋本书,昨年得残《礼记》于吴门汪氏,凡九卷,为黄荛圃先生士礼居旧藏。卷七缺十一、二十一两叶,卷十四缺第十叶,卷十五缺九、十两叶。荛圃先生后有跋,据《月令》"耒耕之上曲也"之"耕"字定为佳本。因假归,取前录惠氏校汲古本对勘一过。惠校固精密,讹脱处太半订正,惟字画间有异同。如《月令》"是察阿党"注:"阿党,谓治狱吏以私恩曲桡相为也。"惠云北宋作"挠",南宋作"桡"。案此作"桡",当是南宋本。"命奄尹申宫令"注:"宫令,讥出入及开闭之属。"惠云南宋作"几"。案此作"讥",与惠校南宋异。其余不能悉记。又宋本书遇庙讳字多缺笔,今殷桓等字亦有不缺,此皆蓄疑而待考者也。鄙人夐陋,未敢论定。舍人近欲编辑刻书人姓名以资考证,如鉴别鼎彝古器必征款识以为信,其用心可谓勤矣,故书此以要其成。

《春秋注疏》校本跋

《春秋正义》校本,惠氏九经之一,自吾乡沈沃田先生传校后,流传颇广。我家所藏者,乃吴铭茶学士手录,学士为沃田先生门人。前四卷犹有绿笔,为先生手书,疑为传校之最初本。咸丰纪元辛亥六月重录是本,病辍者累月,至此始毕,是岁为闰八月,计时已八阅月矣,读书无间之难盖如此。十二月小除日。

《公羊注疏》校本跋

惠校《公羊注疏》为吴榷堂主政重录,朱墨笔一依惠氏,间有绿笔作成案者,则沃田沈氏所加。是书惠氏凡三四校,当自精审,然读之犹有疑似之处,视它经为疏,岂传校者所脱漏耶?咸丰二年三月。

十一月取阮芸台相国《校勘记》覆校一过,又订正十之二三,并附齐召南、段玉裁、卢文弨、孙志祖、浦镗、严杰诸家之说以备参考。

《穀梁传注疏》校本跋

此依元和惠氏本重录,案阮芸台相国《校勘记》有何煌跋云:"此卷先命奴子罗中郎用南监本逐字比校讫。"今取惠氏本与《校勘记》中所谓何校本者相勘，其订正处悉合，是惠氏本出长洲何氏无疑也。间有一二脱落处，今以蓝笔补之。南监本当是十行本，卷中所谓钞本者即单疏本也。咸丰壬子四月。

书《南疆逸史》后

是书为先大夫手校未完本，丁未八月假樗寮姚先生家藏本竣其事，并录跋尾十二篇附于后焉。

书排字板《皇清奏议》后

《皇清名臣奏议》六十八卷，仁和琴川居士编辑，不著姓氏。始顺治元年，至乾隆六十年，凡四朝一百数十载之兵刑、礼乐、制度、文章，以及吏治、民生、利弊、兴革，无不略具梗概，而于水利、积贮二事搜罗尤富，盖以此二者于国计民生为最切耳。历观诸疏，大抵开创之初，当胜朝积玩之后，因循陋习，未尽涤除。纲纪之弛也，何以振之？赋役之困也，何以苏之？故诸臣言事，往往以收拾人心、澄叙官方为先务。使非圣人在上，诸臣乌能知无不言，言无不行哉？至乾隆间，承平日久，规模宏远，无事更张，诸臣不过承流宣化，救弊补偏，其设施固不必有大过人者。然当疆陲新拓、草莱未辟、人心未定之时，亦能随地制宜，深思远虑，不惮洋洋洒洒，上达圣聪，所谓无忝厥职者，诸臣庶无愧矣。顾天下无无弊之法，更无不作弊之人。在立法之始，非不详明周至，冀传永久。而时异境迁，流弊转甚，又不得不为之改弦易辙。始也立法以防弊，继也因弊以滋法，此一张一弛，文武所弗能易也。书为排字本，或谓非是，岂以国朝史事不便私刊传播故，既隐其名，而又托于排板与？其程式一依奏札，"臣"字偏书，而书中凡遇"臣"字，无论所引谕旨典籍，悉书一偏，可谓不学。且讹脱既甚，又多俗字，如"摺"作"扴"，"拟"作"拟"，"窃"作"窃"，皆俗字之见于邸抄者，此类不胜枚举。是盖钞胥袭谬承讹，未经厘正耳。尔耆既得是本，随读随校，知者正之，疑者阙之。惟是谟猷入告，辞贵质直，不尚艰深，故篇中诸体或近文移，世有能文之士，苟取而润色焉，岂不成昭代之伟文也哉。

《三朝要典》跋

是书为前明奸阉魏忠贤矫旨所辑，记万历、泰昌、天启三朝中梃击、红丸、移宫三案也。明神宗惑嬖妾而宠福王，不早建国本，致郑贵妃妄生觊觎，朝野共切忧危，迨大臣力争，储位始定，福王之国，群疑释然。无何而梃击之事起，斯时计国事者，安得不虑及主使有人，而况张差明明有辞也。光宗在位一月，美政悉举，奸党固已侧目而怵心矣。郑氏之女谒戕之，崔文升之泻药攻之，李可灼之红丸劫之，即非有心，已违未达不尝之义，文升、可灼断无宥理。诸臣欲罪首辅，正《春秋》严首恶之意也。若夫新君出震，旧侍避宫，礼也。设非诸臣力持其议，则选侍迁延不移，势将占踞乾清，挟冲主以自重，吕、武之祸，安保其必无乎？此固诸臣杜渐防微、间不容发之时也。及忠贤乱政，倾陷正人，乃尽翻三案以为一纲无遗之计。于是论梃击者，谓张差一妄男子，毙之已耳，何必事连宫禁，为神宗玷。论红丸者，谓可灼亦出爱君之心，初不意夕进药而朝上宾也，何必诬为弑逆，以为光宗不得令终。论移宫者，谓选侍未尝不移宫，何以诸臣迫之不待时，使先朝一宫妾不能自保。是时群邪煬蔽，天地否塞，是书一出，几欲淆乱是非。幸怀宗正位，阉党伏诛，书毁不行，而诸臣一念孤忠，卒白天下。要之主少国疑之日，辅臣容悦苟安，则台谏议论不免已甚，遂授宵小以反噬之机。善乎夏考功之言曰："诸臣持论不失爱君，而太激太苛使人难受。"是亦东林失平之事也，然藉此以罪诸臣亦大谬矣。书凡二十四卷，前八卷为梃击，中八卷为红丸，后八卷为移宫。首假熹宗序文谕旨，又以争国本为三案之发端，更列原始一卷，而凡例、职名附见焉。其例仿《明伦大典》，前列章疏谕旨加以史臣论断。总裁则大学士顾秉谦、黄立极、冯铨也，副总裁则礼部侍郎施凤来、杨景辰、詹事孟绍虞、曾楚卿也，纂修者则户部侍郎徐绍言、金都御史谢启光、修撰余煌、编修朱继祚、张翀、华琪芳、吴孔嘉、检讨吴士元、杨世芳也，誊录则中书舍人乔炜、通政司知事李相、太学生张载征也，收掌则尚宝司少卿张承爵、中书舍人姜云龙也，刊刻总理者则礼部尚书李思诚、侍郎施凤来也，阅对刊刻者则礼部司务刘象瑶、戴东旻也，书写磨对者则礼部儒士李蓁、储国士、许增、太学生陆履秦、陆成栋、唐龙起也。而三阁臣又有后序，以阐发其义例焉。夫蔡京立党人碑，安民一石工耳，犹恐得罪于后世，不肯镌名。乃顾秉谦等名列士林，身跻显仕而媚珰求荣，恬不知耻，竟侈然大书特书之。呜呼！世道人心之变至此极矣。余故表而出之，以为秉笔者知所审处焉。

书《昆阳居士自叙》后

咸丰癸丑春，粤匪自武昌东下，窜陷江宁、镇江、扬州等郡，苏常戒严，吾松闻风迁避者，城市为空。余挈家居小昆山，偶见乡村妇女多以书策庋花绣，狼藉弗顾，心甚悯之，因取席氏文粹堂所锓花样簿易。以焚毁中有《昆阳居士自叙》一卷，纸幅残损，不著姓名。考其籍，系是雷氏，盖故国遗老也。所记一二轶事，颇有可采。余在乡与诸父老习询以白腰党事，犹相传能言之。盖昆山滨临淀泖，伏戎之兴辄先受害，则今之所居犹未足恃为乐土。因为缀拾录出，亦可备山间野史之一种云。

《韩月泉太守温台政迹记》跋

故太守韩君月泉之丧至自台州，兄比部君实经纪其事，既又出所撰《温台政迹记》以示余，余敬受而读之，作而起曰：异哉！循吏之不可为而卒大可为也。汉世首重吏治，凡二千石有治理效者，玺书奖劳，增秩赐金。唐宋以来，莫不高其选，或赐诗以宠其行，诚以与天子共治，此民所关于国家者甚大。温、台界浙东，民俗犷悍，而台州尤甚。君之通判温州也，不以闲曹自视，力挽浇俗。及守台州，州甫被兵,民物凋瘵,君亟亟以休养生息为事,通商以惠民,除暴以安良,率之以教,伸之以威,民皆涕泣从化,各安生理,其治效为何如耶?功成事定乃中蜚语罢官去,且赍志以殁,此亦人生之大不幸矣。论者谓奇田一役,君少依违其说,或直白其事,安知不得保其禄位,以闲执谗忌之口。然而非君志也。君即不病,病不死,亦安知不能回上官之意,复留君任,抑于君乎何加?卒之日几不能成敛,台人奔相告哭失声,赙钱以敛君。士大夫以诗文哀挽,民悉白布帕首,父老系于杖,赴吊者相属于道。有仆宿枢侧,夜闻窸窣声,视之则州民数人也,问:"何为?"曰:"闻韩使君灵輀返有日,我侪来伴送耳。"呜呼!君之感人何如是之深且挚耶?汉唐时所得于朝廷者如彼,君之所得于士民者如此,固时势使然也。方今圣人在上,治具毕张,幽行潜德,靡不上达,而况君之政迹卓卓,尤在人口,他日祀名宦传循吏,正自不朽。然则忌君者能攘君之功而不能攘君之名,能间君于上官而不能间君于公论,能倾君于生前而不能倾君于身后。《语》曰:"君子疾没世而名不称。"《诗》曰:"有匪君子,终不可谖兮。"若君者,庶可以无愧矣!

《晚学斋书目》序

晚学斋者,樗寮姚先生藏书之所也。先生性耽坟籍,搜辑甚广,遇未见书,力乏不能置,则与子枢先生分任钞校。或卷帙繁富不能全钞者,则摘其要,录其目,手为之疲,曾不以倦苦自恳。故所藏书率多两先生丹黄点勘至再至三,不特无鲁鱼亥豕之虑,而书中纲领关键亦了然如指诸掌。余以通家子获登先生之堂,执业请益,窃见两先生据案披览,至老不倦,启迪后进,诚恳周至。苟有请质,未尝不为之穷源溯委,搜寻翻视,虽十余反不为劳。先生尝言:"吾所藏书,无事晒曝,日日展读,自不生蠹。"呜呼!勤矣。先生尝欲编辑书目,稍加论次,草稿未具,遽归道山。越一年而子枢先生又下世,标签插架,手泽犹新,而两先生之音容笑貌邈不可得。入其室读其书,徒令人徘徊四顾,唏嘘不忍去。今壮之于读礼之暇,乃克成编,亦可谓善成先志也。

已忆先大夫生平喜藏书，多善本，归田后每与两先生岁时谈宴，互相雠校，极一时之乐。吾乡之言藏书者，必首推吾两家。乃二十年来遗书分属，零落殆半，是果谁之咎耶？读是编不益滋余愧耶？爰感而为之序。

《夬斋书目》引

　　吾乡王侍郎兰泉先生购书二万卷，多善本，筑塾南书库藏之，而书其简端曰："愿后人，勤讲肄。时整齐，勿废坠。如不材，敢卖弃。自非人，犬豕类。屏出族，加鞭箠。"先生之警勉子孙者，意至深远，然不百年而遗书散失殆尽，呜呼！可慨也已。余家世市隐，不以读书名，曾大父太学府君始有志向学，名所居堂曰"拥书"以寄意，而困于治生，不克竟其志。至先大父儒学府君乃专力于学，顾家贫不能置书，辄就藏书家借钞读。先大夫杭州府君尤爱书，服官中，外无玩好，惟书篋自随。守杭州时倩能书者上文澜阁钞未见书，归田后手一编，昕夕不倦，益购宋元名人足本及他经济之书有益于身心者，不靳值，置之海棠吟馆中，盖骎骎乎有书二万卷矣。及先大夫弃养，不肖不能率先为子弟劝，视之不谨，非饱蟫蠹即亡失，更数年必如王氏之不可问，不肖罪益滋大。因于丙午冬析为五，其钞校善本仍藏海棠吟馆，子孙能读书者许发读，余则子弟各授其一。不肖于先人遗产固不敢染指，至遗书则亦不敢自外，亦受二千卷以归。时时展读，残者葺之，缺者补之。顾善病多间断，且知识愚昧无所得，尝以不足副先人遗意是惧。今年夏，伯父太学君出儒学府君遗书，命不肖收藏。发而读之，则大半破碎散乱，不可卒读。稍稍修整，始具首尾。缅惟先世好学之勤，搜罗之富，所以贻惠后人者甚笃。后之人果能研精覃思，勤身修行，贯穿经史，明体达用，旁及百家诸子、名物象数之学，无不究极其源流。义理熟于心，发为文章，施为经济，上则为通儒，下不失为艺士，如是始不负两世藏书之意。若不自振奋，徒以抱残守阙，坐老一生，藏书亦何足取哉？然或既不善读，又不善藏，使完善者残阙，残阙者弃之如遗,是蔑视手泽,不以先世之心为心,更不若抱残守阙者之犹能斤斤自好也。不肖大惧,漫无稽考,渐至亡失,爰于曝书之暇,综录一编,随时省察,以警惕于心。倘不至蹈王氏犬豕出族之诛,以勉成曾大父命名"拥书"之旨,是固不肖大幸也。夫编成敬述其缘起如此。咸丰元年八月。

《夬斋劫余重编书目》引

庚申寇乱,仓卒迁乡,买一小舟为浮家泛宅计,家中别无长物,惟书籍数十箧为先世手泽所存,不忍恝置,爰择其尤者载以随行,虽在风声鹤唳中,亦不让米家书画舫也。寇退旋里,则存于家中者几荡然无遗矣。既而迁南梁,迁练塘,舟小不能载重,置之昆山之丙舍。壬戌春又携回家中。甫三月,贼窜昆山,丙舍火,得免绛云一炬,幸也。是冬归家,未及细检。明年取旧目厘正之,不过十存五六焉,且多有残缺不全者。夫乃叹万物固有定数,而人事要不可不尽也,使当寇警迭至时委心任运,不为措置,则亦同归于无何有之乡,即事后追悔亦何及耶?《易》曰:"见几而作,不俟终日。"君子守身处世当亦知所取鉴也已。编目成,述其得失之由,而书于旧序之后。同治八年己巳八月识。

书《日知录》后

余年十四五,先大夫授以顾亭林先生《日知录》,命于课余诵习,乃嘉兴李敬堂大令集评本、钱塘吴君成勋节录者也。余性既迟钝,时方攻举业,未暇涉猎,束之高阁几二十年矣。今秋以曝书检得,卷帙无恙,而回忆庭训渺不可得,因取此本录而藏之,而以原校本付锡端侄收藏,庶几先泽流传不坠云。

书补钞《麈史》后

《麈史》三卷,虽经点勘,讹舛尚多,中下两卷又多残缺,因从知不足斋本钞补成书而更为校正焉。道光丙午冬。

《话雨斋题跋》钞本书后

右《话雨斋帖跋》二卷、《书画跋》五卷，华亭杨退谷先生汝谐撰。先生工书善画，而书名尤著。先世收藏颇富，至先生益臻美备，故其鉴别精微，议论确当，直探古人用笔之意而昭然若揭，非如晚近赏鉴家之随声附和也。古酝妹婿为先生五世孙，博学好艺事，思欲媲美前人，尝以是编示余，余拟录之，因循未果。庚申寇乱，迁徙靡常，南北奔驰，是编幸在行箧。今夏复憩昆阴丙舍，风鹤之余，手录成帙。因念我家自曾大父以画学相传，所藏宋元名迹甚夥，再传而后，日渐散失，惟从弟蓬卿受笔法于先叔父，颇有可观，不幸去冬遇贼被害，近无有继其画者。古酝为家累，饥驱奔走，先世所藏几几无一存者，犹能专心翰墨，仰承家学，以视余之颓废不振者为何如耶？吁！可慨也已。辛酉四月下浣。

书《性命圭旨节要》后

道光丙午夏日，南埭草堂观荷，偶与樗寮姚先生论养生之理。先生授余是书云："卷帙本繁，摘其要语如此，盖修真之要诀也。"先生复语余曰："知而不行，与不知同；行而不久，与不行同。"余性疏慵，岂足与言性命之学？即先生授余之意，亦不过为却病之方，修真云乎哉？

书《义田规条》后

右《义田规条》，乃先大夫未定之稿，尔耆谨取以厘正者也。先大夫初置义庄，思得千亩，及归田后，产业无所增入，遂定五百亩，议稿甫具，遽尔弃养。尔耆痛念先大夫及成之事，不敢怠废，因于己亥年谨述治命，呈请大府题咨立案，仰奉俞旨，给予"乐善好施"四字，并恩赉白金三十两，建坊旌奖。凡义田三百九十六亩二分六厘七豪一丝七忽，祭田一百一十亩五分九厘九豪一丝七忽，用以赡族人，供祭祀，丧葬婚嫁定其经,读书考试奖其志,筹储畜以备凶荒,杜冒滥以冀永久。事归实济,责有专成,秩秩条条,立法良备,为子孙者所当恪守勿替。倘能仰体先志,以余力扩而充之,得如先大夫初议之数,庶九原下更可告慰焉。

《日省录》引

余幼入家熟,先君即命录日课以察勤惰,弱冠后出应世故,日书无间。自丁未、己酉两子殇折,意绪索然,执笔辄欲作恶,遂不复书。故历遇朝野大事,如己酉年江浙大水,孝和睿皇后、宣宗成皇帝相继宾天;庚戌年今上御极,言路广开,善政悉举;及辛亥、咸丰纪元,开科取士,粤寇不靖,丰北河决,类有关于国计民生者,皆无所纪,余窃有愧焉。夫人之有子,莫不知爱,及观其事父母,则诚意浸薄,甚至责善相夷,借稆锄而有德色,为父母者亦且对人唏嘘,叹为不如无子,其为悖理,可胜言哉? 余既慨世道人心之日趋于下也,思子之念不觉少杀。窃又自念父母在日,曾不能少致孝养,及遭大故,哀慕之情无逾寻常,乃以殇子之故,举先君所命之业亦竟委弃不为,是诚何心? 且有诸己而后求诸人,无诸己而后非诸人,苟不能以身作则,徒托空言以自文,人其韪我乎? 昔曾子在圣门中孝行最著,要其修齐格致之学,自一日三省其身始,然则省身之功其可忽诸? 余以病废,无学业可纪,徒于周旋日用间朝夕省察,常恐玩岁愒日,贻先人羞。故重为是录,名曰"日省",以志景仰先贤之意云尔。

《寄生录》引

余春秋四十有八矣,光阴虚掷,录录无成,自顾增惭,何暇笔之于书,以昭来世。第自束发受书,日有程课,童而习焉,乐此不疲,中以溺爱之私,焚笔砚者三年,寻自改悔,辄复故常。历今又及十年,而翻阅囊篇,恍如陈迹,身心检察,故我依然,其为愧恶,不滋甚哉! 惟是烽烟四起,迁徙靡常,若不依事直书,他日无从追考,后之来者,更安知今日之困苦耶？残喘偶存，浮生若寄，今日把笔而书，不知明日更复何如也，因名之曰《寄生录》云。同治元年壬戌正月。

校《柳柳州集》书后

韩渌卿孝廉购得《柳柳州集》，持以示余，乃钱求赤先生依宋韩醇本校正，而曹文侯炎据以重录者也。按钱氏云，原宋本为王敬美、莫云卿旧藏，精好完善，家贫行售，以俗本代匮。顾其中增损乙改亦未尽惬当，间有不如俗本之文从字顺者，大抵曹氏据钱氏所校，欲存宋本旧观，无论讹正，悉皆临录耳。余案头适有闽中重刻本，因取校一过，亦犹曹氏之志云。

书《青阳集》校本后

先大父秉铎青阳，与陈履堂先生校刊《余忠宣公青阳集》诗文共五卷，按《四库全书提要》作四卷，近渌卿韩君所得明刻本计六卷。渌卿言，吴肆中又见一本九卷者，是刻本流传非一。韩君所藏少《庐州城隍庙记》一篇，多《染习寓语》《结交警语》两篇，又附录程廷珪《送赴太学诗》一首、程文《青阳山房记》一篇，篇第亦不同。先大父序以为欲觅善本不得，不免犹有讹舛。今从韩君假明刻本对勘，有此本是而明刻非者，亦有明刻是而此本非者，据以订正，约得数十字。《安庆城隍显忠灵佑王庙碑》篇中脱"随"字，注云旧本脱，明刻独有，是刻书时固未见是本。青阳偏僻小邑，藏书者少，宜大父引为恨事也。板存宝墨斋郑氏，郑弃业不知所之，板失无从寻，究不得修改，可惜也。韩君所藏，首有钱宗伯名字图印，观者疑为绛云故物，吾未敢信。

书明刻《青阳集》后

元《余忠宣公青阳集》，先大父秉铎青阳，曾为校刊，以未得善本订正为憾。顷于渌卿舍人案头获睹是本，讹字亦多，然取以校正家刻者，已复数十字，旧板书洵可贵也。

书杭大宗《咏梅全韵》钞本后

杭堇浦先生《咏梅全韵》诗稿,余从笔友处得之,装潢成册,细玩章法,平仄两韵,似非一时所作。中阙七阳及五尾两首,想先生振笔疾书,未暇检点也。昨经寇乱,幸未散失。山雨初过,凉意满庭,读竟手钞,以备一种。辛酉初秋。

《唐述山诗集》序 代姚樗寮先生

有必以诗传者,有不必以诗传者,有不必以诗传而其人与诗俱传者。在昔太师陈诗观民风,后世遂有省方问俗之典,使者持节至,往往以诗课士觇学问。学古之士扬风扢雅,争自濯磨以图进取,杰者辈出,务求其工,奇皇瑰丽之辞,深微博大之音,粲然并进,其志乐而不流于荒,其思忧而不涉于怨,其体变而不失于正,其大要则曰发乎情,止乎礼义。然而人之情恒视出处以为异,士有伏处田野,不求闻达,身际昌明,才不足为世用,则抒写性情,诗以自娱,不求其传而亦未尝不传。若夫身列膴仕,习簿书,劳抚字,立不朽之业,固有不待诗而传者矣。苟不得志,遭遇偃蹇,事故迫于外,忧愁丛于中,抑郁而无所泄,发为诗歌,而论者谓其感慨愤激,语多失平,无当于诗人温柔敦厚之旨,则诗之传不传又未可知也。吾乡唐述山先生,少以才名倾侪辈。时应科举者初试五言排律,先生若所素习,学使诸城刘文清公亟赏之,使就南巡行在奏诗赋,以疾未赴。未几领乡荐历牧令,往来燕晋滇蜀间,凡身之所经,兴之所触,风俗人物之异,山川名胜之区,无不记之于诗。方其挽铜运,下危滩,风浪噌吰,触石舟裂,行李尽失,僮仆星散,身命几不保。又适以微累去官,此固极人世之艰屯,而为行旅之厄运矣。先生独怡然处之,囊笔走万里,不废吟咏。大府重其才,招致幕下,留滇中者又三年仅乃得归。归而僦居郡城之西郊,优游涵泳,不以得失介其意。诗日益多,所为诗冲和恬澹,无感愤不平之气,而得温柔敦厚之旨,岂非所谓发乎情止乎礼义,乐而不荒,忧而不怨，变而不失其正者邪？先生尝自编其诗为前后稿八卷、年谱一卷藏于家，孙汝钧谋付梓，力未逮。会先生门人龚莲舫方伯求先生遗稿，汝钧出藏本以示方伯，遂赞成之。先公于先生为同年友，又与先生介弟同登拔萃科，交谊甚笃。先公之就官滇南也，先生作诗以赠行，具载集中。及先生官滇中，先公已入蜀，是时邮筒往复，不应无诗，而集中不见，盖先生此稿屡经删订而仅存者也。余少以通家子谒先生，论诗颇见许，今乃得读先生之诗，呜呼！先生往矣。先生固不必以诗传，即诗亦岂不足以传先生耶？汝钧征序于余，余何敢以谫陋辞，至先生治绩行谊，自有传之者。孟子曰："颂其诗，知其人。"读先生诗者，亦可知先生出处之概矣。

《灵芸室诗稿》序代诗舲叔父

岁丁酉，余奉讳旋里，筑望云山庄，键户读礼，间与家人拈韵赋诗，独琅邪妹氏诗最工，因索其旧稿阅之，则澹远朗润，无嚣陵寒瘦气习。盖妹少禀世父广文公庭训，渐摩濡染，学有渊源，固非区区咏絮颂椒金闺家当已也。时余方校刻先大夫诗集，剞劂氏日效功，因怂恿付梓。妹曰："内言不出阃，女子岂以诗才表见哉？"余韪其言，弗强也。及余持节秦中，妹驰书来谓："曩日兄欲刻我诗，我弗敢当，然我平生心力尽萃于是，将使儿子瑞松录而藏之，兄盍为我识一言？"余因忆未通籍时，读书小重山房，篝灯照壁，四顾岑寂，忽闻启扉声，则小鬟挑灯持卷诗索和，偶有一字未安，则又往返质问，必当而后已。少年结习，情景宛然在目，而今皆颓然老矣，余能无感哉！他日获赋遂初，相对于望云山房，品藻渊流，商榷去取，其诗更必大有可观者，余故乐得而书之。

书《全唐诗》校本后

先大夫最爱沈学子先生手校书，收藏甚夥，《全唐诗》是其一种。既得原校本，复录副本藏于家，并为跋，记其缘起，中云"别家校本"

者,盖谓《杜集》乃渔洋山人本,《刘梦得集》则何义门先生本也。咸丰甲寅取此依录一过,并假樗寮姚先生藏本覆校其中东野、昌谷两家。黄唐堂中允评本、《微之集》焦南浦征君阅本,先生亦间有论断,皆书于上,而题跋亦附录于简端云。

　　咸丰丁巳七月,偶过席氏扫叶山房,见有王后海先生孝咏手校《全唐诗》,评论各家具有条理,盖先生亦老于斯事者,故能审择如此,顾未知何许人,当于文献家征之耳。书为他姓寄售,仓卒假归以墨笔依录一过,更属钟婿少庚分录数册,卷中旧有墨评,则此缀一"咏"字以别之,其所选者题上有一墨圈并仍之。凡二十日乃毕。

书《古文辞类纂》校本后

　　余读《古文辞类纂》已越岁矣,中以事牵,至此始毕。时粤匪窜据青浦,再陷郡城,余挈家避地昆山之丙舍,而贼艘出没泖上,乃买一小舟为浮家泛宅计,携书数篋,行以自随。所幸往来倥偬,此事不废,遂得卒业。然豨突狼奔,近在肘腋,而奸人构衅,靡地不有,欲求一片干净土,茫茫何之?此后正不知死所矣。庚申七月七日。

书《国朝文录》目次后

　　樗寮姚先生选《国朝文录》有年矣,搜罗博富,审择精当,其文旨皆足为世道人心之助,非徒以撷拾浮词饾饤敷衍为也。今年夏,族叔诗龄大中丞自秦中邮书来,许为开雕,而先生门人吴江沈南一孝廉日富适假寓先生家,因为论次其凡例,裒集成书,更命尔耆分录目次。尔耆谫陋不文,未能效一得之愚,仅供缮写之役,又乌足以知是书之深旨。然或即此寻章问义,以进窥一朝之文章典故,前人之微言奥论,亦未始非先生综录是书之意也。既为先生录定本,更录此副本以为枕中秘云。

书旧钞《金石例》后

《金石例》钞本，樗寮姚先生旧赠先大父者，久置之残帙中，几饱蟫蠹。今春先生偶过余家，见而识之，转以授余，且曰："作文贵有体例，而叙事之文其例尤严，若不明其例，则是非失其当，详简失其宜，文虽佳，曷足传乎？是书乃入门法也。"余受而读之，则字迹草率，讹脱殊甚，因假先生家刻本校正，始可卒读。独念余植学既浅，复以杜门养病，不得追随好古之士一闻其绪论，识见梼昧，又何足以窥古人文字之精蕴。故偶一临文，则心思窘急，握管不能下，非不力欲奋发，而囿于才质，有不能自强者。今先生谆谆以为勖，而余于是非得失茫然莫辨，是不大有负于先生授书之意乎。校毕而记其本末如此。道光丁未夏六月，书于愈愚斋。

书《墓铭举例》《金石要例》合录后

余既校毕潘苍崖《金石例》十卷，复取王止仲《墓铭举例》四卷、黄梨洲《金石要例》一卷，拟合录一册，以事不果。时宗人星帆居停余家，因倩其钞录，而余为校勘焉。道光丁未初秋。

《曾大父筱田府君遗象卷》跋

此曾大父筱田公三十六岁小象也，公丰颐美须髯，年未三十，望之如伟丈夫。性好施，乐善不倦，行谊详郡邑志。又工山水，与娄东王东庄先生齐名。中年精内典，构昆山一椽曰"藤寮"，时与名流开士徜徉其间。年五十有五而卒，卒时口作偈曰："五十五年行路，未曾踏着一步。今朝收拾西归，惟见月明如故。"其脱然无累如此。图作于雍正辛亥，当时并无题咏，公固不欲以是表著也。卒之明年，朱蒙溪、陈石鹤两先生始题诗其上，距作图时已二十年矣。又十年，庐陵刘近仁先生赋七古一章，自后遂不知所在。道光丁亥，先大夫引疾归里，客有持此卷来谒者，意有所挟，议不谐而去。先大夫每语及，辄叹息以为恨事。今年夏，佣工顾居仁偶于茶肆见此卷，知为吾家故物，问其值曰："吾欲偿数日烟资耳。"盖某负钱鸦片馆，以此准值，而馆人方欲得，间以达于余，余知之，亟出钱二缗易归，某转悔前言之易，更索重酬，馆人曰："嘻！汝谓奇货可居耶？卷藏汝家，不知几何年，绝无顾而问者，今幸有主，而汝又靳之，是汝终负我矣，我不汝贷也。"某乃唯唯不敢辨。吁！鸦片之贻患甚矣哉，使某非负烟馆钱，决不出此以求售，即售亦必如前日之意有所挟，岂肯就此区区者而唯馆人之命是从哉？类而推之，则知世之法书名画、奇珍秘玩，以及良田美宅之汩没于此中者正不少也。今公遗象流落几百年，先大夫欲得而未果，一旦完璧以归，不可谓非幸，此固冥漠中有默为转移而不自觉者。余恐不克负荷，终贻先人羞，既自幸复自惧也。装潢成，故记其颠末于此。绘图者，徐瑶圃先生璋，先生尝供奉画苑，写真用生纸自先生始。子镐字寄峰，孙瀚字秋池，能世其学，吾家大小先象多徐氏笔，惜秋池客死山东，其传遂绝。

叔祖侣山公《夏山新霁图卷》跋

先叔祖侣山公画学具夙慧，少作即骎骎入古人之室，兴会所至，伸纸运笔辄淋漓成巨幅，间作亭台楼阁，人物翎毛，亦工细可爱。惜天靳其年，所学未竟。此卷向藏衷白堂吴氏，叔父涤生公物色得之，箧藏者数十年矣。癸丑夏，燕闲侍坐，偶话旧事，因出是卷俾收藏，且跋识数语，命书卷尾。时上洋寇警，仓卒迁乡，未暇书也。今叔父捐馆已逾大祥，展视手稿，不胜感怆，爰取先大父作侣山公画册跋敬录于前，随录叔父跋于后，以见吾家画学具有渊源，直可与宋元人后先角胜。顾余不善画，未能窥见其阃奥，后有来者，慎勿惑于南北陶镕之说也。

夬斋杂著卷下

上姚樗寮夫子书

承示《文翼》三卷，粗读一过，略识其论文大旨，而于文之精微奥妙，犹未能细细领会也，其中有云"少年人作文，当尽意为之，不可遽慕自然"，尤为后学之津梁。盖上智不易得，才质不逮者，未有不由勉强而臻于自然也。尔耆于读书一事不敢自暇，然窃有病焉，多信而少疑，泛学而不切思，每读一文，似解不解，至神妙处亦知击节称赏，而一究其何为神妙，则又嗫嚅而不能出。至于考古今之得失，溯道学之源流，更未能融会贯通以归于一致。故当一堂聚论，硕师益友触类引伸，而卒不能举疑谊以相质问，于文日益疏，于道日益昧，大抵读书不多，识见不真所致耳。尔耆自知此病，故以"夬"名斋，诚欲审择而笃行之也。持之一年仍无所得，则才质之愚下可知，不审高明者尚有以药之否耶？每接绪论所以期望后进务在大者远者，如尔耆之才质恐不足以语此，既不可躐等，又不敢自画，勉勉此生，与时无极。顾入室升堂，功未易造，苟得其门，私心藉慰。果何从而得此门耶？窃观古人有志于学者，其初必博窥以穷其秘，肆力以尽其变，至于大成，乃由博返约，由肆至敛。尔耆自知限于才质，不能泛滥无遗，将亦有简要之法，俾浅学之士得以奉而行之，以启发其心耶？日来为俗务仆仆，又患湿，致感时疾，竟不能片刻静坐。昨看诗旨释《羔羊》之篇，有曰"阅久暂如一日，历闲忙如一色"，而后叹古人检束身心，涵养德性，如是如是。自此当力下针砭，以图精进，然此诣在古人，未为深造，而在后学，望之已如蜀道之难矣。言杂无伦，伏祈亮察赐教，不宣。

与蔡渭卿劝戒烟书

渭卿表弟足下：

　　昨过尊斋，知足下以家居郁郁，买棹出游，一叶往还，自谓神仙之乐不殊矣。顾某不解所谓郁郁者谓何，而神仙之乐果何如乎？足下青年英秀，文才出侪辈上，以之取功名如拾芥。即无意功名而坐守家园，亦足自雄。老人操持家政，不以一毫撄足下心，闺房宴好无间言，郎君头角峥嵘，他日定为千里驹。窃以为人生之乐无过于此，此岂易得之境哉？而足下躬备其全。奈何不乐其乐，而别求所为乐，计亦左矣。仆犹记足下游泮时，彩旗五色，鼓乐前导，人从杂沓，夹路而趋。谒庙初归，登堂揖宾，瞻顾奕奕，辉映四壁。既而乐声大作，工祝祭告，俎豆纷陈，献酬交错，尊公拜于前，足下拜于后，济济穆穆，至敬益虔。拜已起而言曰："祖宗余荫，下及子孙，为子孙者，益当黾勉淬励，毋替先泽。"当是时也，堂上堂下戚友数十辈，见君家父子雍容孝敬，莫不肃然起敬，歆羡鼓舞，及今忆之，历历在目，足下岂忘之耶？窃意足下所谓郁郁者，不过居家责善，不能任适己意，一肆其乐。要知父母爱子之心何所不至，平时所以待子者，皆为圣为贤之事，即为圣为贤矣，而所以期望者犹有千得一失之虑，岂父母之心不知足哉？盖发于天性所不能已也。今足下名已列胶庠矣，身已习世故矣，老人岂复有所顾虑而致烦督责，然而犹谆谆不止者无他，为足下吸鸦片烟耳。夫鸦片，毒物也，嗜之则杀人，以杀人之物而日习之，不独老人所深忧，即属在同人岂肯任足下陷溺其中而不救乎？近者朝廷采言官议，明示禁条，犯者置大辟，清白之家不宜辄蹈法网。《语》云："君子怀刑。"愿足下三致意焉。仆尝论吸烟之故，其原有三，而害即中之。有渔色而吸者，壮年血气方盛，服之可资强固，秦楼楚馆乐而忘返，不特亏丧名节，亦且性命攸关。盖人生之精神，如家之有财，必权其出入而后用之不穷。若不能撙节，日用之而日耗，一旦山穷水尽，挽救莫及。即不至此，而少时狂放纵欲，中年以后精气浸衰，必有痿痹之症，设遇风清月白偶尔动情，何以遣此？此害之中于色者一也。有因病而受，俗医之愚者谓是物固列药品中，性能摄气固神，食之可以却病，此说良验。然病因此去者，必赖此以治之，设有不济，祸且不测。姚某尝因病食此，一日正欲开盘，其母适至，遂匿不敢出，久之渐不克支，竟至不起。明之尝言之，可为寒心。此害之中于病者二也。至若酒后解醒，花前遣兴，自谓偶一陶情，不足为患。然一入此途，即有二三同志，浸淫渐渍，始而月一食，继而月数食，渐而日数食矣。因循不救，终身堕其术中而不悟。此害之中于积渐者三也。且不特此也，家庭诘责，骨肉间矣；道义相规，戚邮疏矣；俾昼作夜，阴阳反矣；肌肉日削，丰姿减矣；精神疲惫，百事废矣。其害亦何可胜道哉！夫鸦片之害如此，人何乐而嗜之，又何惮而不戒也？或曰："当局者迷，彼吸鸦片者亦视如他烟以为常，故习焉不察也。"仆以为不然，盖迷者不知利害之故耳，若鸦片之有害无利，固章章易辨，即一时迷而不悟，而有局外之提撕，亦当废然而返。今之沉溺不出者非不知其害也，乃明知之而故犯也，亦非不能戒也，乃不肯戒也。故悍然不顾者以为食亦死，不食亦死，与其不食而困死，不若食而死者之犹可幸存也。又有掩然闭藏，虑人劝诫者，见人辄曰："我深自痛悔，近日力事戒烟矣，日损其数，损之又损，庶几永绝无患。"今日如是言，明日如是言，越数月而仍如是言，一篇戒烟经，习为故套，此谁欺，欺人乎？然此特恒人之情耳，若足下聪明才地，加人一等，所谓大智慧大英雄者，惟足下是望，何弗毅然决然戒绝此物，以尽天伦之至乐乎？近有人自都中回，传有戒烟良方，将党参、桂圆煎熬成膏，亦如吸烟之法食之，每日食烟一钱者，减去烟一分，用膏代之，渐减至膏九分烟一分，久久可以不思矣。此法简而不贵，缓而不伤，可取而试也。矧足下食饩在即，前程正自远大，岂如仆之困于病，为宇宙间一废物耶？我夫子答问孝，诸人其辞不同，其旨则一，要不外体亲心而已。足下能体亲心，是亦足以乐其乐矣。狂瞽之言，窃自附于刍荛之义，惟足下采纳焉。

分析藏书记

先大夫雅爱书籍,积数十年,藏二万卷,可云富矣。书非产业,例固不必作分析计,顾子孙贤自能世守勿替,子孙不贤虽多亦不能读,与其聚而日流于散亡,不若分而各保其所有。余不敏,承尊长谆主斯役,爰就大纲略为分核。凡有关于举业及批校善本,留存海棠吟馆,子姓能读书者,皆许假观假校,勿得据为己有。其余分为五,余得一,晓卿弟得一,履之、成之两侄各得一,范之侄亦得一。非私也,盖仰体先人期望子孙之心,无不欲其读书上进,初无彼此之别,即今所分授者,仍可辗转换看,非如产业之按籍分收,莫可假借也。今余所拟大略不过计卷帙之多寡,纸板之精劣,原不能寸寸而量之,铢铢而较之。或能谅余之心以为当,我不敢知;或不能谅余之心以为偏,我亦弗敢辨。惟愿珍守遗泽,毋怠毋荒。倘十数年后各出所有而视之,较今日更大备也,岂不善哉?

记义犬事

洙泾农家陆氏畜一犬,甚驯善,妇爱之,每食必先饲犬而后食,犬亦惟妇是依,非妇与之食则不食。妇归母家,犬必随去,妇与夫反目,犬辄至母家衔其衣而吠,母亦解其意,必至婿家劝解而后已。一日妇归,犬又随之,中途遇乞人数辈,掠妇至废寺,妇不胜其嬲而死。恐事露,褫其衣饰,割其首埋神座下,沈尸于河。是时,犬远立瞋视不敢近,乞人去,犬哀鸣归,吠其夫,夫不应。去之妇家,吠其母妇,兄弟怒叱之,母曰:"勿尔,是必女与婿交谪之故也。"顾谓犬:"汝先行,我当即至。"犬摇尾出门,伺母出乃前行数步,必返顾伺母,至又前行,如是者数四。至婿家,婿方倚门立,若有待者。母询女,婿曰:"已往母家半日矣。"母骇告以故,婿亦骇,而犬在侧咆哮跳跃,哀鸣不止。母谓犬:"女出入,汝必从,汝岂知其所耶? 盍导我迹之。"犬嗥然遽行,母与婿两人从其后。至寺前寂无一人,门扃不得入,犬触以首,门开,至案下出其首。两人方惊顾，犬又跃入河中负尸起，验之果妇也，皆大恸，立犬于前再拜谢其义，然犹不知妇之何以致死也。方欲踪迹其事，而犬嗥然又行矣，唤之不顾，异而从之，行里许，见邮亭中乞者三人席地坐，犬狂奔直前啮其喉。群乞大哗，起击之，血溢沾毛，宛转不释。两人争前护持，急呼村人缚群乞，无一弋者。讯妇死状，皆愕眙不承，搜其身，衣饰故在，质之始服。两人既痛妇死之惨，又感犬之义，向村人号诉，村人太息赞叹不绝声，而犬则弭首帖耳，不复作曩时咆哮跳跃之态矣。村人胪其事，白之官，官奇之，命笼犬以进。讯实，乞人抵法，被犬彩帛，巡游四门，以旌其异，人呼之为义犬云。

南村病子曰：昔陆家黄耳为士衡千里传书，人服其信义，是岂其苗裔耶？夫食人之食，忠人之事，人犹难之，而况犬乎？至于人迹罕到之地，奸人且百计掩匿，虽有智者，仓猝来前亦不能烛事理以得要领，而不谓竟以一犬败其事，卒使主仇获伸，奸人授首，功亦伟哉。使当奸人掠妇之时，即奋身不顾以护其主，则力且不敌，必至同归于毙，而主仇未必复，奸人或得幸逃，然则其隐忍而不发者，正欲得当以报是，不特忠义可风，即智术亦足尚焉。呜呼！世之食禄不忠者，既漠视乎主人之事，主人不幸有难，方且从而龃龅之，是亦此犬所不食其肉者矣！

女粲媛权厝志铭

粲媛，余第三女，继室席氏出。咸丰癸丑，金陵失守，下流震动，郡人闻风迁徙。其母适有娠，因避昆山。三月二十六日生于丙舍，故又名昆生焉。时余尚无子，生女，家人意不足，余曰："何害，长女淑媛既许字钟，嫁有日，次女舜媛体孱弱不任劳苦，此女生而丰硕，倘他日长大，能如赤脚婢，给使令之役，颇亦不恶。"稍长，解人意，不触人怒，与之食则食，不与亦不争。余故未尝以严声厉色待之，而其母之怜爱尤至，素依母睡，枕上切切学十二月采茶歌，余日间口授歌诗百余首亦成诵。及弟锡雷生，其母不能兼顾，令异床睡，意似不怿，再三慰解，意始释，后亦常睡母处，与弟嬉笑以为常。弟能行走，出入必护持。性寡言，不簸弄口舌，见长者容必敬，言必听，年相若者意无忤，同时小伴咸乐就之嬉戏，其天性真挚和蔼，近人类如此。遇年节着一新衣半日许，仍易故衣，每食拾饭颗，见字纸必拾取，其爱惜物类又如此。自初生至今年十岁，无大疾病，三年中仓皇避乱，浦南泖西，随余所至，亦无病。喜执爨操杂作，奔走效勤，俨然一赤脚婢。今年随其姊作针黹，学制紫姑鞋，颇有条理。八月初，余患暑症，昆生侍汤药，依依床榻间越十日，而昆生病，其母亦病。又两日，始邀雷君百川诊之，用大柴胡汤不应。时亲戚之侨寓宗祠者多病，郡中名士医某适至，各为处一方。昆生服药无进退，而谵言自语、爬搔枕席益甚。明日覆诊，余谓此症当非轻候，某曰："予昨夜渺视之，以为无大病，今已易一方矣。"服药后，其病如故，或歌或哭，或唱采茶歌，或诵焦仲卿妻古诗数十句，琅琅不差一字。夜半忽无语，但闻呻吟声，伴宿老媪亦以病，不能周视。天明声息仅属，余急呼家人起，煮白汤与之，已不受，未几竟殇逝。盖同治壬戌八月二十三日卯时也。昆生之病，适当余夫妇皆病，不急为看视。病不过五日，药不过三剂，其死固命也。独是医者视病一视同仁，苟可挽回，无不竭情尽技，以图侥幸于万一，从未有豫存成见，轻忽渺视，致病家坐观其死而不及救，此余所甚不解而不能无余憾也。然自寇乱以来，亲戚故旧之死丧者实多，余病几殆，昆生死，余病少差，谓非天之薄罚我躬耶？此憾亦可释矣。死之明日，板棺五寸，敛衣三袭，将掩埋于东山先考妣墓后，以山向不利而止毗北，则晓卿弟殇子墓方向无碍，因权厝之以栖其魂焉。是为志铭曰：汝之生，生于此，汝之死，死于是，魂而有知，其来止。

家集传略

姜小枚先生皋续选《松江诗钞》来征诗，爰自先大父以下择尤钞录，并为略述事实以备采择，先生旋没不果选，良可惜也。

张璚华，字贡植，号楂山，娄县人。乾隆乙卯恩科举人，以大挑官青阳县学教谕。公淹贯群籍,笃学不倦,时文有先正遗音,一时奉为模楷。古文诗词亦优,入唐宋人之室。在青阳时,课士勤密,上官皆器重。历聘主讲秀山翠螺书院,得士为多。善书画,精鉴藏,家传画学,得娄东真派,晚年益进,尺缣幅纸,得者珍之。少以亲病,兼读医书,不以医名,有求医者必审慎处方,多应手愈,贫者辄与分剂,不名一钱。所著有《拥书堂诗文集》若干卷,杂著若干卷,医案若干卷。

张允垂,字升吉,号柳泉,娄县人。嘉庆辛酉选拔贡生,朝考一等,观政户部,终杭州知府。公端重慎密,读书务为渊博,既服官,勤于职事,直枢廷久,朝章典故,明敏谙练,廷臣多倚重之。治绩详子尔耆所述行状,及朱文定公士彦所著墓志中。性好典籍,俸糈所入,置书万余卷。公退,丹铅不辍,归田后亦惟以读书课子为事,又捐置义田以赡族人,丧葬昏嫁悉如礼。当内直扈从时,所历山水名胜皆有题咏,《盘山》一章最为传诵,惜稿佚不存,今所存者乃里居酬应之作,子尔耆辑录成编,名曰《海棠吟馆佚存草》。

张允元,字惇叔,号德三,娄县诸生,楂山公之次子也。公性沈静,内行醇挚,和易近人,未尝有疾言遽色。少笃学,尝于寒夜读书,有倦意辄以冷水沃面,其苦志淬励如此。为文必求精当,不肯苟同,而仍一轨法度。嘉庆戊辰秋闱报罢,郁郁而卒,人皆惜其才而悲其遇,姚先生春木作诔词以哀之。生平诗不多作,今所录者惟附存于《拥书堂集》中数篇耳。

张长庚,字希白,娄县增广生,友竹公之孙,楂山公之从子也。友竹公所著《赐锦堂诗存》,姜孺山先生选入前钞。公承家学,负俊才,下笔千言立就,诗文书法皆骎骎乎超轶时流,梁山舟学士一见大器之。惜赋年不永,赍志而终。少孤,事母孝,尝奉母寓居魏塘,故诗文稿皆散佚无存。今录其附见于《拥书堂集》中者如干首,亦可想见其襟怀之高雅矣。

张君宾槎小传代姚子枢先生

君张姓,名兆蓉,字芙初,宾槎其号,娄县人。先世宋南渡时自河南迁松江,世有隐德,至君祖泽州公宗栻始昌,大其门间。父焘,国学生。君兄弟六人,次居四。少聪敏,读书能识大义。及长,习举子业,益自淬励。道光三年补博士弟子,旋丁内外艰,居丧以尽礼闻。十二年补廪生,岁科试辄列优等,而屡踬秋闱,遂绝意进取。君为人质悫,寡嗜欲,不能治生,授徒自给,束脩所入,仅赡薪水,视之晏如也。家居不苟言笑,恒谨身率先,与人交,诚意肫至,未尝有疾言遽色。中年馆于外,竭诚勤职,朝出暮归,不以寒暑易其节。始君以时文有名庠序间,既不得志于有司,益务以读书好古、尽理饬行为宗。是时文体荼靡,大抵剽窃摘裂,竞事雕琢藻绘,拘牵常格,卑弱不能振,至于大家名稿,往往弃置不观,且有举其人而瞠乎莫知者。君独搜讨名文,寻玩钩索,不屑诡随从俗。学者执艺请益,先为之分肌擘理,疏析凝滞,而后就其材质高下,引类旁通,俾畅达其旨,而相悦以解,口讲指画,穷日夜弗倦,人有尼之者,君笑谢曰:“吾固乐此,不为疲也。”以是初学后进,得君教授,造诣易成然,而君心血,自此耗矣。体素清癯,今年夏患疟疾,犹督课不辍,继患脾泄,遂剧。咸丰二年九月初十日卒,距生嘉庆六年十月十一日,年五十有二。配朱孺人,有淑德,先君三年卒。子四:时康幼殇;金钟,府学生,出后大宗;金陛,县学生;金榜。女二。孙二:增祥,增禧。君既淡于进取,惟以诗酒自娱,自号磊落子,以见素志。一花一木,必寄吟咏,然不自爱惜,今所存《磊落子吟稿》十卷、《自怡悦斋文稿》四卷藏于家。时文宗轨先正法度,二十七年,金钟、金陛同入学,君色然喜,自为不负所学,益勖以经明行修,毋蹈世俗庸陋习。金陛尝就聘于两淮之富安场,家书往来率由余家以达。君期月一至,而富安地僻远,寄书甚不便,失期不至,君奔走询问无虚日。盖金陛虽在外,而君之所以期望者未尝一日释诸怀,宜其易箦之时,谆谆以读书惇行为训也。金陛撰述事状,请为君传。呜呼！是固可以传君矣。

论曰：张君盖恂恂醇谨士也，与人语呐然似不能出诸口，至于非义之干名教攸系，则断断置辨不少假。观其意，岂不欲扬清激浊，起顽懦而挽浇漓乎？惜其绩学不遇，卒老于诸生也。然吾读范蔚宗书荀淑、陈寔诸人行谊，表著名位不大显，而后人乃克昌其绪，岂非不于其躬，必于其子孙耶？今金钟辈有文才，能世其学，发闻成业，知必有以承君志矣。

蔡渭卿哀辞并序

余少时在河南，闻舅氏有子曰璜，甚慧，恨不得相见。及归，见君则方六七岁，礼貌如成人，神采秀异，迥出侪辈。时两人皆从师读书，不常见，岁时往来，知君读书日益多，学业日益进，余甚自愧。岁乙未，君来余家读，始得朝夕相聚。君方学，为诗赋时文具有条理，余或可否之，不以为非。明年君又读于其戚家，虽不得朝夕见，犹时相过从，出近艺相证赏。越二年，君补博士弟子，余登堂贺，舅氏且以大成责君，君亦欿然，自视若不足。余窃喜舅氏之所以勉君，与君之所以禀教，皆未易量也。继而君声气日广，多交游，余方以病困，日坐斗室，不得出交天下士为恨。闻君跌宕豪放，见者辄倾倒，朋类争交君，心窃羡焉，顾不虞君之惑邪说而不悟也。君病遗药不效，有谓阿芙蓉能已病者，君信之，遂堕其术。初食时，余尝疏其害，手书以劝，君心然之而终狃于治病之说不能用，以此恒不得父母欢心。余数为君言，君颇意悔，誓且改。壬寅春发愤，登细林山道院，读书数月不下，竟不食。归以语余，察之良然，知君者更相告慰。是年海上兵警，避居乡，志少怠，旋以病发复食。余闻之叹曰："自今不可为矣！"因举昔所自誓者诘之，君无辞久，乃言曰："已矣！予必死于是矣。"自此见君之日少，见亦不复深言。今年秋君病，余弗知，及知之已剧。翼日讣至，余适病，不获执君之丧，则大戚。夫以君之心思才智，用所当用，则服习道义，潜心力学，安在不可取名位、图显扬哉？纵仕禄不足动念，而坐守田园,家庭雍睦,养亲教子,自有至乐。何为身染恶俗,一误再误,沉溺不返,卒至于死?呜呼,可哀也已!或谓君不幸夭死,然死于数十年之后与死于数十年之前,其得失未可臆度,于君诚不幸,于君家未始无幸焉。余谓此以成败论人,要未协乎天理人情之正也。君父母具在堂,年且高,遗二子尚幼,所责于君者甚重,然则君固未可以死也,而今死也耶,而今终不可见也耶?为之辞曰:

谓美质不可恃兮,则冰雪其性,金玉其音,乐泮水而采芹。谓美质可恃兮,则父母之训,师友之规,曾不能触类而引伸。苟内美之克保兮,夫何至中道而弃捐。天兮人兮,孰使之然兮,将毋望洋而兴叹。生也没没,死也泯泯。补遗憾于无穷兮,是有待于后之贤。

拟请娄县李滨州邑侯列入专祠祀典呈稿

呈为循良遗泽阖郡均需环叩宪恩详请祀典事。窃闻泽流者下究,德厚者上章,信古训之有征,在幽光而必阐。是以良宰垂声,密邑隆卓侯之爵;啬夫著惠,桐乡列朱邑之祠。凡夫崇报功德之大端,莫非黼黻隆平之盛业。况乎儿童走卒,口碑皆出乎至公;谷水昆山,心版聿昭乎如在。访之故老,或尚能言,按之遗书,谅非溢美。盖自明祚承元,秕政之相沿不少;松江濒海,编氓之受累尤多。不惟赋重,更苦役繁。亩不及一钟,额浮多取;旬非复三日,力竭追胥。赋以役逋,役以赋累。粮长捆头之派,环泣妻孥;排年里正之充,惊飞鸡鸟。一事而苛征百室,一日而迭下数符。过中田者每嗟苌楚之华,系徽纆者难避石濠之吏。虽顾署丞缗钱盈贯,子母相权;赵长者阴德布金,乡邻代纳。谊关同里,事著一时,均为助役之仁心,终非经久之善政。民之憔悴近三百年,邑之逃亡逾数万户。吾朝定鼎,咸与维新。康熙年间,山左李侯讳复兴来宰娄邑,学惟知爱,视则如伤,每勤隐忧,常深轸恤。谓古者以人从地,法非不善,所患者多隔膜之诛求;若今兹以地从人,事则无殊,所救者为切肤之要害。是非相较,祸福昭然。时则有若私谥贞定先生。前明孝廉吴钦章,负居邦之重望,具经世之

宏才，侯造庐顾访，前席咨诹。素丝良马之频来，知人善任；尺牍寸函
之往复，相与有成。于是创立章程，扫除积困，严奉行乎诏旨，实施措
于民阎。先去年首甲首之名，次惩图蠹衙蠹之弊。以田包役而正赋
无亏，以役并田而充丁悉免。蒿目于下车之始，痌瘝于罢任之年。官
再莅而民亲，害既详而利举。誓神则有如白水，获上则莫撼南山。一
郡良规，九泉遗爱。仁先经界，当时父祖蒙恩；惠及邻封，尔日子孙食
福。实足布皇朝之闿泽，洵无惭众母之嘉声。备载全书，皆堪覆按。
惟是存年设有生祠，殁后未膺荣号。杞菊寒泉之荐，殊异牲牢；三间
五架之营，亦乖体制。祭法曰："法施于民则祀之。"又曰："以死勤事
则祀之。"伏查前任松江府知府周太仆公，以捍御水灾没于王事，加赠
同卿，列诸祀典。侯之泽贻久远，报合礼经。前有辉而后有光，未邀
纶綍；春日祈而秋日赛，私荐豆登。某某等谨详具均田均役本末事
宜，合词环叩宪父师大人查核全书，俯赐申详各大宪，据情题达，锡之
美号，予以隆祠。千秋之庙貌如生，百世之公评斯在。拙催科，劳抚
字，缅思循吏之风徽；食旧德，服先畴，难忘小民之乐利。为此铭戴
上呈。

请旌双节公呈

　　呈为一门双节旌典已符叩牒详题以表贞心以彰潜德事。窃闻位
正阴阳，妇道重坚贞之志；事关节孝，圣朝敷旌表之恩。故苦节可贞，
冰心不化，皆可特登志乘，用励世风。伏见已故娄庠生张允元之妻蔡
氏，本系名门，来归望族。弱龄就傅，淑慎尔仪；绮岁有家，柔嘉维则。
当于归之乍赋，已代匮之多劳。供中馈而修严，搴春苹而襄祀。守诗
书之家范，夙协珩璜；许耕读之门楣，礼崇兰茝。下车庙见，榛修肃新
妇之仪；视夜星明，凫雁警良人之梦。驭下则克宽克猛，从无臧获之
怨咨；持身则矢慎矢勤，永作闾阎之矜式。然而宋斤鲁削，遇节方知；
翠柏苍松，陵霜乃见。但使酒食是议，只为闺阁之恒；惟其风雨交侵，
始显艰难之操。迨乎所天无禄，身是未亡，遗命犹存，死难同穴，于是

永怀从一，尽瘁治家。代侍椿萱，奉高堂而竭力；兼资熊荻，教嗣子以承先。侍尊亲，久疾难瘳，暗祝冥灵之纪；为仲姒，小星请纳，冀绵世泽之长。远道称觞，舟泛皖江之路；萦怀抚子，车驱豫境之途。继以翁疾回乡，诚心侍奉，亲亡弃养，彻夜伤悲。既窀穸之克安，且居丧之尽礼。座有能文之客，不惜倾笥；门多长者之车，无辞刬荐。俾芝兰之馥郁，成头角之峥嵘。媳已娶而堪欣有后，夫既葬而同卜佳城。计三十岁以迄今兹，念嫠妇半生节操；历廿六载犹如一日，博史官两字恩荣。人无间言，礼宜旌表。又见已故娄县增广生张长庚之妻盛氏，系传燕国，家住魏塘。幼即端庄，长而婉昵。有无黾勉，本谦和温惠之心；操作辛勤，有德言容工之训。方谢庭之待字，固曹氏之循规。早已毓德芳辰，垂型礼法，蕙心兰质，玉粹金温者矣。既而凭媒妁以导言，结婚姻而成礼。缔潘杨之世好，宜室宜家；忘王谢之门高，如兄如弟。岂料伉俪方及于八载，灾殃忽降于一朝。机上流黄，曾伴书窗之火；庑间井臼，相庄食案之眉。居庐增训迪之劳，入室凛漂摇之惧。溯自结褵伊始，十八岁而赋夭桃；洎乎易席堪伤，廿五龄而歌黄鹄。初抚孩提而不育，复嗣幼稚以相依。鸾镜分飞，叹稿砧之长往；柏舟誓死，矢天日以靡他。白发姑嫜，苦心独侍；青春姑娌，泪眼相看。虽着雨之荆花，已成腐草；而傲霜之竹节，不作琼箫。磷火阴风，修文郎梦魂永隔；单身只影，未亡人心血为枯。其事姑也，以妇代夫，堂北种无忧之草；其教子也，以母兼父，阶前看手植之花。闺秀无惭，苦耐终身之味；女宗是望，寒闻晚节之香。则其独抱艰贞，徒取冰霜以励志；宜乎克臻上寿，用昭松柏之后凋。何期行年未登于五十，危疾猝中于膏肓。恨琼蕊之无征，惊濛阴之易尽。杜鹃啼破，其嗟子幼之伶仃；薤露歌残，未受生前之绰楔。弥留环视，弹红泪兮欲干；化去消愁，追黄泉而自慰。存年四十五岁，守节二十一年。寡鹄孤栖，不负九原坏土；幽兰空谷，堪留百祀余芳。凡此蘗苦荼甘，里邻争颂；矧乃心灰肠断，亲族周知。例既合于旌荣，穷檐亦可自达。事必先为吁请，公论历久弥彰。日月照临，宜布芳徽之式；肝胆剖沥，当邀彤管之扬。某某等谊协葭莩，情同车笠，其闻共见，可敬可钦。族本相依，无相尤而式相好；夫原同气，乃同苦而不同甘。访核生平，实无拟议。为敢胪陈双节事实，环叩老师台，俯念幽居苦节，准赐访查，牒县详宪具题。俾得烈性远传，可定香闺之则；温纶下贲，用旌巾帼之贤。则在世者深沐皇仁，差拟怀清台之卜筑；而已亡者仰承帝德，无殊贞义闾之标题。上呈。

张夬斋先生杂著跋

右《夬斋杂著》上下两卷，娄县张夬斋先生遗稿也。今夏四月，先生令子锡恭自昆山丙舍钞成，奉以来告同寿为序。同寿生晚，学行又不立，辞不敢，不获命，乃受而读之。读竟乃致其景慕之意，而书其后曰：窃惟自古已来，学问之事必有所由传。其传也，或本之于家，或得之于师，要之，必其先启迪于圣贤之涂，其终乃成就乎忠孝之域。三代尚已，其后汉儒者若大小夏侯、欧阳、先后郑司农，经术递相传授其大较也，故文章气节之盛，东西京为冠冕。汉之后，莫若宋周程张朱诸儒。周之于程，乃师弟相传。明道之于伊川，又兄弟相传。自程而杨而罗而李已迄于考亭朱子，则皆师弟相传。然二程子之有大中公，朱子之有韦斋先生，则又为父子相传，闻见切而源流远，故其所成就也大，卒有功于万世名教。信乎人乐有贤父兄，而学问之必有所传也。先生幼承祖若父绩学砥行、聚书好古之传，及长，又亲受业樗寮姚先生之门，饫闻乾嘉诸老之绪论，其学以义理为本，亦不废考据校勘。生平评点诸籍，无一不具有师承。其读书也，有每虽之德，无自是之心。其居家也，以治生为轻，以承先为重。故其于忠孝大节随在，根于心而发于言。观其所为《三朝要典跋》，则忠奸之辨也；所为《义田规条书后》及《夬斋书目引》《劫余重编书目引》，则保守先泽，能尽孝乎造次颠沛间。迄今读之，犹可想见其为人，兹乃汉宋儒者之所尊贵。先生固有贤父兄，而若先生者，亦可谓善继志而善述事者矣。

抑尤有感者，师儒学术之美，由朝廷教化之隆。我朝涵煦沐浴垂二百年，而得乾嘉之盛治。当其时，士尽向学，人皆守法，所谓不遗其亲，不后其君之谊，庶几乎人著于心。此在食毛践土者所当追寻其恩之所自出，与化之所由成，益自感奋，以毋弃于圣明之世。奈何曾不百年，而风移俗易，礼谊荡然，故家大族能世其学，盖仅有存者。此又读先生文而不禁呜咽流涕，继之以长太息者也。锡恭言："吾今老矣，先集刊成，吾愿已毕。"呜呼！此又先生之泽之能启后人者。同寿忝与锡恭为友，尤愿其后之人永念先生之志，则所谓故家大族能世其学者，当于是乎在。

宣统九年太岁丁巳夏四月既望世愚侄华亭钱同寿敬跋。

附录 《夬斋日记》人名索引

年 3.27；同治四年 5.13

李俊卿：同治二年 4.7

李梅宾（梅翁）：同治元年 2.25、4.21、末；同治四年 6.28

李棠阶：同治三年 9.15

李铁耕：同治四年 10.15

李冶堂：同治三年 4.8

李又梅（幼梅）：同治四年 7.8、8.17；同治五年 1.4、8.26、9.15、10.15、11.9；同治六年 5.24

李渔村：同治六年 5.12

林雨培：同治二年 10.23；同治五年 3.2

林云峰：同治元年 5.5；同治三年 2.29、12.24；同治四年 1.12

菱圃：同治五年 1.3

刘郇膏（刘松岩）：同治四年 5.13；同治五年 4.14；同治六年 5.17

刘枢（鸿甫）：同治元年 1.18、5.7、末

刘焜：同治三年 10.9

刘烺（季声）：同治二年 4.16、4.17、4.19、5.12、7.12、7.13、8.17、8.30、9.1、9.8、10.26；同治三年 3.17、4.20、5.18、10.24、12.2；同治四年 1.5、5.22、闰5.20、闰5.23；同治五年 1.2、3.18、4.2、4.13、4.28、8.17；同治六年 1.23、2.8、2.13、3.5、4.17、5.15、5.24

季声令媛：同治五年 4.13；同治六年 1.23

刘烜（仲恂）：同治二年 4.19、12.25；

同治三年 1.8、5.18、9.21、12.2、12.19、12.20；同治四年 4.7；同治五年 8.17；同治六年 3.9

刘至喜（玉延）：同治三年 12.19、12.20；同治四年 4.24、5.5；同治六年 3.7、3.9

榴甫：同治元年 1.20、4.12、5.10、5.13、5.14

陆蔼堂：同治三年 2.29、10.4

罗都司：同治元年 1.6

罗悼衍：同治三年 9.15

绿卿：同治四年 3.12

马信臣：同治元年 5.10

马轶才（轶材）：同治二年 4.3；同治五年 3.1；同治六年 5.1、5.3、5.6、5.9、5.14

梅生：同治三年 10.4

梅英：同治元年 1.27

梦兰：同治元年 3.24、3.25、4.3、4.23

苗沛霖：同治元年 7.10

倪楚卿：同治四年 9.8

倪墨汀：同治元年 2.25、4.19；同治三年 7.4、9.9

牛暄：同治四年 5.5、5.22

钮世章：同治三年 12.20

潘道台：同治二年 12.24

潘佩卿：同治二年 5.9、5.16；同治三年 7.18

潘兆芬（潘秋山）：同治三年 12.18、12.20

潘总领：同治四年 3.28、5.13

寿妹：同治二年 10.23；同治四年 4.4

寿学礼：同治三年 12.20

四妹（姑娘）：同治元年 1.4、1.5、1.7、1.10、1.20、1.21、3.21、4.22、6.2、6.9、6.10、6.12、6.17、8.18、8.29；同治二年 8.20、11.5；同治三年 1.22、5.22、7.24、7.25、8.22、8.27、10.17；同治四年 1.4、4.4、6.14、7.24；同治五年 1.21；同治六年 1.4、3.18、4.18、4.20、4.22、4.23、4.24、4.25、4.29、5.1、5.3、5.6、5.8、5.9、5.14、5.15、5.16、6.1、6.9

四甥女：同治五年 5.17、7.8；同治六年 2.26、4.25

松弟：同治元年 3.1、3.2、5.3、5.4、5.11、5.13、5.14、5.18、6.2、6.8、6.9、6.12、6.17、9.29、末；同治二年 2.24、3.4、3.15、3.24、4.4、4.8、6.6、7.19、11.23、11.28、12.6、12.8、12.12、12.18、12.21、12.26；同治三年 1.15、1.20、6.20、6.25、12.29；同治四年 1.16、1.19、3.19、4.4、闰 5.13；同治五年 1.6

松翁：同治元年 2.14

宋氏先嫂：同治五年 10.15

遂养叔夫人：同治二年 12.28

遂养太夫人：同治五年 12.30；同治六年 2.20

孙云亭：同治元年 1.20

少薇：同治三年 7.4

谭廷襄：同治四年 4.7

汤广文：同治四年 8.6

唐如山：同治元年 5.5、7.29；同治五年 8.26；同治六年 4.22

唐石泉：同治元年 5.6

唐梧荪：同治元年 3.13

天香弟妇：同治三年 1.6、8.28、10.12；同治四年 2.14、2.29、3.16、10.2；同治五年 2.12；同治六年 4.22、4.23、5.15

天香侄女：同治三年 1.24；同治四年 1.9、4.21

铁珊（铁山）：同治元年 3.13；同治三年 1.6

同卿：同治元年 4.12、5.7、5.15；同治二年 10.10；同治三年 2.10；同治五年 1.14、4.3

王秉鉴（娄邑尊王公）：同治四年 1.3

王来宾：同治五年 1.20

王蓼洲（蓼舟）：同治元年 1.27、2.4；同治二年 8.27、9.4、9.9、9.17、10.11；同治三年 3.4、3.6、8.7、8.23、9.20；同治四年 1.1；同治五年 1.14、2.9；同治六年 2.8、3.5、4.12、4.13、5.16

蓼洲母夫人：同治六年 2.8

王眉英：同治二年 4.20

王梅君：同治六年 4.15

王南桥：同治元年 5.11

王昇三：同治二年 7.29、8.11

王原祁（王司农）：同治五年 5.15

王芝亭：同治元年 6.6

治四年 2.26、10.10

叶怡亭（叶仪亭）：同治五年 3.29、
　7.28；同治六年 5.19、5.22、6.3

叶应祺：同治三年 10.5

叶友三：同治三年 3.28

叶云槎：同治二年 9.4

宜振（文宗、宜学台）：同治四年 7.30、
　8.6、9.8；同治五年 4.14、7.28、
　8.12、9.13

朱逸恬：同治五年 1.6、9.18

尹小莘：同治二年 4.2、4.3、4.16；同
　治六年 6.20

尹子铭：同治三年 5.23

于建章：同治四年 5.5

俞伯驹：同治元年 8.18、8.21、8.22

雨公：同治二年 7.28；同治三年 11.7；
　同治四年 1.6、6.8；同治五年 3.1、
　7.13、11.20

裕堂：同治元年 5.7、5.15

袁铎（袁桐君）：同治二年 12.12；同治
　四年 11.25

袁尔钧：同治二年 7.29

袁尔钰：同治二年 7.29

袁国发：同治元年 5.11、5.13、5.14、
　8.5、8.6

允明：同治六年 1.7

蕴明：同治二年 10.24

曾秉忠（曾提督、曾提军、曾军门）：同
　治元年 2.9、5.4、6.16、6.17

曾国藩（曾帅、曾制军）：同治元年
　3.3、3.13、4.10；同治二年 7.20；同

治四年 5.13；同治五年 1.19

张绍祖（筱田公）：同治三年 3.2

张璕华（教谕公）：同治元年 6.6；同治
　二年 7.29

张允垂（杭州府君、杭州公）：同治元
　年 1.21、2.8；同治二年 3.29；同治
　三年 3.2

张涤生：同治二年 7.29、10.19

张祥河（诗舲）：同治元年 3.9

张尔灏（魁卿）：同治三年 2.27、3.2；
　同治五年 2.20、2.21、11.20；同治
　六年 1.13、1.17

张尔厚（晓卿）：同治元年 8.23；同治
　二年 3.11、4.1、5.9、5.11、5.16、
　5.24；同治三年 7.18

晓弟妇：同治元年 1.16、3.12、5.2、
　6.11、6.13；同治二年 3.11、3.17

张尔绳：同治二年 7.29

张尔瀛（蓬卿）：同治三年 9.18

张尔渊：同治三年 2.27

张叻卿：同治元年 2.15、3.1、6.9、
　6.11、7.24；同治二年 10.3；同治三
　年 3.2、9.8；同治四年 3.19、4.14、
　闰 5.10、闰 5.12；同治五年 2.20、
　2.21

叻卿弟妇：同治五年 2.27

张静卿：同治元年 3.10、6.21、7.24；
　同治二年 4.28、6.25、7.6、9.4；同
　治三年 3.2、4.3、6.6；同治四年
　2.24、3.6、3.14、4.16、闰 5.10；同
　治五年 1.4、2.20、2.21、2.29、3.1、

4.8

静卿弟妇:同治五年 3.3

张阆峰:同治元年 6.8、6.9;同治二年 6.10、9.19;同治三年 1.6、6.9、12.5;同治四年 6.16、6.19、7.25;同治五年 4.17

张履之:同治元年 1.12、1.25、2.29、3.4、3.21、3.30、4.24、5.2、5.3、6.9、6.19;同治二年 6.1、8.21、9.18、10.3、10.4、10.6、10.13、10.23、11.29;同治三年 1.4、2.25、4.19、7.12、9.5;同治四年 2.12、3.9、4.9、8.13、8.25;同治五年 1.22、2.29、3.2、4.17、5.4、5.17、8.9、8.13;同治六年 1.13、1.17、2.15、5.11

履之侄妇:同治五年 5.17

张锡鼎(彝仲):同治二年 5.16;同治三年 7.18、7.25、8.3、8.21、9.14、10.12;同治四年 1.1、1.3、4.23、6.8;同治五年 1.8、3.7、3.15、4.4、4.13;同治六年 1.13

张锡端:同治三年 2.27

张锡珪(成之):同治二年 3.17、5.19;同治三年 4.19、9.15

成之侄妇:同治二年 3.17;同治三年 4.19、9.15

张锡煌:同治三年 2.27

张锡仑:同治三年 2.27

张锡恭(雷儿):同治元年 1.25、1.27、1.28、2.18、2.21、5.11、7.26、7.28、

8.1;同治二年—同治六年略。

张淑媛(大女):同治元年 1.24、2.16、2.18、8.18、8.29;同治二年 8.29

张舜媛(妞儿,次女):同治二年 3.24、8.28;同治三年 3.2;同治四年 1.11、7.22、7.24、7.26;同治五年 7.22;同治六年 1.9、4.14、4.20、6.4

张粲媛(阿昆):同治元年 8.18、8.21、8.23;同治二年 3.24、6.18、6.20、7.7

张二官:同治四年闰 5.10

张小官(晓卿次女):同治二年 3.11、5.24

张星岩:同治元年 1.19、1.20、1.23、1.24、2.5、2.8、3.3、3.10、4.12、5.2、5.3、5.4、5.11、5.14、6.9、6.21、7.2、7.21、7.28、8.5;同治二年 3.28、3.30、4.2、5.5、10.3、10.22;同治三年 3.2、8.16、8.21、12.19;同治四年 1.23、3.14、3.27、4.23、4.25、4.27、9.29;同治五年 1.5、1.16、3.4、5.4、7.12、10.17、12.8、12.20、12.30;同治六年 2.6、2.10、2.11、2.14

张作潒(作滢):同治元年 4.12;同治三年 2.27;同治四年 1.3;同治六年 4.15

张杏桥:同治三年 6.21;同治四年 4.23

张云笙:同治三年 12.29

张伴山(伴三)：同治四年 1.23；同治五年 1.9、9.18；同治六年 1.15、1.17

章姬(陈姓女)：同治三年 8.23、8.25；同治五年 7.28；同治六年 4.24、4.28、5.1、5.19

赵淡如：同治三年 9.14

赵会卿：同治二年 12.2；同治三年 3.19

赵康侯：同治元年 3.23

赵孺人(先室)：同治元年闰 8.23；同治二年 10.23

赵又琴：同治元年 1.21、3.18、4.17、4.24、末；同治二年 8.21；同治三年 2.12、3.17、6.5、6.8、6.17、7.4、7.5、7.20、7.22、8.19、8.24、9.3、9.4、11.25、12.3、12.24、12.26；同治四年 2.20、3.5、3.7、3.9、3.17、3.28、4.2、4.4、4.29、5.5、闰 5.14、闰 5.20、6.15、7.7、7.15、7.23、7.28、8.6、8.13、8.14、9.13、10.5、10.20、11.24、12.11、12.23、12.25；同治五年 1.21、2.11、2.12、3.5、3.26、4.1、4.8、4.16、4.22、5.4、5.15、6.13、8.19、8.26、9.2、9.9、9.13、9.20、11.12、11.15、11.19、11.26、11.27、11.29、12.2、12.4、12.8；同治六年 1.2、1.12、1.15、4.9、4.11、5.21、6.2

又琴甥妇：同治五年 12.2

赵韵茗：同治五年 9.27

蓁妹：同治五年 5.8；同治六年 6.4

正官：同治三年 2.10

郑月槎：同治元年 5.27

枝珊(子珊、芝山、芝珊)：同治元年 1.27；同治二年 3.11、3.14、3.17、3.21、5.30、6.14、6.16；同治四年 5.6、闰 5.13、6.10、7.25、7.27、7.29、7.30；同治六年 3.24、3.26、4.1、4.3

钟毓祥(少庚)：同治元年 1.1、1.13、1.19、1.20、1.22、1.23、1.24、2.16、2.17、3.3、3.4、3.8、3.11、3.13、3.14、3.19、3.26、4.1、4.3、4.8、4.9、4.15、4.19、4.27、5.1、5.15、6.8、7.6、7.7、7.16、7.24、7.25、7.26；同治二年 2.29、3.9、3.12、3.17、3.24、3.27、4.1、4.6、4.13、4.20、5.1、5.3、5.8、5.10、5.11、6.2、6.11、6.17、6.23、7.1、7.7、7.14、7.16、7.17、7.29、8.5、8.9、8.15、8.20、8.21、8.22、8.25、8.30、9.5、9.7、9.9、9.11、9.15、10.7、10.18、10.21、10.23、10.24、10.25、10.30、11.4、11.8、11.10、11.12、11.19、11.24、11.29、12.1、12.4、12.9、12.11、12.13、12.15、12.24、12.26、12.30；同治三年 1.2、1.4、1.9、1.15、1.19、2.12、2.29、3.8、3.14、3.26、3.27、3.28、4.6、4.14、5.6、5.16、5.27、5.28、6.18、7.3、7.7、7.30、8.23、9.10、9.25、10.8、

《中国近现代稀见史料丛刊》已出书目